我爸爸的爸爸的爸爸

闫文亮 傅琰东 著

重庆出版集团 重庆出版社

图书在版编目(CIP)数据

我爸爸的爸爸的爸爸 / 傅琰东，闫文亮著. -- 重庆：重庆出版社，2011.8
ISBN 978-7-229-04400-8

Ⅰ. ①我… Ⅱ. ①傅… ②闫… Ⅲ. ①自传体小说－中国－当代 Ⅳ. ①I247.5

中国版本图书馆CIP数据核字(2011)第144015号

我爸爸的爸爸的爸爸
wo baba de baba de baba

傅琰东　闫文亮　著

出 版 人：罗小卫
出版策划：重庆天健卡通动画文化有限责任公司
责任编辑：邹　禾　刘　倩
责任校对：何建云
装帧设计：冰糖珠子

重庆出版集团
重庆出版社 出版

重庆市长江二路205号　邮政编码：400016　Http://www.cqph.com
重庆新生代印易数码印刷有限公司　制版
自贡新华印刷厂　印刷
重庆出版集团图书发行有限责任公司　发行
e-mail:fxchu@cqph.com　　邮购电话：023－68809452
全国新华书店经销

开本：787mm×1 092mm　1/16　印张：19.75
2011年9月第1版　2011年9月第1次印刷
ISBN：978-7-229-04400-8
定价：32.80元

如有印装问题，请向本集团图书发行有限责任公司调换：023-68706683

版权所有，侵权必究

观众们好，我代表我爸爸的爸爸的爸爸向大家拜年！
不要误会，这不是一个噱头，
我的确出生在一个魔术世家，我、我爸爸、我爷爷、我曾祖父
都把自己的一生奉献给了魔术表演事业。
以下是我们这个魔术世家的魔幻故事。

我想起了我的爷爷傅天正,
他要能看到我的表演那该多好啊!

二爷爷傅天奇

我的五爷爷傅德光和五奶奶(也是他的助手)

感谢我的爸爸傅腾龙,他是魔术创研的主力。

春晚后打来电话的舅公曾庆国
和舅婆——我爷爷的主要助手蔡蕙华。

目前活跃在第一线的傅氏魔术家族成员
（左起表姐徐秋，姑父徐庄，姑妈傅起凤，中间是我，向右是爸爸傅腾龙和妈妈经宝恕）

我团队的部分伙伴们

1月7日领导终审前
抓紧时间走台。

2011年春晚《年年有鱼》表演现场

和董卿对词,
金导和我们大家作直播前
最后动员。

球迷狂欢节宣传照

球迷狂欢节宣传照

2011年担任第八届中国音乐金钟奖表演嘉宾。

参加第24届世界魔术大会,参赛作品《青花神韵》荣获舞台幻术类第二名。
为至今幻术类亚洲第一的奖项。

傅琰东《年年有"鱼"》宣传照

目录

	序	3
	引子	5
第一章	我的曾祖傅志清	8
第二章	18岁完成《薛涛年谱》	16
第三章	从上海到北平	20
第四章	爷爷拜师学艺	24
第五章	走上职业魔术之路	29
第六章	魔术救国	34
第七章	姑妈和爸爸在战火中出生	39
第八章	魔王棋王	42
第九章	爷爷和川剧的渊源	47
第十章	举家东迁	51
第十一章	魔术世家出了杂技演员	58
第十二章	绝唱	65
第十三章	张慧冲先生对爸爸的影响	68
第十四章	无奈中的辉煌	73
第十五章	敲锣打鼓送来的大字报	78
第十六章	关于"造反"	86
第十七章	我的出生清贫而快乐	91
第十八章	重新出山,壮游山河	101
第十九章	三剑客在索菲亚	108

章节	标题	页码
第二十章	魔家接班人	115
第二十一章	心灵感应	126
第二十二章	魔术？特异功能？	149
第二十三章	倒走路	154
第二十四章	壁虎神功	158
第二十五章	科学魔术	163
第二十六章	和国外魔术师的交流	167
第二十七章	同名人合作	174
第二十八章	魔术城堡	179
第二十九章	在深圳欢乐谷	194
第三十章	服装师之梦 天鹅之梦	199
第三十一章	北漂，当歌手去	207
第三十二章	魔术训练营	211
第三十三章	魔幻天空	221
第三十四章	拜个老师是大夫	228
第三十五章	光之碟	232
第三十六章	青花瓷	237
第三十七章	魔幻足球	244
第三十八章	年年有"鱼"	250
尾声		259

序

  魔术是一种非常独特的表演艺术形式,一方面被人看作是"优中最贱"（清代人语,指其为演出行业中最低贱的）,另一方面又有着摄人魂魄、光芒四射的艺术魅力,吸引着一代又一代人投身于它,把自己的生命和它联系在一起。看到现今社会上一些年轻人奋不顾身地投身魔术,我也能够比较多地理解傅氏先人的选择了,魔术真的是有魔力的,不可思议,不可阻挡,就算明明知道在有些人心目中魔术的社会地位不高,以魔术来谋生会有种种难处,但他们依然会去选择做这件事,并且自信于只要实现了自己理想中的魔术就能够改变周围的一切。

  每个行业中都有态度不同的从业者,魔术也一样,有些人对魔术来说是损耗型的,只以魔术作为工具,从事魔术的目的只是为了自己的人生能够取得成功,而另一些人对于魔术是增益型的,他们把魔术本身作为目的,从事魔术是为了让魔术本身获得成功。正是后者的努力一次次使魔术在"低"和"高"之间出现了强劲地摇摆,使得魔术一次次从污垢的泥潭中奋起,进出于艺术的殿堂。我心目中傅氏魔术世家的人属于后者。

同傅琰东一样，我也是出生在傅氏魔术世家，因此对这个家庭有着比较多的理解，这个家庭的人虽然是职业魔术人，但时时会像魔术爱好者那样冒点傻气。比如我的外公傅天正，他在看到中国几千年的杂技魔术没有一部文字形式的历史时，会想到要为它写一部历史，在其他魔术团都顺着观众多的地方跑去巡演时，他的团竟是沿着有资料的地方跑的，哪怕饿肚子，只要能够如愿找到了一张以前没有看过的图、一段过去不知道的话，都会像是拣了个金元宝般欣喜。再比如我的舅舅傅腾龙的对于做新节目的兴趣，为了不被单位内的"搞平衡"所限，他在身体十分不好、很需体制保障的情况下主动地选择了脱离单位，宁可做一个收入不稳定的但是自由自在地想做什么节目就能做什么节目的自由职业者。再比如表弟傅琰东，在我的心目中他在获得全国魔术奖、世界魔术奖、春节晚会奖之后就应该把时间和精力投入能够挣钱的演出了，因为对于作广告、提高演出费来说奖项已经够用了，再多也无意义，但他不，仍然是把重心放在争取新的成绩上，这一切都使我感到他们这些人是把生存放在第二位，把魔术本身放在第一位的。

我和傅琰东同辈，但是年龄上相差十二岁，因此也可以说是看着他长大的，前些年在他取得一些成绩时总有人以看"富二代"的眼光来看他，认为他的一切都来得容易，父辈已经帮他把许多东西都准备好了，就连我也误以为他是一朵被包围在长辈羽翼下的温室花朵。但看了他写的这本书，我才知道他其实也受过很多不为人知的苦，在追逐理想的道路上他和所有年轻人一样磕磕绊绊，历经很多磨难才走到现在。如今再来看他，我发现他是一个非常努力的人，他知道自己的弱点缺点，比如能力不足啊，极容易发胖啊，但他有毅力，对家族使命也有承担，这本书的选材角度和语言风格都是比较轻松的，背后的生活和奋斗比这要沉重，希望大家借此更加了解他，更加地鼓励他、支持他的魔术事业。

徐秋

7月22日

●引子

  2011年中央电视台春节晚会，我表演的魔术是《年年有"鱼"》。在我的指挥下，六条金鱼按照指令编队，既能前进、后退，还能左转、右转，甚至还能交叉穿行。

  《年年有"鱼"》是春晚节目组的"命题作文"，要求是既要有"年味儿"，还要寓意吉祥。而和以往相比，这个魔术的特点，是用游动的金鱼取代了静物魔术，观赏性当然大大提高，但表演难度也增加了很多。

  观众不知道的是，为了保密，《年年有"鱼"》在这届春晚的前几次排练中，一次都没有表演过。换句话说，《年年有"鱼"》的第一次正式演出，就是春晚的直播。

  该怎么来形容当时的压力呢？简单来说，如果表演成功，那是你应该做到的；但如果失败了，那可是当着上亿电视观众的面，砸春晚的场子不说，自己打造了多年的招牌估计也是保不住了。

  谢天谢地，一切都很顺利。

  虽说表演《年年有"鱼"》已经是我第七次走上央视春晚舞台，但作为单

独的节目主演亮相,这还是头一次。

客观来说,以前我参加过的几次春晚,或是给爸爸当助手,或者是参与的集体节目,或是客串过场,我想并没有给观众留下太深印象。前几次,对我的登台关注的,大概只有家里人吧。

但这一次,大家的激动程度显然要比以前高很多。

表演结束后的那几天里,很多圈内人告诉我,我给内地魔术师争了一口气。

如果自己给《年年有"鱼"》打分,我想应该打到90分。

但其中只有30分给我自己,其余60分要给我的团队。

感谢CCTV,感谢我的爸爸妈妈,感谢我的团队,感谢我的粉丝们——爸爸傅腾龙,是主创团队的核心;魔幻天空工作室,在筹备、排练的过程中发挥了重要作用;亲爱的粉丝们,没有你们的支持,再成功的表演也会黯然失色。

就拿《年年有"鱼"》来说,从落实想法到完善道具,再到练习流程,台上的7分半,花掉了我们台下的180多天时间。而制作这个魔术的全部成本,超过了18万元。

但是,我还要特别感谢一个人——我从未谋面的爷爷。

爷爷有生之年为研究魔术杂技付出大量心血。正是他老人家的收藏给了我们《年年有"鱼"》的灵感。古书里记载过这样的古老魔术:魔术师挥动旗子,黑红金鱼就会按旗子的颜色和方向游动……

那天晚上,《年年有"鱼"》的表演刚结束,远在四川的舅公就特地给姑妈打来电话。这位九十多岁的老人激动得泣不成声,说"傅氏幻术"终于等到了这一天。

舅公还说,"傅氏幻术"早就应该得到这样的荣誉。他说,我爷爷的魔术技艺出神入化,可惜啊,没有赶上好时候。

爸爸也经常很感慨地说，如果和爷爷相比，他的手法技术自愧不如，学问更差一大截。

其实，我对爷爷的景仰，也在随着时间的流逝一天天增加。

爷爷艺名叫傅天正，学名傅润华。抗战时期，他是赫赫有名的中国"四大魔王"之一。

有的朋友可能还记得我在《年年有"鱼"》里的一句台词——这些金鱼是"我爸爸的爸爸的爸爸"养的。其实这句话并不是一个简单的玩笑，而是概括了傅家四代魔术人——我本人、爸爸傅腾龙、姑妈傅起凤和她的女儿徐秋，爷爷傅天正、二爷爷傅天奇、五爷爷傅德光，再上就是曾祖傅志清。

俗话说，台上一分钟，台下十年功。爸爸常说，魔术师这个职业，风光的时候，那是真的很辉煌；但是难耐的时候，那也是真的很苦。

我们傅家四代人的魔术之路，在时间上，贯穿了过去100年的中国历史；在空间上，足迹走遍了大半个中国。时值爸爸傅腾龙从艺50周年，我希望以这本小书对傅氏幻术以及对中国魔术如何发展的理解，与朋友们闲谈，并谨以此书作为送给爸爸的一份礼物。

第一章

●我的曾祖傅志清

我是土生土长的上海人，但爸爸却是在重庆出生，上海长大。再使劲向上追溯，傅家先祖是山西洪洞县人，还是从大槐树下走出来的。

我们这一支傅姓公认的先祖，名叫傅山①，字清主，是明末清初一位大大有名的爱国志士，也是一位跨诗、文、书、画、医等多个领域的大师。爸爸小时常听爷爷讲述傅清主的故事，这位先祖的豪侠之气对他影响极大。爸爸还认为，历代傅家人似乎都遗传了傅清主的侠肝义胆，很容易热血沸腾。

傅山生于1606年，据称年少时即博学强记，聪敏过人。1636年，名臣袁继咸在山西提学任上因得罪魏忠贤被诬陷入狱，当时就读于袁继咸门下的傅山联络生员上百人联名上书，并步行前往北京为袁申冤请愿。在长达数月的抗争后，袁继咸冤案昭雪，魏忠贤死党、山西巡按御史张孙振也被革职。这场斗争震动全国，也使傅山名扬天下。清军入关之初，全国抗清之潮此伏彼起。傅山和反清力量积极联络，策划起义，但因机事不密被捕，一年之后才因为没有确切证据而获释。此后，因察觉复明

注：①傅山（1606——1684），明清之际思想家。初名鼎臣，字青竹，改字青主，又有真山、浊翁、石人等别名，汉族，山西太原人。明诸生。明亡为道士，隐居土室养母。康熙中举鸿博，屡辞不得免，至京，称老病，不试而归。顾炎武极服其志节。于学无所不通，经史之外，兼通先秦诸子，又长于书画医学。著有《霜红龛集》等。

无望，傅山只好回到太原隐居，但和顾炎武等反清名人仍多有交往。顾炎武曾说："萧然物外，独得天机，我不如傅青主。"

为笼络人心，康熙曾颁诏天下，要求各地推荐"学行兼优、文词卓越之人"，并称将"亲试录用"。傅山作为一代名士被多次推荐，在屡屡称病推辞后被强行送至北京。但即便如此，傅山仍继续称病卧床不起，并在康熙特许免试授"内阁中书"后拒不谢恩。回到山西后，傅山避居乡间，自称为民，至死不和清政府合作。在他去世后，从各地赶来为他送葬者达到上千人。

对于傅山的成就，梁启超当年将他评为"清初六大师"之一。著名历史学家蔡尚思教授对他的评价更高："他是一个多面手，对经学、史学、诸子学、道教、佛教、诗、文、杂剧、字、画、金石学、音韵学、训诂学，以及医学等无所不长，不仅为明清间各大学者如黄宗羲、顾炎武、王船山等所不及，也为古来学者如苏东坡等所难比。"

有一个关于傅山书画的故事，很是让人神往——

一位朋友向傅山求画，特地把他请到家中来，天天奉若上宾。但很长时间过去了，傅山却总是不动笔。朋友心里着急，又不敢催促。说来也怪，虽然迟迟不画，傅山却天天让书童磨墨，墨磨好了，就都倒到房中的一口大缸里存起来。

一天晚上，傅山喝得酩酊大醉，回到房中就撒起了酒疯。这个酒疯与众不同，只见他手拿画笔在墙上又涂又画，甚至手脚、衣服上也都沾满了墨汁，对着墙面又抹又踹。朋友心里不安，几次前来问候，却发现房门从里头反锁。不管怎么叫门，傅山在里面总是不理。

清 傅山 山水图

第二天一早，提心吊胆了一晚上的朋友又来看望傅山，却发现竟然人去屋空，只留下了满屋墨迹。定睛一看，墙上哪里是什么乱涂乱画，分别有山有水、有鸟有树有石，竟然是一幅气壮山河的"百鸟归林图"！

很早以前，爸爸就想用魔术把这个故事表现出来，但始终没有实现。不过，爸爸的"书画幻术"等很多和绘画有关的作品，确实是受了这个故事的启发。

在医学上，傅山在内科、妇科、儿科、外科等各方面都技艺非凡。他的医学著作《傅青主女科》、《傅青主男科》、《青囊秘诀》也流传得极广。

医术高是一回事，医德高是另一回事。相传傅山极重医德，对待病人非但不嫌贫爱富，在相同的情况下，还优先治疗贫人。有些前来求医的有钱人或官吏名声不好，傅山索性拒绝接待。他的观点是："好人害好病，自有好医与好药，高爽者不能治；胡人害胡病，自有胡医与胡药，正经者不能治。"

关于傅山的医术，也有很多民间传说。

据说有一次来了一位病人求医。在此之前，这位病人已经请过很多名医，但始终没有治好。病本不难治，难的是药。其他名医虽然没治好，但都说得很清楚：这病要是在皇上身上，那就好治；要是在平民百姓身上，那就不好治。确切地说，其实关键的问题也不是药，而是药引。价格倒在其次，主要是没法下手——七副人脑！就算你敢买，而且还真能买得起，也没人卖给你啊。就这样，这个难题被推来推去，就这样辗转到了傅山手上。

药是要治人病的，但药引是要人命的。傅山是好大夫，但毕竟不是杀人凶手。

苦思冥想之下，傅山突发奇想，马上找来病人家属。"你们马上召集家里人，去街上收买破草帽，越破的越好！赶车的、卖苦力的，什么人的草帽都行！"原来，傅山的想法也很简单：药引虽然要用人脑，但可能只是需要其中的某些成分。而破草帽戴在头上，经常被头上的汗液浸透，其中或许就有药引中需要的物质。

很快，破草帽收集了一大堆。傅山把草帽都放在大锅里熬，熬出来的汤就当了药引。没过多久，病人居然真被治好了。

先祖傅山和大清抗争了一生，朝廷出于对他的敬重，也许还为了安抚人心，并未对他有什么不敬。但在他去世后，傅家后人越来越受到清朝政府的敌视。为了避祸，傅家从山西举家迁出，南下到湖北麻城县孝感乡。再后来，傅家又随着"湖广填四川"的迁徙大潮进入四川，在重庆长寿县落下脚来。

长寿是座山城，山形像是一只凤凰，凤凰的"脖子"位置有条街，名叫"凤领街"。傅家祖宅就在这条街上。几年前，我们曾经回到长寿县特地找寻老宅，但当年的公馆已经被拆除，原址建起了一座小学。

现在的重庆市长寿区，我站的位置就是过去的凤领街，原先的傅家公馆已改作一所学校。

傅家进川后世代行医。到了近代，也出过几位官宦，包括兰州知府、苏州知府。和魔术接触，则是从曾祖傅志清开始——也就是"我的爸爸的爸爸的爸爸"。

我的高祖，也就是曾祖傅志清的父亲，名傅小苏，大排行第六，16岁结婚，却在17岁时就酒醉而死。

关于高祖的去世，后来流传的说法是，高祖和朋友在外聚会，喝了很多酒以后，打发家人回府，"把老太爷的那坛陈年好酒给我拿来！"老太爷，即是时任兰州知府的傅寿枝，当家人禀报之后，老太爷并没有生气，反而怕儿子在人前丢了面子，命家人把酒送去，但好酒下肚以后，我高祖小苏先生却再没有醒过来。

高祖一去世，同样年纪轻轻但已经怀孕的高祖母——傅李氏就陷入困境。

在封建官宦大家庭里，高祖母虽然身为少奶奶，但在丈夫不幸早亡、又不能给傅家留下子嗣的情况下，她未来的不幸几乎可以预见。所以，生儿或生女，不只是这个孩子的未来，还将决定高祖母的未来。

高祖母临产时，把自己一个人反锁在房间里，任何人都不许进来。背后的潜台词就是：如果生的是女孩，这个房间就是母女二人的最终归属。

我曾经多次在脑海中设想过这样的场景，每一次都觉得惊心动魄，不忍卒闻。

老天有眼，生的是个男孩，取名"傅志清"。我们这个魔术世家的第一代魔术传人，就连出生都很传奇。

但紧接着，寿枝公病殁在兰州任上，之后几经变故，家道衰落。高祖母把手中的300多亩地逐步卖掉，把曾祖傅志清送到日本留学。1905年，傅志清踏上了异国求学的道路。

我的高祖母——傅李氏（左二）80岁时和我爷爷（上）、奶奶（左一）、姑婆（右一）、姑妈（右二）的合影。

曾祖傅志清在日本学习法律，游学期间发生的事情，我们现在已知之甚少。只知道他干了两件大事，一件是话剧，另一件就是魔术。

中国和日本的文化交流由来已久，早在隋唐时就已经有史可考。20世纪初，日本借鉴欧洲浪漫派戏剧，创造了"新派戏"，即后来的话剧。中国留日学生看到形式新颖的新派剧，立刻为其所吸引，并随即登台仿效。

1906年，傅志清和李叔同、欧阳予倩等七位中国留日学生一起创办了中国最早的话剧社"春柳社"。在春柳社的表演中，傅志清大多表演滑稽类的角色，并在《茶花女》、《黑奴吁天录》等名剧中担任过角色。

再来说魔术。当时，西方魔术在日本已经非常流行，并且出现了诸如盐屋长次郎、松旭斋天一这样的巨星级的人物。李鸿章到日本谈判时，日本方面宴请李鸿章，席间为其表演魔术的，正是松旭斋天一的魔术团。

傅志清还看了不少日本当时流行的"水艺"、"黑戏"等新奇节目。譬如"黑戏"，简而言之，就是在舞台上挂上纯黑背景，然后利用黑白对比来表演魔术。比如，一个穿白衣服的人在台上做出各种匪夷所思的动作，比如可以把自己的脑袋摘下来放在手里，或者表演者手中拿一只空杯子，远处一只水壶飘过来，自动给杯子注满清水。甚至魔术师可以张开大嘴，吞掉一匹迎面而来的白马。

这种表演的手法，原理其实很简单——表演者做出各种动作时，旁边自然有助手配合。只不过助手肯定身穿黑衣，再戴上黑手套、黑头套，再加上灯光的配合，他们就完全融入黑色的幕布。

松旭斋天一来华演出。

中日文化交流源远流长，图为收藏在日本正仓院博物馆的唐代绘画中的魔术表演。

当时，傅志清学习了很多日本魔术，并和日本著名魔术师正意浪花成了好朋友。两人互通有无，进行了很多交流。曾祖回国后，带回来很多"东洋把戏"节目和道具。所谓"东洋把戏"，即是日本本土的、深受中国影响的幻术，与近代西方传入的欧美魔术结合的产物，是魔术史上的独特品种。曾祖是最早把外国魔术引进中国的先行者之一，正是因为这段历史。傅志清和正意浪花的友谊维持了很长时间，正意浪花后来到中国演出，还特地前往成都与他叙旧。遗憾的是，日本留学归来之后，傅志清在话剧和魔术这两件事上都曾经进行过尝试，但在当时的大环境下，却都很难获得大的成就。

回到成都后，傅志清一度创办了"革新剧社"，继续话剧事业。但四川当地的风气未开，加之川剧有深厚的群众基础，作为新鲜事物被人称为"新戏"的话剧难免曲高和寡，很难在市场上抢到一席之地。另一方面，国内当时处于军阀割据状态，可谓天下大乱，老百姓想要过上安稳的生活尚且是份奢求，自然也没心思观看演出。因此，革新剧社自创办起就一直惨淡经营，没过多久只好悄然解散，资财毁于军阀战火。

至于魔术，更不能算是个"正经事"。当年魔术、杂技都被视为"下九流"的手艺，像傅志清这样的书香门第，当然不会让后代从事这样的职业。

虽然曾祖的艺术事业不顺，但他为西南话剧撒下了种子，培养了一些人才，尤其是促使我的爷爷傅天正先生五岁登台，为日后投入艺海埋下伏笔。

我的曾祖傅志清先生在日本攻读法律，回国后除了短期的律师经历，后来还出任过四川西部稻城县县长，并在岷江流域的松理茂汶（松潘、茂县、会理、汶川）为官。据说稻城这个地方有丰富的地热资源，即使天降大雪，其他的地方白雪皑皑，但有地热的区域却仍是绿草茵茵。借助这么好的地质条件，当地人在家中直接把草铺在地下，睡觉时直接爬上草席，很是方便。即使在室外，只要有地热的地方，也常能见到有人席地而卧，有时甚至能看到牧民在漫天雪花下安然入睡的奇特景象。

"稻城县令"到底是个多大的官？说来有趣，几年前，我的堂弟傅志皓到九寨沟旅游，中途还特地去了一趟稻城县寻祖。在他的描述中，稻城是这样一个地方：整个县城基本就是一个十字路口，两条大街就是全部主干道。更让堂弟诧异的是，本应设置红绿灯的十字路口正当中，摆的却是一张方桌，四个人围坐一圈，就在路口打起了麻将……

在曾祖父傅志清所办的革新剧社里童年的爷爷（左）有时串演小孩的角色。

我的曾祖父傅志清（右）和我的二爷爷傅天奇的合影（左），这是他存世的唯一照片。

第二章

●18岁完成《薛涛年谱》

曾祖傅志清的魔术生涯，虽然也算是开风气之先，但毕竟没把这事当成职业，其实更像是"玩票"。到了爷爷傅天正这一代，魔术才正式成了傅家的招牌技艺。

爷爷原名傅润华。1907年的一个早晨，一代魔王傅润华呱呱落地。

我的曾祖母姓钟，在她即将临产的那天早上，她的婆婆，也就是我的高祖母傅李氏在隔壁房中休息。朦胧之中，高祖母看到从大门外走进一个和尚，居然默不作声走进了儿媳妇的房间。高祖母正在恼怒，心想这个和尚怎地毫无规矩，却突然惊醒，发现是南柯一梦。但正在此时，一旁儿媳房中却传出婴儿啼哭的声音。

爷爷乳名"大和尚"，正是为了应这段佛缘。

爷爷的聪慧从小就为人所知。还只有一两岁的时候，爷爷就已经能背一些启蒙的课文。

爷爷的童年在成都度过。在他的少年时期，就已诗文不群，深得他的老师——白屋诗人吴芳吉先生喜爱。而且爷爷早早就显露出豪侠之气,结交的朋友也是三教九流。在他的朋友里,就有一位功夫了得的戏法艺人,名叫高松亭。

在四川民间有很多关于高松亭的传说,形容得神乎其神。一些看似平常的小戏法,从他手里表演出来,似乎分外与众不同。比如:

节目开始,高松亭空手变出来盛满水的大碗;他用手巾把碗蒙上,向观众走去,但脚下突然一滑摔倒在地;手巾在地下,碗也似乎还在手巾下面,只见高松亭故作狼狈地爬起身来,伸手拿起手巾,手巾下面却马上变得空空如也,水碗早不知去向……

遇到有人做寿,高松亭要变个寿桃出来助兴。张开手,却从手心里跳出来是一只青蛙;青蛙跳到观众当中,高松亭连忙伸手去抓,抓到了,一只手拎起来,却噼里啪啦地响了起来。原来,青蛙不知怎么又变成了一串鞭炮……

经常和这样的朋友在一起,爷爷从小就对中国幻术着了迷,当然,他还会一些洋戏法,那是我高祖教给他的东洋把戏。

上中学时,爷爷作为"神童"的名气更是传播甚广。

我爷爷在重庆联合中学毕业时与同学合影。

重庆联中是当时很有名的一所中学,换在现在,相当于"重点校中的重点校"。因为手上有魔术功夫,傅润华同学在学校里极有人缘。但他在写作方面的出色才华也很快为人所知。他写的文章,几乎都被老师当作范文张贴出来。毫无疑问,少年傅润华在学校里拥有很

多粉丝。其中一名低年级小学部的小曾(曾庆国)同学,更是他的铁杆粉丝。小曾同学聪明乖巧,两人很快就成了好朋友。后来,这种友谊又从学校发展到了家庭。小曾同学每天放学回家,嘴里说的都是"傅润华"、"傅大哥"怎样怎样,时间长了,家长也开始好奇。

一次,小曾同学的母亲关照儿子:你说的这个傅润华这么厉害,能不能请他到家里来玩?于是,傅同学就经常到小曾同学家做客。机缘巧合,由此成就了一桩婚姻。

我的奶奶,
当年的曾三小姐——曾庆蒲。

原来,小曾同学有个在女职高校读书的姐姐——曾庆蒲,在家人称"曾三小姐",在学校则是当之无愧的校花。那个时候,女性上学的本来就少,三小姐这样既貌美又有学问的大家闺秀,可想而知有很多追求者。据说当时三小姐的追求者里,既有大商人,又有大军阀,但三小姐最后还是看中了傅同学,也算是一件"才子佳人"的美事。而这位"小曾同学",就是我在本书"引子"中提到的舅公。

订婚那年,爷爷傅润华15岁;奶奶曾庆蒲比他大四岁,也只有19岁。

重庆联中毕业后,爷爷来到成都大学读预科。这段时间,爷爷在四川多家报纸发表作品,体裁涉及文学、评论、诗歌。甚至在18岁那年,爷爷已经独自完成了一本对唐代著名女诗人薛涛的研究著作,取名《薛涛年谱》,有的版本书名印为《薛涛诗》。

薛涛出身高贵,本是书香门第。据说,薛涛十多岁时和她父亲对诗,其父出上联:

"亭有一古桐,耸干入云中。"

薛涛马上对出下联:

"枝迎南北鸟,叶送晚来风。"

虽然对仗很工整,但薛父心里却很不是味道:枝迎南北鸟——这诗有风尘味啊!没想到,薛父的担心在不久后居然一句成谶。在薛父去世后,薛涛母女生活陷入艰难,后来竟双双流落风尘。

尽管如此,薛涛仍凭借出色的才华赢得了尊重。在她的交往圈子中,既有节度使这样的权贵,也有当时的名人墨客如元稹、白居易、刘禹锡这些大名家。作为唐朝现存作品最多的女诗人,薛涛的作品风格清丽,还有很多关怀现实的诗作。她与才子元微之的恋情悲剧,也久久被人们所缅怀。

在中国文学史上的地位,薛涛和蔡文姬、李清照等相比也毫不逊色。爷爷从小喜欢薛涛诗,在成都大学读预科时完成了《薛涛年谱》并在光华书局出版,得到了学界的高度评价。

我爷爷18岁时完成的《薛涛诗》,后来在上海出版。

第三章

● 从上海到北平

1929年，22岁的傅润华读完成都大学的两年预科，来到位于上海吴淞的中国公学继续学业。说起中国公学，还是相当有来头的。这所学校由清末革命党人创办，是中国最早的大学之一。最初，中国公学的创办，是为了接收因日本取缔中国留学生而退学回国的3000余名留日学生。

在中国公学，傅润华很快声名鹊起，成为学生中"四大手笔"之一。他的一些诗作，也有幸得到在中国公学任教的大名家指点。家里现在还有爷爷的诗作《弱冠集》手稿，上面有很多老师的批语，有些名字说出来还是很吓人的，比如陆侃如，比如胡适……

读书之外，傅润华几乎把所有的精力都花在了魔术上。

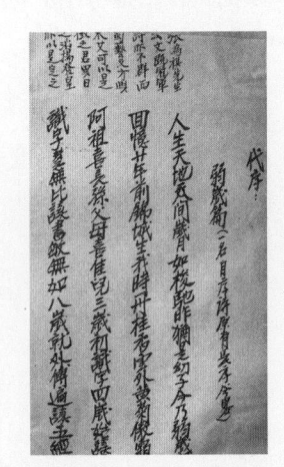

爷爷的诗集《吟搞》的手迹

我爷爷在上海中国公学求学时的留影。

1930年,也就是进入中国公学的第二年,傅润华根据自己所掌握的魔术手法,出版了一本旨在推广普及的小册子《幻术初阶》一书。

说到爷爷的"豪侠之气",在上海中国公学就读期间,傅润华结交甚广,很多艺术界的名家,尤其是魔术界的成名人物,都在那个时候和他结下深厚友谊,也为他日后涉足职业魔术埋下伏笔。

这些朋友当中,既有南派魔术大家张慧冲、莫悟奇,也有后来大大有名的魔术教育家吴恩琪。其中还有一位象棋高手谢侠逊。谢先生的一生也富有传奇色彩,后来成为中国象棋一代棋王。谢侠逊和傅润华的友谊维系了50多年,两人还曾在抗战时联手在大西南为前方抗战将士募捐,先表演节目,再发表慷慨陈词的募捐演讲,节目大受欢迎,募捐也得到观众的大力响应,二人每到一处表演都是万人空巷的盛况。

中国公学录取学生不需要高中文凭,但这一点和学校的教学水平似乎并没有直接关系。事实上,由于在师资队伍中集中了当时的很多名家,也开设了很多新课,中国公学的思想活跃是很出名的。在这里,资本主义、社会主义、国家主义甚至无政府主义学说和思潮都能找到自己的一席之地。在内忧外患之下,社会上任何大事件都可能在学校里产生巨大的反响和思想碰撞。在这种情况下,越是思想活跃,就越是容易产生冲突。

1931年,"一·二八"淞沪抗战爆发,这一重大事件很快在中国公学产生强烈反响。因为在如何应对日本侵略的问题上争执不下,中国公学在一年中竟然发生了四次风潮,接连更换了四任校长。这一连串的事件也使傅润华不得不离开上海前往北京。

更换校长,和学生有什么关系?

关系还是有的。因为换校长往往意味着学校政治观点的变化,这些变化不可避免地把观点不同的学生也都牵扯了进来。其中一任校长是马君武先生。

马君武是民国初期教育界元老,江湖地位和蔡元培相当。现在提起马君武,更多的是因为他讽刺张学良不抗日的一首诗作《哀沈阳》。

这首诗发表在上海《时事新报》上,讲的是日本关东军兵临沈阳城下,张学良却仍与美人流连,全不顾抗日大计。"赵四风流朱五狂,翩翩蝴蝶最当行。温柔乡是英雄冢,那管东师入沈阳。"

马君武是孙中山任命的中国公学校长,但国民政府中却有人想把马君武挤走。为此,学生中也分成"保马"和"反马"两派,其中"保马派"的领头人正是傅润华。这场斗争最终以"保马派"的失败告终,马君武被迫离开中国公学。至于傅润华,也收到了新任校长的最后通牒:想继续学业,就必须悔过;不愿意悔过,就必须退学。

傅润华很坚决地选择了后者,离开了中国公学。马君武很器重傅润华,想请他当自己的私人秘书。傅润华心里却还惦记着魔术的事,考虑再三,婉拒了马校长的好意。

离开上海后,傅润华前往当时的政治中心北平,考入北平大学继续求学,改学法商系。

当年莫悟奇先生表演魔术《红心箱》

青年时代的张慧冲先生

青年时代的南京魔术家崔新洲

当时的莫家班剧照

第四章

● 爷爷拜师学艺

1931年，傅润华考入北平大学，主修法商学。对他来说，学业上的进步固然重要，但在魔术上的修炼似乎更为重要，可以算是他魔术学习的"博士"阶段。

从清朝末年至民国初,中国和国外魔术交流非常频繁。从最早的1876年英国魔术师瓦纳到上海起,日本的松旭斋天一、天胜娘师徒,到20世纪初包括日本正意浪花、意大利的恰弗罗、英国的享利、美国的邓脱、德国的聂哥拉等不断来中国演出，不少中国魔术师也开始主动走出国门。

有一位名为朱连魁的吴桥艺人，国外翻译为"金林福"，是近代"走出去"比较早而享誉世界的中国魔术师。早在1898年，金林福就曾经赴美演出。由于中西方存在较大差别，金林福的表演在各地均引起极大轰动。

金林福的优势得从中国戏法的特殊构造说起：我们内行把魔术的机关俗称"门子"。魔术里不能被人看到的地方，也叫"隐蔽面"。欧美魔术当时以镜框式舞台魔术为主，隐蔽面在"后面"。观众只能在前方观看，而不能看到背面的机关。而中国的艺人是走街串巷作艺中锤炼出来的古彩戏法①、彩碗幻术等技艺，因为大都隐蔽面"朝下"，所以不怕四面围观。对此，不仅外国观众感觉新鲜，就连很多外国魔术师也觉得很神奇。金林福最擅长是"空竿钓鱼"、"大碗飞水"等中国传统的古彩戏法，在国外惊为天人。

最早出国卖艺的朱连魁（国外艺名金林福）与美国魔术师合影

另一位和国际魔术界有深入交流的中国魔术师，名叫韩秉谦。这位韩师傅后来成为北派魔术泰斗，门人弟子众多，是国内魔术界一大宗派。爷爷傅润华也是韩氏幻术传人之一。

韩秉谦先生是河北吴桥人。清末有一年南洋群岛举办博览会，韩秉谦率徒众以"北京幻术团"的名义下南洋表演，他在表演时身穿清政府颁发的"正四品顶戴"，让当时的老外们倍感新鲜。据说后来很多外国魔术师都模仿韩秉谦的模样，只要是表演中国魔术，就都要身穿长马褂、头戴孔雀翎……

环游世界十九国归来的北派魔术泰斗韩秉谦先生

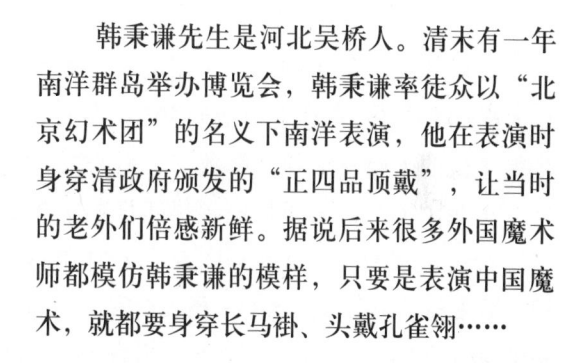

从这次下南洋开始，韩秉谦历经十数年，环游世界十九国，先后游历到过英国、法国、奥地利、德国、瑞士、比利时、意大利等国，最后到达美国。这一路游历过来，韩秉谦结交了很多外国魔术师，与他们切磋技艺。魔术界有一个变硬币的手法是当年韩先

注：①中国古彩戏法历史久远，自南宋以来杭州的瓦舍、街头以及喜庆堂会都有演出。变戏法都遵循传统，一直穿大褂表演，表演前必须上、下、反、正都要亮相，把盖布里外让观众看过。中国古彩戏法在形式和内容上都有自己的独特的风格。戏法演员大都身穿着长袍，道具如鱼缸、瓷碗、花瓶、火盆等全部带在身上；表演内容按照中国民族的习俗，大都有庆贺吉祥之意，例如：吉庆有余，瓶升三戟（谐音平升三级）

当年韩先生以北京幻术团名号出国，主要成员：中后为韩先生，右前为大弟子张敬扶，中前为小徒弟赵敬熙，左后为二弟子吉敬禄，左前为赵翻译官。

生所创，直至今日，国际上仍称这个动作为"韩秉谦"。

和韩先生一起出国的幻术团成员，离家时还大都是小孩子，归来时，他们中的很多人已经是很了得的人物——侄儿韩敬文，后来成为一代"东北魔王"；弟子们以福禄熙祥顺字辈排名，二弟子吉敬禄文活武活样样通①，小徒弟赵敬熙，后来成了中国最出名的滑稽表演家；大弟子张敬扶，后来在北京创办"万福堂魔术团"，民间甚至有"不看张敬扶，一天不舒服"的溢美之辞。未坐科②弟子如杨保忠，早年入川，他的徒众成了新中国建立后重庆杂技团主力。再有蒋九如，是江南著名武术家，等等。

韩秉谦先生的另一个独到之处是，每到一

注：①中国魔术常用术语
　　文活——即"魔术"
　　武活——即"杂技"
　　②坐科——指在科班学习，毕业后叫科班出身。

向我爷爷代师传艺的张敬扶先生

韩秉谦之任，号称东北魔王的韩敬文

个新地方，他都花重金购买国外魔术技术、道具，认真研讨魔术技法。等他归国时，已经收集了大量西洋魔术节目，成为一笔宝贵的财富。

韩秉谦带回来的西洋魔术就像一座宝山，深深吸引了爷爷傅润华。到北平上学后不久，他就慕名前来，正式拜韩师傅为师。

当时，韩先生年岁已高，无法亲自授徒。傅润华名义上是韩秉谦的弟子，但平日里练功，却主要靠大师兄张敬扶的指点，即是内行所说的"代师传艺"。

在这种情况下，爷爷学习了大量魔术节目。和其他知识分子主要依靠道具的魔术不同，爷爷夏练三伏冬练三九，练就一手过硬的基本功。

爷爷团结一批同学、朋友，组织了一个"维纳斯幻术社"，自任社长，平时研习训练，还利用寒暑假期间，率幻术社在北平各处戏院演出，有时还外出到察哈尔等地表演。幻术社还定期推出一本《维纳斯学刊》，记载演出的经历和各种心得。频繁的艺术活动让爷爷在这段时间里结识了很多艺术界的朋友，包括后来成为解放后云南"大右派"的美术家宋一痕，以及原名杨君莉的著名演员白杨。

韩先生的小徒弟滑稽家
赵敬熙先生。

我爷爷在北平大学求学时寒假
到察哈尔表演。

第五章

●走上职业魔术之路

1934年，傅润华从北京大学毕业后回到重庆，正式和十年前已经订婚的曾三小姐——曾庆蒲完婚。

傅家历代出过一些官员，曾家则是律师兼大工厂主，双方都算是"上层"家庭，傅润华和曾庆蒲的喜事也是当地一件大事。曾三小姐的嫁妆里，包括一家正在营业的旅馆。最初几年里，旅馆的收入足以让这个小家庭衣食无忧。

爷爷奶奶在家中所拍的结婚照

这是一张有趣的图片，重庆女职校的两朵校花相继结婚，图为我奶奶曾庆蒲新娘曾庆蒲（真美人）（右），为同学贾德芳（假美女）（左）当伴娘时的合影。

在傅润华内心深处，很想把在北大上学时创办的"维纳斯幻术社"继续办下去。但正如前文所说，魔术当时是"下九流"的行业，社会地位很低。而傅家和曾家又都是当地的名门望族，"面子"问题就是大问题，当然对这一"荒唐念头"表示了坚决的反对。

接下来，傅润华曾经干过报馆编辑、大学教师，还经人介绍，在当时的四川军阀刘湘的军队中担任过军法官。

在此期间，傅润华仍然心系魔术，有时见到流浪艺人，他还常把对方请到家中一起交流。至于花常人难以想象的大价钱购买国外的魔术书籍或道具，对他来说也是常有的事。

所谓"军法官"，在当时是军队里级别很低的文职官员。这本来是爷爷人生中极小极小的一段插曲，但在后来，这段经历不仅成为爷爷一块挥之不去的心病，而且也确实成为他"历史不清白"的铁证之一。这是后话，暂且不提。

干了一年军法官，傅润华旧话重提，还是打算创办一家魔术团。

在反对的力量里，甚至也包括了曾经的魔术狂热爱好者——我的曾祖傅志清先生。而在一片反对声中，就像当初在众多追求者之中唯独看中傅同学一样，曾三小姐坚定地站出来，成为丈夫的最有力支持者。

在没有出嫁之前，曾三小姐是家中的管家，就好像《红楼梦》里凤姐的角色。三小姐把一大家子的柴米油盐等一应琐事管理得井井有条，在家中也是很有威势的。现在，在她的强力支持下，特别是毅然决然地卖掉经营状况甚好的旅馆后，筹措到了足够资金，傅氏幻术的第一个正式魔术团终于在1936年成立，起名叫"中国环球幻术学社"。

创办环球幻术学社时的报纸广告。

加盟表演的"万能脚"天生没有手臂的全连福先生。

早期在成都的报纸广告。

魔术团的演出班底以家庭成员为主：曾三小姐的弟妹蔡蕙华，年轻漂亮，又很喜欢艺术，成了傅团长的主要助手；曾三小姐的表妹陈雪丽，也是主要助手之一。傅团长又联系了在北京上学时结识的朋友、河北魔术师李天蔚前来帮忙，凑出一套演出阵容。

傅润华和李天蔚两位魔术师都经验丰富，也都有组织演出团体的经验，环球幻术学社的演出形式，和以往的民间艺人还是有很大区别，可谓气象一新。

环球幻术学社的演出范围以重庆为主，在当时很有名的扬子江舞厅、国民戏院等地均进行过公演。等到演出基本稳定，整个团队也积累了一定经验，傅润华又把眼光放大到外地乃至外省，除长驻成都外，亦常到昆明、贵阳等地进行巡回演出，两三年间，几乎跑遍了整个大西南。

我爷爷办的环球幻术团当时的学员们

在成都的魔术演出场面

抗战时期，香港沦陷前夕，我的二爷爷傅天奇突然回到四川。

二爷爷是个画家，书法绘画都不错。他过去在上海、北京、广州、香港都是自由职业，以卖字画为生。爷爷和南方的魔术泰斗莫悟奇①是好朋友，二爷爷拜莫为师，和莫派有个联姻。莫派后来是南派魔术的大宗，二爷爷在莫派中也是数得着的人物。曾在广州、上海、香港都举行过表演。日本人攻占香港

注：①莫悟奇(1887——1958)，中国魔术师。江苏人。专心研习外来魔术的演技手法和道具结构，竟能无师自通，还能自行设计和制作道具，在移植西方魔术使之民族化方面多有贡献。所制作的道具，门子精巧，具有浓郁的民族风格。并为魔术表演中采用民族服装的首倡者。魔术界有"南莫北韩(秉谦)"之称，是对他在南派魔术中地位的肯定。他的门生遍布南方各省，较有成就的有李传芳、凌幻天及其子莫非仙等。

后，二爷爷提前逃出香港回重庆。

二爷爷当时未婚年轻浪漫，在重庆发生了一起桃色事件，和一位赵女士相好，后来赵女士成为他的第一任夫人。赵女士是艺术人才，非常漂亮，对文艺也有研究，成为二爷爷的主要助手，由于她是有夫之妇，其丈夫是国民党的将领。二爷爷被告上去，打入大牢，很危险。爷爷当时在成都，赶到重庆动用各种关系营救二爷爷。谁知路途中，意想不到的事故发生了两次。

从成都回到重庆的途中，路过老鹰崖。车上坐了17人，下着蒙蒙细雨，在老鹰崖翻车。可能事先有预感，爷爷见势不妙从车窗中蹿出来，抓住一棵小树，才没有掉下山崖，脱险后他马上找附近农户去一起营救伤员。现在看起来，其他人都遇险，只有魔王脱险，此事间接对爷爷是个很大的炒作，当时四川各报均有报道。

把二爷爷的事情处理好回成都，当时匪患厉害。土匪设了路障，司机冲过去后，土匪开枪，把轮胎打破。爷爷原来坐在靠窗的位子，旁边是个有钱人的太太。中午吃饭后再上车，原来的靠窗位子已被那位太太了，结果她恰恰因为坐在那里被流弹击中颈部死去。

土匪上车抢东西时，爷爷把包扔给土匪，土匪一看是书本，不知其实书底下藏的是大洋，因为书也很重，所以土匪上当，便扔回给他。

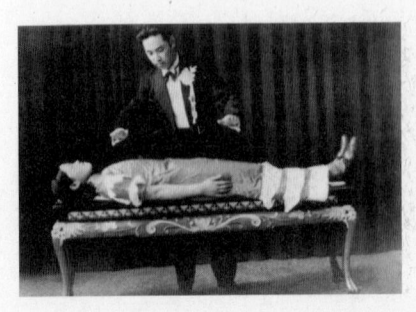

大魔术"飞人床"所用的雕花道具

铜制的精美道具"鸭瓶"出自莫悟奇先生之手,当时我爷爷和我舅婆蔡蕙华表演这个节目的合影。

我爷爷和他在北京的练功伙伴李天蔚(右)

第六章

●魔术救国

环球幻术学社创办不到两年,抗日战争全面爆发了。

重庆本来偏居西南,在抗战时却成为全国的抗战中心。在当时同仇敌忾的氛围下,艺术界人士也自发组织起来,为抗战鼓舞士气、募集资金。

说到这里,需要先补充一点关于抗日战争的基本情况——

1937年"七·七卢沟桥事变"之后,8月13日,日军又在上海再次挑起战火,全面侵华就此开始。淞沪大会战中,国民政府先后投入达70万兵力,这场血战也成为国民政府与侵华日军的第一次正面对抗。由于对手国力强大且对这场战争准备已久,面对武器精良、训练有素的日本军,国民政府自知无法硬扛,被迫采取"以空间换时间"的战略。为避敌锋芒,国民政府决定西迁,以四川作为持久抗战的基地。此后，上海、南京、太原、武汉、长沙等大城市相继沦陷。但在此期间的每一次大会战，都让日军付出沉重代价，也为战略物资、工业设备以及普通群众向大后方撤离赢得宝贵时间。

对我家来说，这一段撤离也是惊心动魄，"八一三"事变①时，我爷爷正在上海订制魔术道具，他自己是花了重金弄到一张去南京的票挤上火车，辗转回川，而由上海莫悟奇先生为我家监制的大型魔术道具"大羊笼"、"鸭子瓶"、"神仙画橱"等，稍后也在爷爷的朋友——民生轮船公司卢作孚先生的安排下运抵重庆。

自"七·七"事变之后，从全国各地先后撤退涌向大西南川、滇、黔三个省份的中国人更是达到一千万人以上，其中不乏各界名流。身处战时陪都重庆，又是艺术界名流，爷爷傅润华自然主动为抗战救国奔走呐喊。

当年从战火中由上海运抵重庆的道具

魔王傅润华和棋王谢先生的联袂募捐，是当时广为称颂的爱国行为之一。两人募捐的足迹遍布西南各省，后面再叙。

爷爷最辉煌的经历，当数在重庆和成都两地进行的"四大魔王"募捐公演。

环球幻术学社成立后，一度成为外地演艺界人士来渝的交流平台。后来在电影界大大有名的陈波儿、蓝马等演员，都曾经和爷爷同台表演。另一位魔术名家阮振南，也正是在这个时候走入爷爷的视野，两人相见恨晚，一起花了大量时间交流研习魔术。其他，如东北人金幻民，美国归来的电气工程师、著名的魔术牌王李松泉，女魔术家张美娟等均相继抵渝。

师承魔术泰斗莫悟奇先生的二爷爷傅天奇此时也逃回家乡，来到爷爷的剧团。当时，我五爷爷傅德光尚在少年，爷爷亦将其带在身边。如此，我爷爷在魔

注：①"八一三"事变——又称"八一三"淞沪抗战。是抗日战争初期继"七·七"事变以后，1937年8月13日上海军民奋起抗击日本侵略军的壮烈战斗，日本帝国主义为扩大侵华战争在中国上海制造的事变，1937年8月13日爆发，即第二次上海事变。

艺圈中,可算如虎添翼。

　　傅润华、阮振南、马守义、刘化影四位魔术家,被称为抗战大后方"四大魔王"。除了来自东北,以设计魔术见长的刘化影,其他三个人都以手法高超闻名。

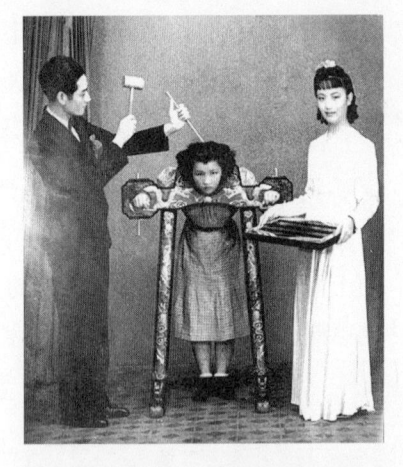

　　爷爷傅润华擅长"手彩"①,尤其是一手扑克牌魔术出神入化,能变出上百种花样,令人叹为观止。加之他的儒雅风度,激情的言谈,感染着观众;阮振南是中国藉越南人,黄埔军校出身,个子不高,但表演风度极好。傅家和阮家后来一直保持着联系,爸爸有一个"碎绳还原"的高级手法,还是得自阮夫人吴理华先生的亲传。马守义是湖北魔术名家,中小型的节目非常有特点,给人印象最深的是变烟术。

我二爷爷（左一）从香港逃难回四川之后加盟爷爷的演出。

　　"四大魔王"来自四个不同省份,但也许正因为如此,反而更能体现全国上下团结一心的抗日情结。节目中,更是到处穿插着民族意识和抗战精神。像傅润华的《灿烂中华》,马守义的《枪毙汉奸》、《国旗飘扬》,阮振南的《九一八》（刀箱魔术）、《还我河山》,无一不激起观众的共鸣。对"四大魔王"的募捐公演,四川各界反响热烈,国民政府要员纷纷前来捧场,大人物们纷纷题词相赠,我爸年幼时,曾在当时重庆自水街(现在的新华路)住处看到过冯玉祥题

注:①手彩魔术:不需要大型道具和复杂的门子,完全依靠或主要依靠演员双手的变幻技巧来完成变幻的魔术节目。手彩魔术全凭演者手上的功夫和技巧,所以也可以叫作"徒手魔术"。

写的条幅，事隔多年，是什么句子没能记住，而郭沫若写的"化腐朽为神奇"，倒是后来在我家一个旧的纪念册上发现的。

20世纪80年代，政府为"四大魔王"之一，建国初被打成反革命的阮振南先生平反昭雪，中国杂技家协会派人前去参加平反大会，姑妈也去了重庆，见到很多当时各报对"四大魔王"的报道。

四大魔王之一阮振南先生的剧照

淞沪抗战前夕我爷爷去上海订购道具时与莫家合影
（前右为莫悟奇，后右为年仅18岁的莫非仙）

●姑妈和爸爸在战火中出生

姑妈和爸爸都出生在抗战期间。为了纪念凤城长寿县凤领街的老宅，姑妈就起名为"起凤"；等到爸爸出生时，按理应该叫"腾蛟"，因为"腾蛟起凤"是一句成语，但爷爷已经有个叫万腾蛟的徒弟，爸爸的名字就略做微调，改成了"腾龙"。

我奶奶的青年时代　　　　　　　　　　　　*我爷爷怀抱中的姑妈和爸爸*

姑妈生于1940年，正是成都频繁遭到日机空袭的最紧张时刻。防空警报每天都要响上好几次，但成都是个平原，想找个绝对安全的地方还真不容易。姑妈出生那天是农历3月15日，全城气氛极为紧张。已经察觉到有临产征兆的奶奶

我爸爸的爸爸的爸爸

我姑妈、爸爸和童年夭折的小叔叔。

一横心说，咱今天不跑了！大家似乎也对空袭已经麻木，一致同意留在家中。还好，出生的过程非常顺利，防空紧急警报一拉响，姑妈也正好哭出声来。这一天，全家人沉浸在喜悦之中，全然没有考虑炸弹随时可能从天而降。

才8个月大的时候，姑妈就已经学会了说话。据说，姑妈说的第一个完整的句子，就是"打倒日本人"。

关于防空，重庆还发生过上万人集体遇难的惨剧。

成都是平原，重庆却是山城，很多防空洞就依山而建，直接挖在山洞里。但不幸有一次，防空洞里躲进去的人太多，很快出现了缺氧的情况。但当大家拥到防空洞的大铁门前，却惊恐地发现管钥匙的人已经不知去向。等到第二天，人们发现，整个防空洞里，除了最靠近铁门的一少部分人，其他人已经全部窒息死亡。而侥幸活下来的这些人，背上也被抓得几乎体无完肤。

姑妈小时候爱哭，这本来不是什么大事。但在性命攸关的时候，人的精神高度紧张，小孩子的哭声也可能变得很可怕。遇到很多人在一起躲避空袭的情况，姑妈的哭声虽然不一定引来轰炸，也给全家招来不少白眼。有次甚至有人很愤怒地表示要把她扔掉，想来那个场景还是很让人惊心动魄。

新中国成立初期的姑妈和爸爸

第八章

●魔王棋王

爷爷的环球幻术学社成立后，虽然经历了很多艰危，遭遇过沉船、劫匪、翻车坠崖等种种苦难，但在几年中跑遍了大西南。在30年代初期，爷爷已经闯出了很大的名气。

除了自己带团表演，爷爷有时也和艺术界的其他朋友合作表演。有一位名为谢侠逊的传奇人物，更是在此后几十年中，与爷爷结下深厚友谊。

这位谢侠逊，其实并不是魔术界人士，倒是在象棋界掷地有声，是赫赫有名的一代棋王。卢沟桥事变后，年过半百的谢侠逊向南京国民政府自荐，前往南洋各国募捐。两

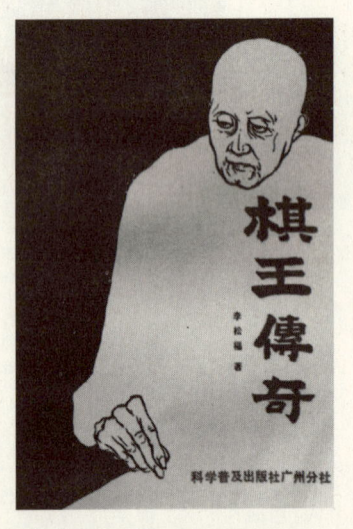

百岁棋王谢侠逊去世后，缅怀他的人们为其撰写的传记。

年后，谢侠逊募捐归来，募得很大一笔捐款，此外还有大量金银珠宝首饰。在他的感召下，还有3300余名华侨归国，亲身投入抗战。为此，谢侠逊被誉为"古今以来以象棋报国之一人者"，周恩来也曾经盛赞他为"爱国象棋家"。谢先生从南洋归来时，中日战事越发激烈，国民政府已迁都重庆。谢先生又和我的爷爷在大西南举办联合募捐。棋王魔王联手，通常分工明确。

　　谢先生棋艺高超，蒙眼下棋是看家本领。他与几十位棋友同时开战，进行盲棋表演，仍能保持极高的胜率。爷爷表演的魔术，虽然以喜闻乐见的节目为主，则大多要加入一些抗战主题的细节。每到一处，都是万人空巷的盛况。比如，《腰斩土肥原》这个节目，很显然就是一个"人体双分"的魔术。而另一个叫《苏武牧羊》的节目。

魔术《苏武牧羊》的表演情形

　　表演时，魔术师双手提起一块床单，床单里仿佛有东西在动，并拖着床单走到舞台前方；魔术师又重复两次同样的动作，舞台前就出现了三个由床单罩住的物体。当魔术师拿起第四条床单时，却在众目睽睽之下突然消失。这时，助手将此前的三条床单一一掀开，就变出来三个大活人，其中之一居然正是刚刚消失的魔术师本人。

　　《苏武牧羊》正是中国传统魔术《易貌分形》，早在汉代张衡的著名辞赋《西京赋》里，就曾经提到过类似魔术，《后汉书》中关于幻术师"左慈戏曹"的描写，也有类似的内容。

　　说起来，这个魔术和苏武一点儿关系都没有，之所以起名为"苏武牧羊"，很大程度上是因为苏武的故事中体现出强烈的民族气节。爷爷的口才好，表演之前还要讲上一段激励抗日的演讲，把现场气氛烘托得更加热烈。据说每次表演完之后，除了现金，还有很多人捐出金银首饰。在募捐现场，经常能看到用戒指摆成的梅花图案，寄托对抗日胜利的殷切期望。

爷爷当时表演最多的有一个经典魔术，叫作《神仙画橱》。表演时，魔术师把一个空的柜子打开，前面蒙上纸，接下来，无论在纸上画什么东西，都可以从柜子里取出相应的东西。当时爸爸年纪小，也不了解这个魔术的机关，但仍然留下了极其深刻的印象。爸爸自幼对绘画产生兴趣，特别钟情于和绘画有关的魔术，所以对幼年所见的这个节目印象非常深。

爷爷表演手彩《一球化四》

有一次，爷爷和谢先生相伴到一位国民党高官家里做客。谢先生和友人的棋局刚刚结束，有人提议，傅润华先生也该来个节目。爷爷稍一思索，随手拿起桌上的棋盘，请东道主随意挑一个棋子。棋子选好以后，爷爷拿过棋子掂量一下，猛地往对面一扔。正对面，一位女士猝不及防，下意识地躲闪了一下，而棋子居然就此消失不见。

令人称奇的还在后面。爷爷站在原地并未移动，而是让对面的女士转过身去，打开背后的一只抽屉。刚才那只神秘消失的棋子，居然就出现在抽屉中！

这个魔术的秘密，爸爸从未听爷爷讲起过。后来，爸爸在读到纪晓岚《阅微草堂笔记》①时，看到一个类似的故事，突然悟出了其中奥妙。

爸爸的推断是：这只棋子肯定是事先放到抽屉中的。但在这个魔术里，关键的问题并不是什么时候藏好棋子，而在于这只棋子如何选择。

主人会选择哪只棋子，这看起来像是一个随机的决定，但其中大有奥妙。比如，主人的身份是一位高官，所以选"将"或"帅"的可能性不大；又因为是一位文职官员，选择"车"或"马"的可能也不大；又因为主人当时正赋闲在家，选择红棋的可能性也基本排除。所以，可能出现的选择其实只有两三种可能。如果爷爷再在一旁进行一些心理暗示，选择的余地就进一步缩小，那一次，主人选的是黑象，正如爷爷所料。其他的环节就简单了，对魔术师来说，让手里的一只棋子突然消失，还不是易如反掌……

当然，有人如果问："人家不选这只'在野的相'怎么办？"我想，到我爷爷那种境界，一定有各种办法来创造奇迹的。

在魔王棋王合作的时候，姑妈傅起凤才2岁多，在舞台上，爷爷往往把一个布娃娃放进一只小纸箱，打开，却是姑妈站起来，据说姑妈每次从箱子里变出来时，都要喊一句"打倒日本帝国主义！"奶声奶气的，却是相当的给力。谢先生非常喜欢这个小姑娘，后来在四川广汉演出时收姑妈为干女儿，给她起名叫"谢秉汉"。姑妈因此也被称为魔王和棋王的"双料公主"。

注：①《阅微草堂笔记》——清朝文言短篇志怪小说，于清朝乾隆五十四年(1789年)、至嘉庆三年(1798年)年间翰林院庶吉士出身的纪昀以笔记形式所编写成的。主要搜辑当时代前后的各种狐鬼神仙、因果报应、劝善惩恶等之流传的乡野怪谭，或则亲身所听闻的奇情轶事。

95岁的谢爷爷教我下棋

与棋王谢侠逊爷爷合影

第九章

●爷爷和川剧的渊源

各种艺术之间，总有一些东西是相通的。爷爷傅润华和很多川剧老艺人交情匪浅，帮他们进行了很多整理工作。川剧有很多好剧本被其他剧种引用，而且有很多独特的表演方法。比如在川剧的《白蛇传》里，青蛇这个角色居然是位男性。由于川剧影响巨大，四川不少文人都对这个剧种很关注。

爷爷和一位名为康芷林的川剧艺人交往很多。这位康先生，后来被誉为川剧"戏圣"。

康芷林不仅唱功出色，武功也很好。康芷林在《白蛇传》里饰演许仙，有一段情节，是小青拔剑要砍许仙，许仙吓得跌坐在地，脚上的靴子被甩到空中，掉下来时正好落在自己头顶上。这个表演细节，后来被很多剧种加以模仿。

武戏里常有"朝天蹬"这样的动作，是一项重要的基本功。别人表演朝天蹬，需要用手把腿扳上去，康芷林却是直接抬脚就能动作到位。康芷林演的二郎神，刚出场时脸上并没有第三只眼。只见他抬起左脚一个朝天蹬，额头上就多了半只眼睛；右脚一抬再来一个朝天蹬，就拼出来一只完整的眼睛。这个动作正是爷爷傅润华设计的，里头也用到一个小小的"门子"。

毫无疑问，康芷林的两只脚尖上早就藏着画好的半只眼睛，他只需要完成两个朝天蹬，自然就凑成一只眼睛。但难点在于，如果两次贴的位置稍有出入，这只眼睛就很难对得齐。

所以才需要用到"门子"——康芷林第一次贴的确实是半只眼睛，但第二次贴上的，却是整只眼睛，而且尺寸稍大一圈，正好把那半只眼睛完全盖上。

20世纪60年代，成都川剧团到上海表演时，康芷林虽然已经去世，但他的徒弟李侠林在技艺上有新的突破。当年康芷林表演变脸只能变三张脸，而李侠林却能变九张脸。看过表演后，爷爷非常兴奋，特地到后台看望李侠林，并随后在《新民晚报》上发表了一篇纪念老朋友的文章——《九变化身》。

爷爷最情有独钟的地方曲艺叫"竹情"，也叫"道情"①。

道情所用的乐器，一为渔鼓，一为竹简。渔鼓是在竹筒上蒙上肠衣，绷紧之后，可以打出很清脆的鼓声。渔鼓和竹简配合，可以变化出很复杂的节奏。

之所以也叫"道情"，据说是因为过去有很多道士擅长这种曲艺方式。

历代名人里，对道情研究最深的算是郑板桥，写过很多道情的词。

道情在四川很流行，主要分为成都唱腔和重庆唱腔两大流派。但因为主要在民间流传，缺少知识层次很高的艺人，唱辞的传承主要靠口传心授。时间一长，有些唱辞难免以讹传讹。

成都有位很有名的盲人老艺人叫贾树三，人称"贾瞎子"，是爷爷很好的朋友。论起辈分来，贾瞎子比爷爷长一辈，其他很多知名道情艺人都和爷爷平辈相称。有了爷爷这样一个文化层次极高的爱好者参与，对道情艺人们来说是求之不得的事。爷爷对大量道情唱段进行了整理修改，甚至自己也成了一位道

注：①道情——是我国曲艺的一个类别。渊源于唐代的《承天》《九真》等道曲。南宋始用渔鼓、简板伴奏，故又称道情渔鼓。道情多以唱为主，以说为辅。有坐唱、站唱、单口、对口等表演形式。

情名家。有时茶馆生意不好，就请爷爷来表演几天，生意还真有明显起色。

道情的一大特点是故事情节跌宕起伏，又因为以白话为主，很容易学习。我们家中至今还保存着爷爷修改过的《破镜重圆》、《楚道还姬》、《浔阳琵琶》、《红玉从良》等老戏本。在爷爷的耳濡目染下，姑妈傅起凤和爸爸傅腾龙也从小接触了很多道情的段子，全家人都能哼上几段。爸爸常说，在他的成长过程中，道情对他的人生观教育起了非常重要的作用。

比如有一出叫《辞母乱箭》①的段子，讲的是明末闯王李自成进北京时，明朝将领周遇吉的故事。爸爸说，这出戏的故事非常悲壮，唱辞也非常激烈，其中表达的人生观，就是做人不能见异思迁。这么多年过去了，这个故事仍给他留下极为深刻的印象。

道情里也有一些很幽默风趣的唱段，爸爸还很清楚地记得《华容放操》中的一段唱辞，讲到曹操在华容道看到烽火，以为是诸葛亮布下的疑兵，不料却正中埋伏：

"曹操闻言脸失色，果然华容走不得。

往前走嘛，伏兵遍山野；

往后退，后有子龙张翼德。

走不得来退不得，忙问谋士议筹策。

(蒋干)：我等匆忙没有计，不如捆绑见玄德……"

但时至今日，道情这项独特的曲艺已经面临失传的危险。爸爸不久前回到四川，还特意向当地曲艺团询问道情，但就连这样的专业艺术团体也已经不演"道情"这种曲艺形式，一般四川人，现在大概已不知道情为何物了。

注：①《辞母乱箭》——说的是李自成攻打岱州，总兵周遇吉退守宁武关，正逢母亲寿诞。看到战势，周母令儿媳、孙儿自尽，以了却周遇吉的后顾之忧，逼他出战。然后她命家丁放火自焚。周再回府，见全家丧，了无拖累，便义无反顾地与闯王交战，终因寡不敌众被乱箭射死。

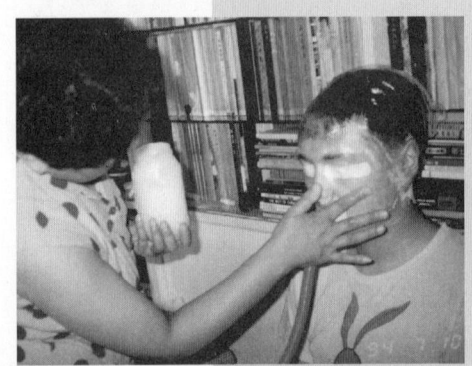

1. 学变脸，我想照自己的脸形来做面具，妈妈帮我在脸上涂抹凡士林。

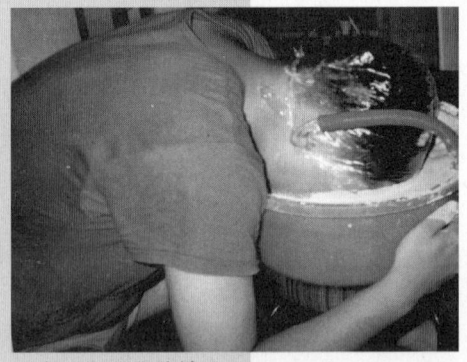

2. 自己翻面具的模子，必须把整个脸浸在石膏液里让它凝固成型。

3. 一张跟自己完全吻合的面具就成形了。

4. 再结合川剧的方法往脸上蒙软面具。

5. 实验着把简单的情节融入到变脸之中。

第十章

●举家东迁

抗战期间,我爷爷办的魔术团——"环球幻术学社"的表演范围只能限定在大后方。再加上时局动荡,停业的时间倒比演出的时间更多。全团人要开支,业务又难做,亲友们自顾不暇不说,许多人也不愿与"下九流"来往。没有表演的时候,爷爷就开展传习、教授魔术业务。其余时间,爷爷经常写作,他懂四国文字,翻译了凡尔纳的《十五少年》等小说,还编了《陪都工商要览》等书,为了全团生活,什么赚钱就干什么。可是在这图谋生计的过程中他犯了个致命的大错。

爷爷平日很注意资料工作,二战战局逐渐明朗,他花费了大量精力来搜集各种二战资料。他把报纸和画报上关于各反法西斯阵营国家的资料、图片都搜集起来,并按照军事、经济、政治等类别分门别类整理好。抗战还未结束时,他便许下宏愿,要编辑一套《抗战大画史》,准备为英、美、苏、中各编一本。

抗战胜利后,爷爷便开始着手《中国抗战大画史》的出版事宜。为了出书,他多次专程前往上海,和出版社进行沟通。由于经济拮据,爷爷借了高利贷,又把家里很多值钱东西都抵押了出去,像金丝猴皮缝的褥子,整只的羚羊角……每次拿东西出来抵押,奶奶虽然总是很心疼,却从来没有说过一个"不"字。

出版这本大画史，完全是自发的爱国行为。在爷爷看来，自己作为一名爱国人士，又积累了很多很有意义的资料，即便为这本书赔上全部家底也是值得的。但世事难料，这本书的问世，不仅在当时让爷爷几乎倾其所有，在二十多年后的文革中，又成了他的重大罪状之一。

这是因为，大画史里提到的抗战事迹，虽然也提到了平型关战役这些故事，但主体部分几乎都和国民政府有关。后来这两本书就成了反动证据。

现在想来，这就是避不开的历史，爷爷身处战时陪都重庆，能接触到的资料，当然都是反映当时那个政府的事迹，听信他们宣传的正面东西。现在说起这件事，姑妈和爸爸还都觉得无奈，爷爷怎么就偏偏做了这样一件事？

《中国抗战大画史》出版之后，爷爷手头还有很多没有用到的资料。恰逢1946年是蒋介石60大寿，"聪明"的爷爷想抓住这个赚钱的机会，废物利用，就在这些资料里又筛选出和蒋介石有关的部分，集纳成一本《蒋介石影传》。

《中国抗战大画史》和《蒋介石影传》这两本书，解放后成了全家人的一块心病，到了文革期间，这严重的问题终于爆发。此乃后话。

1948年9月2日，重庆发生了一场大火，烧掉了重庆繁华地段的五分之一，烧死两万多人，这就是长期以来，使重庆人痛彻心扉的"九二火灾"。那是国民党溃退前特务故意纵火。我家正位于纵火范围之内的朝天门码头附近，惨遭焚毁。不幸中的万幸是，爷爷在出事当天携全家去了距市区90里的橄榄油镇，探望我的外曾祖母，所以全家人均逃过大难，但重庆家中的财产及剧团一应财物却都付之一炬。

重庆解放后，爷爷凭自己的名声和人脉关系，又办起了属于西南公安部的"新中国幻术歌舞团"，并巡演各地。但四川的政治气氛紧张，肃反、三五反运动一阵紧似一阵，爷爷他因自己一些旧事而心存疑虑。不久后，又接连发生几件大事，促使爷爷最终下定决定东下——先是"四大魔王"之一的阮振南被逮捕；接下来，我的高祖母病逝；随着政治形势的变化，公安部的剧团也调整缩编……这时，爷爷的老朋友、天津魔术名家陈亚南邀他北上，上海名家张慧冲也来信请他到江南发展。1951年冬，爷爷卖掉一个心爱的"阿克发"相机筹集了路费和安家费,举家顺长江东下,迁居上海。

新中国幻术歌舞团的说明书。 　建国初期,爷爷在昆明表演时的张贴海报。 　1951年全家到上海后在龙门剧院公演时的节目单。

爷爷来到上海之初,张先生带着自己的剧团去苏州巡演,以便让出龙门剧院给爷爷公演亮相。正是从这个时候起,爷爷对外改叫艺名"傅天正",不再使用"傅润华"的本名。

当时演出队伍尚未形成,爷爷主演,舅婆蔡薏华助理,奶奶曾庆蒲管后台,12岁的姑妈钻箱子。还联合了红星歌舞团演半场,一个月下来的收入,使我家在上海站住了脚跟。以后就以演出、写作、辅导魔术维持生计,逐步招收学生,发展成一个家庭班子,名为"上海幻术创研实验社"文化团体。虽然常有青黄不接的日子,但全家动手干活,一种认真实干、积极进取的精神,形成家风,培养后代多才多能,不惧挫折,具有顽强的生命力。我爸爸12岁就能为爷爷编写发表的书报文章配画插图,就是大人因材施教,压任务"逼"出来的。

童年的姑妈傅起凤,是出名的小大人、好学生,爸爸则要淘气得多,常让老师又爱又恨,他们两人就读于上海中山公园边上的和平中学,搭档演魔术,是当时一对颇为活跃的小明星。1955年苏联巡洋舰访沪,他们学校共有五个名额可以登舰参观,少先队老师征求爸爸的意见,爸爸说:

"就让姐姐去吧,我比她小,以后有机会的。"

第二天，姑妈上舰后表演了魔术，变出一面锦旗，上用中俄文写着"中苏友好"几个大字，获得热烈的掌声，临下船时，舰长赠送给每位少年儿童一条红领巾，一盒巧克力糖，就在舰长弯腰为姑妈别纪念章的时候，姑妈轻声对旁边的翻译说：

"我还有一个弟弟，他把上舰的机会让给我了，他如果今天来了，不知有多高兴。"

当舰长弄明白姑妈的话后，立马再取了一份同样的礼物，请姑妈转交给弟弟，这样爸爸也得到了礼物，那时，巧克力糖是很稀罕的物事。

这件事当时许多报纸作了报道。

在童年时期，爸爸和姑妈有幸进入中国福利会上海少年宫，受到良好的熏陶和培养，使他们终生受益。

这个机构，是孙中山夫人宋庆龄创办的儿童教育事业。坐落在静安寺附近的延安路上，原是外国人宫殿般的豪宅，前面是大草坪，开阔漂亮，真是孩子们向往的地方。

少年宫办有合唱、舞蹈、戏剧、民乐、朗诵、绘画、航模等二十多个少儿兴趣小组，都是请的沪上著名专家担任指导员，比如戏剧家熊佛西、

幻术创研实验社
在上海中山公园演出时观众云集

音乐家丁善德、雕塑家陈道坦、木偶家虞哲光、万超尘，等等。上海的各中小学，不时选送一些优秀学生参加少年宫活动，但是名额极少。1954年，上海少年宫成立木偶组，和平中学少先队推荐傅起凤、傅腾龙姐弟去应考，考取了！姑妈在木偶制作组，爸爸在表演组，开始了长达4年丰富的课余生活。

少年宫是上海一道亮丽的风景，组织各种社会活动，接待革命前辈和外宾，孩子们在这里，不但学习专业知识，更学礼仪、讲文明、守规矩，受到潜移默化、艺术熏陶。在这里，爸爸见到过印尼的总统苏加诺、德国总理格罗提沃和苏联元首

伏罗希罗夫,而更多的是与各国艺术家、文化名人的接触。

出于少年宫的需要,也由于姑妈家学渊源、能力突出,少年宫新建立了一个幻术组,姑妈从木偶组长转为幻术组长。爷爷傅天正、舅婆蔡蕙华也受邀担任指导员。后来少年宫里把各类艺术表演的小组组成"小伙伴艺术团",拥有上千人的团员,团长是少年宫的老师、音乐指挥家慕寅,姑妈当选为三位组员副团长之一。

当年木偶组和美术组合用一间教室,错时活动。

爸爸自幼酷爱绘画,三四岁时,就能把橱柜上的水瓶、座钟描绘下来,像模像样。奶奶曾庆蒲发现了他的天分,于是就鼓励他涂鸦,并有意地为他收集许多美术图片。我爸爸从小学到高中,绘画成绩优秀,令同学们羡慕。从很小的时候,爸爸就为爷爷傅天正的魔术普及读物、连环画绘制插图。这一方面固然是"全民皆兵"的家庭传统,但也为爸爸的美术功底打下了很好的基础。

我爷爷、舅婆、姑妈与来华访问演出的苏联大马戏团联欢表演。

在少年宫,他经常在木偶组活动后留在教室听美术指导虞子骏老师讲课,观看同学们写生作画。日久与美术组师生都熟悉起来,后来就转入美术组,从中级班到高级班,到高中二年级离开,这3年的美术学习,对爸爸的一生,产生非常大的影响。因为绘画技能,他在文革风暴中保全自己,他日后担任中学美术教员,他表演《书画幻术》这是一方面;另外他能成为一位编导、设计、表演等多棱面人才,审美的见解、绘画的功底,使他增色不少,他设计的道具、图纸拿出来就让人眼睛一亮。

爸爸自己说,"我比起那些后来成为大画家的同学们来,差得太远,我是实用美术,人家是艺术家。"事实上,从北京、上海的少年宫,都出了许多拔尖人才,政治家、科学家、艺术家均有，即便是一个普通人，少年时代的这段经历都使之终身受益，活得有人生的品味，这是五十年后爸爸、姑妈参加少年宫老组员聚会时大家的同感。

姑妈和小伙伴们在表演魔术

爷爷在上海市少年宫任幻术队指导员　　爸爸和少年宫小伙伴排练滑稽小品

  1956年，国家开始对各行各业实行社会主义改造，企业公私合营的浪潮。但在欢天喜地的送喜报、锣鼓声中，真可谓"几家欢喜几家忧"。上海对私营文艺团体的改造，从1958年文艺界整风开始，爷爷的"幻术创研实验社"被撤销，奶奶退职，舅婆、姑妈转业到工厂，仅吸收爷爷参加新组建的上海魔术团，安排爷爷当编导，地位甚高，定工资为每月120元，是团内的第二位高薪。这时，爷爷已身患糖尿病，领导部门特地吸收爸爸进团当实习演员，一方面可以照顾爷爷。

  念书仅到高中2年级的爸爸不得不中途辍学，他考美院、当画家的梦破灭了，但一片新天地正展现在他的面前。

  不久，北京中国杂技团团长阿良向上海商调姑妈去北京，这是姑妈中学时代结交的一位笔友徐庄帮的忙，他当时在文化部电影局工作。几年后，徐庄成为了我的姑父。

绘画伴随我爸终生，
这是他在中学时代创作的连环画之一

爸爸装潢的纸糊的道具可以乱真

爸爸在为我的搭档沈娟画西湖伞。

爸爸和当年美术组的同学、画家陈逸飞（左二）等
在少年宫相逢。

第十一章

●魔术世家出了杂技演员

新中国成立初期,上海市民间各种表演团体数目繁多。黄浦区当时是上海最繁华的区,光是小杂技团就有50多个。1959年,这50多个杂技魔术团被整合成7个团。爷爷的"天正幻术创研实验社"被解散,演员转业的转业,退出的退出。爷爷作为解放前"四大魔王"之一,在业界的名气很大,因此被当作"艺术人才"吸收到上海魔术团,担任魔术编导。

爷爷当时生活待遇算是很不错的,即使在所谓的"三年困难时期",他也可以凭借身份卡出入上海文艺会堂,可以吃到点心,也可以买到在外面很紧俏的东西。但后来才知道,在对爷爷的使用上,其实还是有一条明确的界限,叫"控制使用"。据说给他扣的这顶大帽子是"此人历史很复杂",如果团里有什么"重要事件",他是没资格参加的。

这个时候,爷爷的身体已经大不如前。为了方便照顾爷爷,爸爸傅腾龙也被特许招进魔术团,成为一名练习演员。

上海魔术团有上级派驻的党员干部韦同志，还有三位主要演员，分别是团长朱腾云和女魔术师邓凤鸣及杂技演员钱忠德。朱腾云是南派魔术家赵中山的徒弟，手法精道，戏路宽广；邓凤鸣是新中国第一个成名的女魔术师，她原来是张慧冲先生的助手，人长得漂亮，手里的功夫也很过硬，很快在魔术界走红。由于有两位主演在前头顶着，爸爸虽然出身于魔术世家，却几乎没机会表演魔术。好在爸爸从小练功，杂技的基础很好，于是仍旧可以参与演出。当时上海魔术团常年在上海大世界游乐场演出，那是一个艺人汇聚的好地方。爸爸和著名杂耍演员钱忠德、京剧青年名武生张子学、张子春兄弟等成了好朋友，常在一起研习技艺。

爸爸以前练过口技，也练过水流星。所谓"水流星"，就是在一根绳子两头各系一个盛满水的大碗，然后把绳子舞动起来，绕身如银练，而碗中水一滴不漏。在魔术团里，几年下来，爸爸能表演水流星、手技、集体车技、口技等四个杂技节目。但爸爸在上海魔术团里最主要的戏份还不是杂技，而是小丑。

小丑这个角色看似可有可无，但在专业剧团里的任务很重，相当于舞台上的"大幕"。

怎么理解这个"大幕"呢？这么说

他在魔术团里舞台上主要的工作是串场滑稽。

排练集体手技，图中右下角便是我爸爸。

爸爸经常做魔术助手。

魔术世家出了杂技演员

吧，如果是在马戏场上表演，各种魔术道具都要在观众眼皮底下出场，小丑演员就要出彩，以便把观众的注意力都吸引到自己身上，方便同伴准备魔术道具；即便是在舞台上表演，节目切换时道具上下场同样需要一定时间准备，小丑的作用就是不能让这段时间冷场。什么时候小丑下台了，也就相当于大幕拉开，其他节目才能顺利进行。

爸爸和师姐徐越男女反串的滑稽表演《三分钟与三十套》

滑稽节目——《打领结》

当然，小丑这个角色对演员本身的锻炼也很大。过去的老艺人都懂得，新人要先"打滑稽"，也就是先通过扮小丑把面皮闯"老"，才能在今后表演时不慌乱、不怯场，并且可以随机应变。为了演好小丑，爸爸也下了很多工夫。当时苏联有一位很著名的滑稽演员鲁宾采夫，艺名叫"铅笔"，中文音译为"格兰大士"，写过一本《马戏场上的丑角》。这本书，爸爸也不知道读了多少遍，一直读到滚瓜烂熟。每次有国外艺术团来中国访问，爸爸都特别注意其中的滑稽表演。来自俄罗斯、波兰、罗马尼亚、越南、朝鲜等各国的滑稽表演，都是爸爸学习的好材料。国内也有许多优秀的丑角人才，从老专家王俊武、赵凤岐到同辈的程森良、潘连华等，都是他学习借鉴的榜样。

但爸爸不是简单模仿，他在自己表演时，总要体会情节、人物性格，对原来的节目进行一些改进，加进自己的一些想法。再则当时提倡净化舞台，要求"小丑不丑"，爸爸把自己定位为调皮的儿童。

比如一个名叫《打领结》的滑稽节目，两个戴着领结的小丑走上台来，甲看乙的领结戴得很不顺眼，一把揪下来塞到一支枪管中，一枪打出去，领结就重新回到乙脖子上。乙觉得有趣，也把甲的领结揪下来同样塞到枪管里。甲提心吊胆看着乙端枪左瞄右瞄，闪躲不及，一枪打过来，领结却打到了屁股上。经过爸爸的改造，领结不再被打到甲的屁股上——甲低头闪躲，领结却打到头上，成了头戴的大蝴蝶结，比原来更加戏剧化。

前面提到过的"水流星"以及"帛流星"系列，一度成为爸爸的招牌节目。

从爷爷开始，我们傅家就在研究一些古代失传的魔术或杂技，并尽可能将其恢复。而这些失传的杂技魔术，线索可能在壁画、古籍里，也可能隐藏在诗歌里。杜甫的名诗《观公孙大娘弟子舞剑器行》里，有这样的诗句，

"烁如羿射九日落，矫如群帝骖龙翔；
来如雷霆收震怒，罢如江海凝清光。"

多年后爸爸根据唐代诗人杜甫的诗意手绘的公孙大娘"剑器舞"，
他认为剑器就是舞"流星"。

通常的解释，认为这是在描写武术，但爷爷认为，这首诗里说到的"剑器"，很可能不是真的宝剑，而是很长的彩带，也就是"流星"的一种。流星是杂技里棍法与绳法的巧妙结合，分"水流星"和"火流星"两种。"水流星"是在绳子两头系水碗，舞完之后碗里的水一滴不洒；"火流星"是用铁丝网兜住烧红的炭团，舞起来像两条火龙。但爷爷认为，除了水流星和火流星，杜甫诗里描写的应是另一种流星，即"帛流星"，是在流星两头再系上彩绸，看点就是彩绸舞动起来之后的路线。在多次试验之后，爷爷给爸爸设计出一个全新的"帛流星"节目。两头的彩绸不能太短，否则表演效果不充分；也不能太长，否则可能互相纠缠。最终，两条彩绸的长度确定为3.5米，加上中间的绳子，一共是长达9米的道具。舞动起来之后，两条彩绸首尾相接，形成一个圆环。爸爸又特别设计了一些不同于水流星的技术动作，使得这个节目更加完善。1964年，爸爸首次正式表演了这样的长绸流星，在圈子内引起不小的轰动。流星表演时，绳子转动速度极快，一旦脱手还是有点儿危险。

有一次魔术团到部队慰问，爸爸的水流星演毕刚亮相不久，热情的战士们掌声一直不停，爸爸虽然接连三四次返场，心里自然也很是兴奋。心情激动之下，爸爸忍不住把还没试验成熟的新动作"大跳"也亮了出来。没想到，等他从流星上一跃而过时意外脱手，水碗飞出去，正好砸在前方席地而坐的一位战士身上。

爸爸最主要的节目还是自己设计的《长绸流星》。

还好，小战士的身体硬朗，没受什么伤。演出结束后，部队领导还特地到剧团来看望爸爸，一来希望他不要有心理压力，二来也算是求情，请剧团不必追究演员责任。

我爸爸从小在奶奶的教育下养成早起的好习惯，数十年坚持至今，当年为了练功，爸爸凌晨四点不到，就悄悄到里弄里早锻炼，然后骑自行车总是早晨五点左右抵达大世界游场，后门口的值班师傅都很喜欢这年青人，为他开门放行。等到团里别人陆续来上班时，爸爸的一些密不示人的技术已经练毕，改练其他节目了。手技是他每天花最多时间练习的项目。即使是在演出间隙，他也要挤出时间来在墙角练上一阵。在当时的上海大世界有两个人的练功是出了名的。一个是后来上海沪剧院著名的演员马莉莉，另一个就是爸爸傅腾龙。

爸爸身材不高，手形也不大，这对练手技来说自然非常不利。就拿扔球来说，如果扔五只球，有一只手就得能拿得住三只球；如果扔七只球，有一只手就得拿四只球。

当时扔七只球算是很高级的技术，爸爸还真练成功了。扔五只棍的技术也很高级，爸爸也练成了。但还是比不上手技世家出身的钱忠德老师，仅能当一名集体手技的配角。爸爸是个惜时如金的人，有时与爸爸谈及，他很遗憾，也有些后悔，他说如果把7年练手技的时间用来练别的该多好！

爸爸在练习车技，
倒立者（右一）就是他。

魔术世家出了杂技演员

爸爸在集体车技里担当
最中心的那位"二节"

第十二章

● 绝 唱

1961年前后，国内文艺政策略有松动，下达了以"不要抓辫子，不要打棍子"为主的"文艺十条"。也就在这一年，上海市黄浦区举办了一次魔术专场，在上海儿童艺术剧院公演。演出以上海魔术团和江南杂技团两个剧团为主，计划中，爷爷傅天正（即傅润华）和一代魔术大师张慧冲各自亮相。没想到，张先生于五月病逝，竟未能如愿。张的节目，由沈鹤鸣代他出演。

作为上海魔术团的编导，爷爷的主要工作是设计魔术节目，但自己却很少有机会登台。这次汇演，爷爷表演了一套《八球来去》，这在当时已经算是非常先进的手法。表演结束后，很多老艺人非常激动，特地和爷爷进行了交流。

这次演出，爷爷的另一个节目是《花团锦簇》。爷爷空手登场，突然手中多出了一条手绢。随着他的手势变换，一条手绢又变成很多条手绢；接下来，手绢变成了一面彩色的旗子，爷爷伸手一抓，又从旗子中变出一只大花球……

说到"花球"，在魔术界是一项很专业的工艺。花球的制作材料通常是鹅毛，要经过削梗、整形，剪出一个花形来。但因为鹅毛质地又软又脆，制作花球的工艺并不容易掌握。在很长一段时间里，中国魔术师用到的花球，都需要从美国进口。

但爷爷在舞台上变出来的花球,却是我的奶奶曾庆蒲和姑妈傅起凤亲手制作的。奶奶做的羽毛花,在圈子里很有名气。有一次国外佛教代表团来到北京迎接佛牙,奶奶作为虔诚的佛教徒,还亲手用羽毛做了四株大花树送给代表团,安放在镏金佛牙塔上。

爷爷进入上海魔术团之后不再作为主要演员,而大名鼎鼎的魔坛巨星张慧冲在整风运动之后被安排到并非以魔术为主的江南杂技团,而且只是第二号演员。不久,张先生心脏病发作,他的主演位置,就由一位派团干部、喜爱魔术的副团长沈鹤鸣先生担任。好在张派大魔术表演,操作道具的前后台助手,均是有多年经验的老人马,沈副团长登台也不十分困难。

张先生一病不起,原先领导部门想让他在这次魔术专场露面,他自己也兴致勃勃地设计了"美人鱼"等道具,可是,一代大师却匆匆离去。

我奶奶和姑妈在做羽毛花。

我爷爷当时表演的《花团锦簇》,这是爷爷最后一张演出照。

1959年新中国成立十周年大庆,
爷爷设计的《三星献寿》赴北京表演剧照。

第十三章

●张慧冲先生对爸爸的影响

张慧冲先生最早以电影闻名，一生共拍了19部早期的无声电影，大都以英雄好汉、侠客的角色出现，所以在全国乃至东南亚影响很大。所以，张先生不但领军魔坛，而且对早期中国电影同样具有深远影响。比如胡蝶、阮玲玉，只要张慧冲登台演魔术，必亲临敬送花篮。

1930年，德国魔术家聂哥拉来中国表演，其中有一个主要节目"分身术"类型的《腰斩》。表演时把人分成三段，头和脚各自为一段，中间的身体又是单独一段。聂哥拉也许是出于宣传需要，在表演之前登出报纸广告称，如果中国魔术师能重复表演这套"分身术"，自己愿输1000美元。

这时，刚刚转行魔术的张慧冲愤而应战，同样在报纸上登出广告接受挑战。聂哥拉第一天的表演，张慧冲在现场认真观看，回来后马上组织人马研讨。还没等聂哥拉的全部演出结束，张先生已经登出广告，要在聂哥拉走的第二天在同一个剧场演出《腰斩》。

这次中外魔术师之间的斗争，后来在民间被传为"张慧冲国际魔术大赛"。其实从始至终，参加这场"大赛"的只有这两个人。聂哥拉也在现场观看了张慧冲的表演，但1000美元的彩金并没有付。也许对两位魔术师来说，这其实是一种心照不宣的共同炒作。自此，张慧冲在魔术界名声大振。

但直到此时，张慧冲的主业仍然是电影。"一二·八"抗战期间，蔡廷锴将军在前线指挥抗日，上海各界纷纷组织劳军，张慧冲先生还特地带人去前线拍过电影镜头。这件事在鲁迅的文章里也曾被提到过。

再后来，"卢沟桥事变"之后，张慧冲又带人到华北拍摄马占山所率部队的抗战纪录片，不幸遭遇日机轰炸，电影设备全部被毁，他这才从电影界收手，转为职业魔术师。

早在张先生的电影演员生涯期间，魔术就是他的个人标签之一。那时电影放映都分上下两半场，当中有一刻钟休息，在上下半场之间，张先生都经常亲自上台表演一段魔术。这对他日后的职业魔术之路打下基础。

后来，张先生长期在新加坡、印尼及东南亚多国表演。印尼因为天气酷热，当地人大多穿的是木拖鞋。据说张先生在泗水等地表演时盛况空前，演出地第二天一早清场，光是被挤掉的木拖鞋就要用卡车才能装走。

张先生生命的最后阶段，中央文化部计划对张先生的艺术生涯进行总结，并对他的一些经典节目进行抢救整理。张先生指定由傅腾龙作为他的主要助手。这一来是因为张傅两家多年的浓厚友谊，二来是因为在当时的魔术界，我爸爸的文化水平算是很高的，他当时刚参加魔术团不久，才十八岁。

爸爸跟随张先生一年半，每天上午记录张先生的从艺心得，下午就去徐家汇藏书楼查询资料，积累了数万字的原始资料。遗憾的是，文稿后来交给文化局，在文革后不知去向。

追随大师一年半，对爸爸产生了至关重要的影响：

一是倾听张先生对魔术的分析见解,学到很多专业知识,比如世界魔术谜题"爬绳上天"有无可能?

"爬绳上天"这个魔术,在《聊斋》曾有过详细记载。说的是在一次庙会上,有官老爷亲临现场,要求艺人当场变出桃子。艺人想了半天,苦着脸说,当下时令,人间是没有桃子的,但天上或许会有。于是,艺人拿出一截绳子,只见绳头就像变活了一样,自动竖起来直爬上云端,艺人让儿子顺着绳子爬上去,果真摘到了桃子。

张慧冲先生认为,蒲松龄虽然记述得很真实,但对这个魔术的关键部分并没有提及,显然是因为他对魔术不够了解。同样的表演过程,在印度的史料里也曾经提过,因此,这个魔术也被认为是印度的古老戏法之一。

在张先生收藏的资料里提到,一位名为戈尔斯登的英国魔术师分析认为,如果这个魔术是在印度表演,很有可能是在热带雨林附近。在天色将晚时,魔术师事先派助手爬上高处,在树顶放下一根细线,把粗线吊上去后系在树上,其他助手就可以顺着绳子爬上。同样,在蒲松龄描写的魔术里,附近一定也有高墙大屋,只是蒲松龄没有注意到。

他的另一个节目《忽隐忽现》,也让爸爸傅腾龙印象深刻。后来,爸爸也多次创作过类似节目,每次都有所创新。最开始的形式是,助手钻进空箱子,箱子转一圈以后,箱子里的助手突然消失,再转一圈后又回到箱子。

大型魔术——《金字塔》

第一次改进,爸爸用了两个箱子,助手从这个箱子进去,又从另外一个箱子出来;

第二次改进,男女助手各一名,分别钻进两只箱子,可以男女互换;

第三次改进,爸爸又加进去了道具。助手戴上向观众借来的手表钻进这只箱子,从另一只箱子里变出来时,手表仍然戴在助手手上。这一次改进的节目,爸爸把名称改为《时空转换》,曾经上过1998年央视春晚。爸爸常说,自己表演《时空转换》这个节目,就是在对张慧冲先生表示致敬。

　　第二,张先生为人的器度,大处着眼的艺术眼光,对爸爸一辈子做人从艺,都深有影响。另外,爸爸几十年来发表了近200万字的文章,包括《中国杂技史》这样的学术著作,《魔术万花筒》等科普读物,成为一个多面型的人才。爸爸1962年5月发表在上海文汇报上的文章——《五十年前的一个晚上》,就是根据张慧冲先生口述而整理出来的一段旧事。这篇文章是爸爸的文字作品生平第一次公开发表,也使他在此后对写作产生浓厚兴趣,一发而不可收拾。

爷爷是魔术理论研究家,爸爸的理论研究就是受到两位魔术大家的影响。

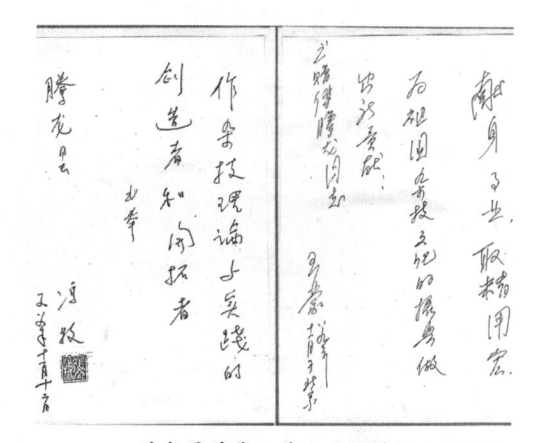

学术界前辈王蒙和冯牧对爸爸的题词

傅氏家族所著的部分书籍

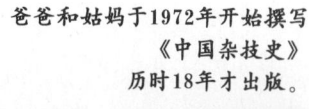

爸爸和姑妈于1972年开始撰写《中国杂技史》历时18年才出版。

张慧冲的名著《马遁》

第十四章

●无奈中的辉煌

1965年，中国和苏联关系破裂，两国的论战越来越激烈。

苏联是中国的"老大哥"，这样的观念在老百姓心里已经根深蒂固。突然要把"老大哥"当作"敌人"，这件事实在太困难了。别说是普通老百姓看不懂其中奥妙，很多领导也是稀里糊涂。一位文化领域的领导到魔术团做报告，把中苏论战看成是小打小闹，"美帝国主义你们有什么好高兴的？我们之间的争论，无非是用什么办法来打你的问题，你高兴什么？"

中苏论战的气氛越来越紧张，国内的政治环境也紧张起来，政治学习不断，小的整风运动不断。

最开始是批判"三家村"，目标是北京市委；接下来是《海瑞罢官》，目标是彭德怀元帅；一些被认为宣传封建迷信的电影，像是《李慧娘》之类的，也成了被批判的对象。

很多批判还是让人困惑。著名剧作家田汉的《谢瑶环》被批判了，田汉就成了坏人。但是田汉也写过《文成公主》这样的好剧本，那他到底是好人还是坏人？

这段时间，爷爷和上海魔术团的矛盾也逐渐显露出来。

爷爷在团里的职务是"魔术编导",任务是设计魔术。团里对爷爷的要求是,第一,必须来上班;第二,不要舍不得把好节目拿出来。

对于第一点,爷爷向团里提出,自己的糖尿病很严重,身体条件不适长年流动奔波。另外搞创作需要安静的环境,团里的条件也不适合。

对于第二点,爷爷的抵触情绪就太大了。魔术演员出身的他,对这种形式的分工非常抵触。这个我非常能理解——动脑子的是我,设计魔术的也是我,该表演了,上台风光的却不是我?这是为什么呢?

况且,因为魔术本来就有门户之别,互相之间观点不一样是很正常的。一个魔术师认为还不错的东西,别的魔术师却并不一定认可。

比如,1959年新中国成立十周年大庆,爷爷把《易貌分形》进行了改造,拿出来一个《三星献寿》的节目。魔术师先后变出来三个分身,分别是福星、寿星、禄星。这个魔术寓意虽然不错,但表演以后反响平平,团里更是骂声一片。

在当时的政治气氛下,设计节目有很多限制,因为要表现"美好"生活,"锯人"、"钉人"这样的节目当时是没办法演了。爷爷琢磨着要设计一些反映工人生活的节目,组织了五个人的创作小组,到上海国棉十九厂体验生活。

体验生活的内容很多,有时参观工人家庭,有时听师傅忆苦思甜,有时听劳动模范做报告,主要的,是深入车间跟班劳动。作为创作小组成员之一,爸爸也是从这个时候正式进入魔术团的创作班子。

一个月的体验里,爸爸画了大量速写,既有纺织机、经纱机等各种机械设备,也有纺织品生产过程。后来就创作了一

创作《织锦图》上海魔术团派出五人创作组去到国棉十九厂体验生活，这是爸爸画的速写。

《织锦图》中爸爸扮演工人的形象。

个名叫《织锦图》的魔术。道具是一个织锦的大框架，中间有梭子来回来去摆动，很快，框架上就"织"出来一幅纺织工人的形象。神奇的是，图画上的纺织工人变成了一个大活人，从框架上走了下来。这位"纺织工人"就是爸爸扮演的。

创作这个魔术花了很大力气，但正式表演以后还是毁誉参半。在主张"艺术结合政治"的人看来，结合得"不够深刻"；在主张艺术要脱离政治的人看来，又觉得贴上政治标签的魔术太粗糙。总之是费力不讨好。类似的这种矛盾时有发生，爷爷心里很不愉快，干脆请了病假，到北京姑妈家养病。

从上海跑到北京，这也就罢了；不上班躲出去养病，也就罢了。但爷爷到北京以后，确实不是很"安分"。

爷爷当时已经整理了很长时间的中国杂技史，光是手稿就已经有60万字。到了北京以后，他就开始联系出版事宜。很多很早以前就认识的朋友也东奔西走帮他联系。

一位名叫潘怀素的音乐史研究家，解放前就是很活跃的政治人物，各方面人脉极广。解放后，潘怀素曾被安排到国务院参事室当参事，后来就一心钻研音乐史。

无奈中的辉煌

潘怀素和爷爷在抗战时就已经认识，而且是很好的朋友。在潘怀素的呼吁下，关心爷爷这部杂技史的人越来越多，当时文化部的田汉也和爷爷频繁通信。这段时间里，爷爷和宗教界人士也有很多交流。

前面说过，爷爷乳名"大和尚"，出生时还有一段佛缘。后来，爷爷和佛教界的很多高层人士也确实有很深的交情。像抗战时期的太虚法师、新中国成立后的佛教协会会长巨赞法师、赵朴初居士等佛教名人，和爷爷均有很多交往。

离开了剧团的限制，爷爷在北京经常受邀出席一些政协或是民主人士的聚会，演出倒频繁得很。类似的场合，因为出席的人往往是社会名流，受邀表演的艺术界人士也都水平很高，相声大师侯宝林也曾经和爷爷同台演出。

爷爷最得意的一次表演，变的是"张公结绳"。之所以得意，其实并不是因为魔术本身，而是因为助手的身份过于显赫。那一次，爷爷请了两位观众上台作为助手，一个是溥仪，另一个是溥杰。古往今来，能请皇上当助手的魔术师，真是稀奇！

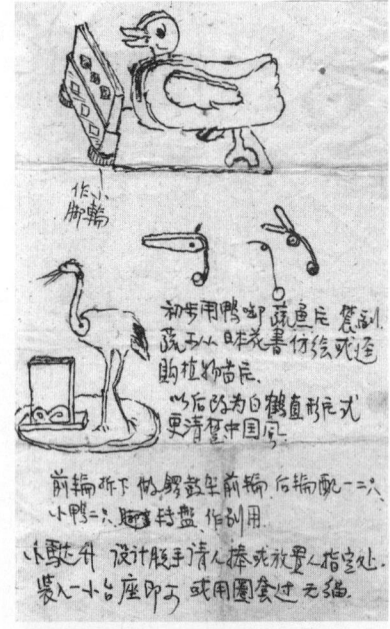

爷爷虽然心情并不舒畅，但在魔术的创作中得到了快乐。这是他设计的《仙鹤衔牌》的手稿。

若干年后爸爸把爷爷的设计变成了现实，文革后爸爸重新出山，就表演了这个节目。

音乐史专家潘怀素先生

第十五章

●敲锣打鼓送来的大字报

在上海魔术团的7年里,除了政治上感觉到越来越紧张,爸爸生活中的其他部分还是以快乐为主。

或者……

换句话说,如果没有政治上的紧张,生活本来可以更快乐?

所谓的紧张,开始是自觉的,豪情满怀的,为改变国家一穷二白的面貌,无论什么事,只要领导一声号召:

大跃进、大炼钢铁:在浙江演出时,走几十里山路到山里去挑矿石;回到上海后,又把家中大铁门拆掉捐出来炼钢;

除四害:大人小孩全家动员,满街满巷跑来跑去,一边敲锣打鼓,希望"害鸟"麻雀得不到休息,活活累死;

搞卫生:看得见的地方要一尘不染。甚至连大世界游乐场舞台上的地板缝,都要用针一点点把灰尘挑干净;

三年困难时期:吃不饱饭仍毫无怨言,勒紧裤腰带干革命……

再往后，就是此起彼伏、连续不断的政治运动——

中苏论战，全民学习九评文件；

防修反修，千万不要忘记阶级斗争；

狠抓意识形态，文化艺术首当其冲；

批"有鬼无害论"、批"忠王李秀成"、批"海瑞罢官"……从学术讨论到联系实际，火药味越来越浓。

还有四清运动，大批干部、学生下农村、工矿去清查基层干部，回来后又有别人来对他们搞四清……

那时，别说是我爷爷、爸爸这样的平民百姓，就是党员干部，只知道贯彻"阶级斗争年年讲、月月讲、天天讲"，但对高层领导之间的分歧斗争一无所知，也没人敢猜测背景、势态。但是，"山雨欲来"的感觉却是越来越强烈。

1965年下半年，爸爸下奉贤县农村，参加了半年四清运动后期的文化工作队，这个时候，魔术演员表演什么已成问题了，上海首先倡导大演革命现代戏，人们都自觉地端正思想，努力使自己革命化。而魔术这个东西，其实一直是有一些争论的——传统的戏法是"旧社会"留下来的，所以可能算是"封建"的东西；西洋魔术那就更不必说了，肯定是"资产阶级"的东西吧？

上海魔术团的名字干脆也不要了，改名叫"战斗文工团"。爸爸和团里一些同事和其他一些戏曲团体演员混编的工作队，节目主要是演唱上海民间的曲子，如沪剧、锡剧、评弹，爸爸也学唱紫竹调、大陆板、金陵塔等曲调。曲调都是原来的，词是根据需要现编。他们的另一个任务是把农村青年组织起来，帮他们排节目，培训辅导他们开展革命文艺活动。有时，爸爸也说说相声，那种说上海话的南方相声，他的捧哏①是一位姓王的锡剧女演员，说过《公社鸭郎》、《美蒋劳军记》等段子，也想方设法演点魔术，他自己创作排演过《行军路上文

注：①捧哏（gén）：艺名词。对口或群口相声演出时配合"逗哏"叙述故事情节的演员，现通常称作"乙"。又称"量活儿的"。

化兵》,后来,在这个基础上编了一个"魔术对口词",和当时已划入另册的邓凤鸣合作,你一句我一句念念有词地表演魔术,颇有意思。比如说到"拿起笔,作刀枪"时,邓老师手上出现了一支很大的毛笔,爸爸手里却是一支长枪,当然,紧接着就该喊"集中火力打黑帮,打倒×××!"再做几个打打杀杀的动作亮相。

当时表演的节目也充满火药味,这是爸爸在表演口技《打击侵略者》。

爸爸当时才20岁出头,用现在的话说,还是很"阳光"的年纪。能想办法自得其乐,在乡下和农民同吃同住,关系搞得很好。在田间地头,看到成片成片的油菜花,觉得漂亮;看到一片片开着小红花的苜蓿,女孩子们采下来插在头上,也觉得很漂亮,他甚至觉得,如果能不回上海,就这样下去,也挺好,可惜这只是暂时的。

下乡劳动时打草绳

上海的气氛越来越紧张。各单位内部,各种学习、批判也越来越多。1965年初秋,爷爷最后一次去北京治病之前,爸爸常陪他步行到附近的长风公园,两人聊聊天、散散心,吃点儿点心。我小的时候,有时爸爸也带我到这里的湖边,给我讲爷爷的往事,爸爸说,回想起来,那段时间能和爷爷待在一起,父子俩互相陪伴,排解烦忧,互相鼓励,真是一段非常可贵的经历。

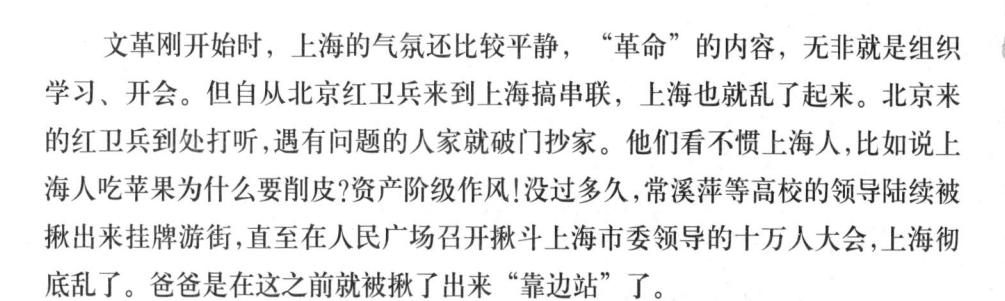

文革刚开始时，上海的气氛还比较平静，"革命"的内容，无非就是组织学习、开会。但自从北京红卫兵来到上海搞串联，上海也就乱了起来。北京来的红卫兵到处打听，遇有问题的人家就破门抄家。他们看不惯上海人，比如说上海人吃苹果为什么要削皮？资产阶级作风！没过多久，常溪萍等高校的领导陆续被揪出来挂牌游街，直至在人民广场召开揪斗上海市委领导的十万人大会，上海彻底乱了。爸爸是在这之前就被揪了出来"靠边站"了。

爸爸的所谓严重问题，就是前两年说过对领导不满的话。甚至连不满都算不上，其实是一句玩笑话，那是1964年剧团在苏北巡演途中，因当时新来的一位领导干部不熟悉魔术团业务，大家在台上演出时，他多半坐在后门口，搔搔头，无事可做，也许他在考虑什么全局大事，那时爸爸太年轻，不懂，又在小弟兄之间爱乱说："如果我做团长，让王书记去看门吧。"

这话当然是说错了，可当时就已开了两天"民主生活会"批判帮助检讨过了。文革开始，来势汹汹，旧话重提，首先拿爸爸开刀，一张"揪出后起之'修'傅腾龙"九个大字标题的大字报从上海龙门剧场的三楼贴下来。现在想来，爸爸是个小角色，人们眼睛盯住的是他身后那个人，在北京养病的爷爷。

没过多久，就出现了几起明星自杀的悲惨事件。

京剧名家言慧珠是梅派传人，也是言派创始人言菊朋的女儿。她被拉出去批斗，罪名是"三名三高"、"反动权威"。批斗结束后回到家中，言慧珠就悬梁自尽。但在上吊之前，自己认真画好戏妆，又穿上戏服，以自己的独特方式表示了最大的抗议。

另一位是海燕滑稽剧团的名角田莉莉，说起来还是爸爸的"邻居"。

上海魔术团的团部在延安东路上，就是原来的龙门剧场。张慧冲当年接连540场表演场场客满，就是在这个剧场。

后来，龙门剧场不再表演，分给两个剧团做了团部办公室。一楼二楼归上海魔术团，原来的舞台正好用来排演节目；三楼四楼，就是田莉莉担任团长的海燕滑稽剧团。滑稽剧当时在上海非常流行，田莉莉本人更是上海滑稽剧界有名的金嗓子，唱功好，表演也好。

当时人人都要求进步，一有机会就做好人好事。抢着扫地倒垃圾是寻常的事，田莉莉做的好事与众不同。比如大家都是从家里自己带午饭，集中蒸热，经常有人打开饭盒后，发现居然多出来一根香肠，后来才知道，都是田团长偷偷放进去的。

谁都没想到，田团长成了龙门剧场第一个出事的。有一天，田莉莉被拉到马路上批斗了整整一个上午。中午回到团部后不久，田莉莉就从龙门剧场四楼一纵身跳了下去。正在房间里休息的爸爸听到外头"啪"的一声响，出门看时，只见田团长躺在地下，已经晕了过去。后来，田团长终究伤势太重，送到医院也没有救活。

田莉莉的死，是爸爸在文革中第一次亲眼看到有人自杀。爸爸当时的感觉，除了痛心，肯定还有对自己命运的担忧。因为爸爸本人当时的身份已经是"靠边站"，不许乱说乱动、通风报信。谁也不知道，田莉莉的命运下一次会落在谁的头上。所谓"靠边站"，就是组织上商量某些重大或不重大的事项时，某些历史不清白或者有其他问题的人都被排除在外。

上海魔术团里，和爸爸一起"靠边站"的，还有团长朱腾云，江南杂技团团长、久负盛名的杂技家张国梁，还有几位"历史有问题"的同事。"被靠边"之后，每天要提前到剧团打扫卫生，白天还要负责写大标语、贴大字报。很快，上海魔术团、江南杂技团、海燕滑稽剧团里，都有很多人被清除出来，"靠边站"的队伍迅速壮大。

文革正式开始后，待在北京姑妈家里的爷爷傅天正（即傅润华）接到上海魔术团的勒令，要求他回上海接受批判。爷爷回到上海的当天，魔术团就敲锣打鼓送来巨型大字报。张贴在弄堂里我家的外墙上，从三楼一直贴下来，大字报的标题是："隐藏在社会主义文艺阵营的两条毒蛇——傅天正、傅腾龙父子"。

贴大字报只是这次革命行动的开始。接下来,"革命群众"们找来高脚梯子,让爸爸傅腾龙爬上梯子顶端,站立低头认罪。亏得他是个杂技演员,在这么高的梯子上倒也履险如夷,后来又在一片"叫他自己读"的喧闹声中,把这张大字报念得抑扬顿挫。爸爸说,至今也没想明白自己当初是什么想法,我倒觉得,是不是因为他在台上演惯了丑角,所以才能把这种事看得很淡……

紧接着,就是第一次抄家。抄家的目标是各种文件,为的是找到反动信件、反动证据。

原先就知道这次来肯定要抄家,爸爸还提前做了准备,把一些很心爱的书都藏了起来,因为当时"破四旧"风头正劲,还把两箱铜制魔术小道具事先藏到二爷爷傅天奇家。其实这都是毫无意义的,书,都是些无关痛痒的像什么李清照的《漱玉集》、《唐诗三百首》之类。爸爸把它们包起来,藏在一个装煤球的大箱子里。没想到,前来抄家的人经验丰富,直接就从这个箱子里找起。再说人家老早就估计到你会转移证据,当革命派们敲锣打鼓来到我二爷爷家门口时,二爷爷乖乖地交出了那两箱道具,他家幸免于抄。搜出来的东西中,发现了"大黑帮"田汉写给爷爷的信件。前来抄家的人如获至宝——傅润华与文艺黑线串连的罪证找到了!就这样,爷爷的问题又一次被升级。

包括这一次在内,我们家一共被抄了三次,就连家里的所有地板都被撬了起来。

从清算爷爷与文艺黑线的关系开始,前面提及的爷爷编著的的两本画册《中国抗战大画史》和《蒋介石影传》又成了"反革命"的铁证。但某些人的逻辑,现在看起来简直幼稚得可笑。

按照他们的逻辑——谁才有资格给毛主席写传?那得是陈伯达、康生这样的重要人物!傅润华给蒋介石写传,跟蒋介石到底是什么关系?言下之意,傅润华当年必然是蒋介石手下"非常重要"的人物。以这个假定的事实再往下推理——傅润华和蒋介石既然有很深的关系,那为什么还要留在大陆?肯定有阴谋!肯定是特务!

推理还可以继续——傅润华既然身份如此"重要",又有很高的文化层次，为什么甘于屈身在一个基层的文艺团体里？啊呀，他懂四国文字，解放后又改了名字，莫非……他是个国际间谍？

按当时的逻辑：爷爷这么一个文化层次很高的人，却甘于屈身在一个基层的文艺团体里，肯定是有阴谋的，而且不是一般的阴谋。他懂四国文字，解放后又改傅润华为傅天正，为什么？莫非是个国际间谍……

依此推理，后来，造反派居然去我奶奶在四川木洞镇的老宅搜集证据。这回，他们更找到了"铁证"。

话说当年抗战时，有个名叫侯之詹的国民党军官很喜欢魔术，一定要拜爷爷为师。为表示诚意，侯之詹送给爷爷一支上好的手杖，还在上面刻了字。要命的是，这个侯之詹，恰恰是红军长征强渡乌江时镇守乌江的将领，臭名上过《毛泽东选集》，当年他被红军打败后跑到重庆当"寓公"，才玩起了魔术。侯之詹送的这根手杖，简直把爷爷傅天正打懵了。

罪名成立之后，爷爷被隔离审查，就是各单位各系统不经公安部门批捕自行关押，前后将近三年，那时他的病历卡上被大图章盖上"特务"二字，这样，他即使被押去医院治病，哪位医生敢给他用心治疗呢？

风暴来临时的傅天正也想努力学习虔心改造，
这是他读马列原著时的情形。

第十六章

● 关于"造反"

运动刚开始，工作组是刘少奇派来的，爸爸成了被整的对象。没过多久，毛主席又说，群众中的反革命要放在后期处理。这样，有些从一开始就积极整人的领导，现在反倒成了挨整的对象。爸爸的问题就成了"后期处理"的问题，背负的压力一下减轻了很多。

爸爸当时才20多岁，缓过劲儿来以后就仔细研究形势，以便以后不再莫名其妙挨整。爸爸说，"无论如何，这个魔咒一定要挣脱掉"。

爸爸的第一步行动，是向两个带头挑事的家伙宣战。

俗话说，"欲加之罪何患无辞"，更何况大家都是一个剧团的，平时工作生活都在一起，真要想成心找碴，"黑材料"还不是一抓一大把。而且，这些人攻击爸爸的理由是"污蔑领导"，而他们自己，不但有不少"污蔑领袖"的语言，还有实实在在的经济问题、作风问题。

从来没想过要用这些事"整人"的爸爸在被迫的情形下开始写大字报揭露对方。没几天,两个造反派头目就主动找上门来求和,说什么"你还是不要贴了,贴了对大家都不好……对你主要是帮助,帮助一下也就够了……"言下之意就是,大家今后互不招惹,和平共处吧。

这一来,爸爸差不多算是完全"松绑"了。

爸爸为了自保,积极参加"造反"运动。随团里一些青年参加了上海艺术院校的"红卫兵司令部"。话说当时造反身份有两种,一种"出身"比较好,就叫红卫兵;另一种出身不太好的,就不能参加红卫兵,只能叫革命造反派。爸爸就是典型的"革命造反派"——爷爷还没摆脱"特务"嫌疑,爸爸当然属于"出身不好"。从这个时候开始,爸爸和爷爷的遭遇有了很大的区别。爷爷还是被批判的重点对象,天天写检查,写劳改日记,后来关起来"隔离审查";爸爸则因为美术特长成了造反队伍里的稀缺人才,成了各个派别拉拢的对象。

这个美术特长都用在哪些地方呢?马路上要写大标语,墙上到处都画一颗大红心,红心中间是一个大大的"忠"字,字写得不好当然不行;各单位,大的空白墙上,还都要画上毛主席像或林副主席像,这个难度更大,没有一定的美术功底肯定干不了。

关于『造反』

在墙上写大标语。

整天替革命派们写批判文章的爸爸。

刷大字报出大批判专栏是爸爸当时日常工作。

在这种情况下,傅腾龙怎么能被打倒呢?把他打倒了,谁来写字画画呢?就这样,爸爸从"大毒蛇"变成了"大红人"。

有时候,爸爸这个本领还能给本派赚到很多实惠。比如食品厂也来请爸爸画画,画完了肯定是没有报酬的,但也总不能什么表示都没有。很快,食品厂的好东西就送过来了,名义是"感谢支持革命工作"。很多造反派文化程度很低,连写个大字报都要找人帮忙。有一段时间,连文艺界内部都分成好几派互相攻击。这一派指责对方"反对毛泽东思想",对方就反过来指责这边"包庇阶级敌人",结果两派都来找爸爸写大字报……

在这种形式特别的锻炼下,爸爸的美术和书法都进步神速。就连原来不是很熟悉的油画,几年锻炼下来也熟练了很多。

爸爸的一手绘画技巧使他忙不过来,也免去了许多麻烦和斗争。

爸爸是个业务型人才,虽然他也随大流大串联上北京,大游行、大集会也从不落后,甚至也经历过武斗场面,但一定要使自己手里的专业能为革命服务的想法,始终挥之不去,这也是很多演员们的心愿。终于有一个展示的机会,在他们参加工厂劳动结束之际,联合红色杂技团的青年演员们排出了一场革命杂技,在杨浦区沪东工人文化宫对外演出。剧本是爸爸写的,许多节目创意也出自他的设计,大家集思广益,比如扔接东西的"集体手技",改造为"公社庆丰收",抛来扔去的都是玉米、茄子、蔬菜、向日葵花;把"火流星"改为"炼钢",表现出钢水的火红场景,非常有气势;爸爸表演"亚非拉人民要解放"这个节目时,穿一身黑色体服,头上脸上四肢都涂上黑油彩,手拿火把,跳着原始的非洲舞蹈,鼓点激烈时,每人的火把都抛接起来,气氛十分热烈。尤其是开场时引领全场观众读毛主席语录的场面,台上一个大书架上放了一本巨大的《毛主席语录》,书能一页页自动翻开,这是一位周姓道具师的杰作。

爸爸的"文活"、"武活"、编导演能力,就这样艰难地攀升着。

1967年剧团解散,先是下农场劳动,继而是战备疏散分插到公社、生产队,1968年,原先黄浦区的7个剧团人员都集中到位于长江口崇明岛西北角,新海农场的黄浦干校。编为三个连队,爸爸所在的战斗文工团(原上魔团)和工农兵杂技团(原江南团)、向阳喜剧团(原海燕滑稽)打散混编为文艺第三连,实行军事化管理,改造思想。

剧团解散以后原魔术团的人员
编成了一个连队在黄埔干校的合影。

第十七章

●我的出生清贫而快乐

　　文革中爸爸剧团解散被分配到上海市新风中学教美术课。爸爸和妈妈就是在新风中学认识的。当时我妈妈在学校带领文艺小分队,听说了区里要分来一个文艺老师。妈妈就特别希望是个音乐老师,可以帮她一起带领小分队。可谁知道结果是我爸爸分配到了学校。而且他教的还是美术,我妈很不满意,就跑到区里去闹,希望换回一个音乐老师,还好她的计划没有得逞,要不然就没我了。事实证明爸爸是一位优秀的小分队领导者,由于是专业剧团下来的,对管理小分队这点事简直是小菜一碟,几天下来妈妈就心服口服了。据说爸爸年轻时候很帅,在学校表演节目时自己化妆,我妈经常在旁边看。他们俩在一个办公室里办公,面对面坐了4年,从未谈过恋爱,直到有一天他们说我们结婚吧,就这么结婚了。

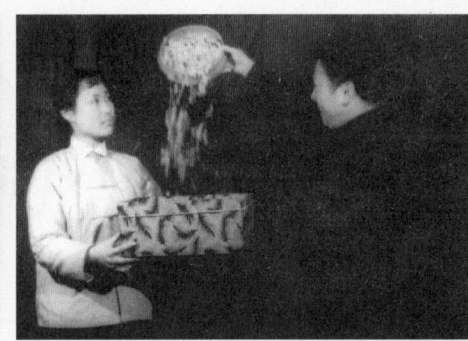

爸爸经常在学校表演
魔术，助手就是学生们。

爸爸和妈妈共同带领学校的文艺宣传队，爸爸为同学们排练一些魔术节目，大受欢迎。

　　在我童年的时候，我的家庭既清贫又快乐。爸爸妈妈教书每个月收入很少。我记得那个时候一切都是凭票凭本凭证供应。好久才能吃上一回肉。但好像绝大多数的家庭都是这样过的。所以没有觉得特别苦。爸爸经常在家和单位表演魔术给我们看，那时好像人和人的关系特别融洽，经常互相串门。爸妈小分队里的学生也像一家人一样。在我幼儿模糊的记忆中，令我最烦恼的一件事就是别人到我家来送礼物：有一次爸爸以前的同事到家来看我们，送了一盒奶油蛋糕，我一看就特别想吃，因为在那时物资匮乏，一年里难得吃上一回。好不容易等客人走了，我想我们大家就可以吃了吧。没想到妈妈二话不说就拿起蛋糕出门去了。爸爸说趁新鲜给某某某阿姨送去，她正在生病，妈妈想去看看她，正好不用自己买东西了。

　　后来爸爸的剧团重组，他又回到了原来的工作岗位，经常出差演出，而且他们那种演出经常一演就是半年。那时我刚上小学，只能妈妈一个人带我，几乎很少看到爸爸。爸爸不在家，和他的交流就只能靠写信，在我刚学会写信的时候就给爸爸写过一封信。主要是咨询如何把鸡脑袋打开吃到里面的脑子。有时放假，妈妈也会带我到外地爸爸演出的地方玩，我打开爸爸的道具箱，发现箱盖上贴满了我的照片。

　　细想起来，我的第一次表演，要追溯到小学一年级。

　　那时候天总是很蓝，日子总过得很慢。

那时候车总是很少，治安也总是很好。

爸爸妈妈工作都很忙，经常没时间接我放学。邻居小朋友的家长经常把我一起接走，回到家，我就自己写作业。这一天放学回到家。传达室大爷的大嗓门又响了起来：

"傅腾龙！有电话！"

爸妈都不在家，只好我去接了。

"喂，是哪位？我爸不在。"

"哦，我们这儿有个活动，想找个小朋友来变魔术。你会不会变魔术啊？"

"会啊！"

"那好。你今天晚上能不能到我们宾馆来，我们谈一下，看你演什么节目。我住在华侨饭店。"

"是大光明电影院旁边那个华侨饭店吗？"

"对的对的，我住在XX号房间……"

挂了电话，跟舅公要了一毛钱，我就大模大样地出了门。从我家到华侨饭店，公交车大概七八站的样子。到了站，我很顺利地找到约定的房间。

原来，约我过来的真的不是骗子。对方自称是一位导演，以前和爸爸进行过合作。

"我们下个礼拜要搞个美术片电影节，想在浦江浏览的轮船上办个招待酒会，有很多小朋友表演节目。有唱京剧的，跳舞的，你要是会变魔术，我们也请你来表演一下。"

"好吧，没问题！"我一口答应下来。

"那好，到时候有车来接你……"

旁边另一位老师说，"哦，你家住长宁区啊，我也住那边，到时候把你带上吧。"

演出的事就这么定了。回到家里，爸爸在外地巡演，妈妈有事在忙，我就自己动手翻箱倒柜，开始找道具。找到两样，差不多，就是它吧！

到了表演那天，傻乎乎地去，傻乎乎地表演，傻乎乎地回家。表演好像是没演砸，但好像也没多少掌声。也许掌声还是有的，只不过实在是想不起来了。姑爹徐庄当时是中国电影资料馆馆长，也来参加电影节。看到我一个人在那儿晃荡，姑爹觉得很奇怪。

"东子，你在这儿干吗呢？"

"表演啊……"

那次表演，唯一印象深刻的是，导演送我下船时，给了我20块钱，"这是你的演出费。"

1981年的20块是个什么概念呢？当时上海的公交车票价是4分钱，20块钱就是500个4分钱。按现在的公交票价折算，就算最低票价两元，500个两元就是1000块……

不错不错，小学一年级，身价已经很不错啦。

现在的小孩子，哪个家长放心让他自己出门？回想起来，当时社会治安比现在好得多，没那么多坏人，这也是事实。但话说回来，也不只是胆子大，另一个原因是不懂得拒绝。

你想啊，我是个小孩子，人家是大人，专门打电话找你。如果没有什么很明确的理由，怎么好意思说个"不"字呢？不光是小时候，直到现在也是一样，拒绝别人，对我来说仍然是一件很困难的事。

小学时我的学习成绩特别好，每年都是三好学生大队长。当然我从来没有玩的时间，我的作业都是通过学校课间休息的时间做完的。回到家我就开始练功。但是有个缺点，小时候的我特别内向。不喜欢和人交流，每次最烦别人到我家里做客，因为只要一来人妈妈就会要求我叫人，还要求我背唐诗等等。直到学了魔术以后才稍微有些改观。小学3年级暑假来北京，那时爸爸应中央电视台邀请录制少儿科普类节目《天地之间》，我作为小观众之一和另外几个小朋友在一起围坐在爸爸身边，共同录制。可是在20多天的时间里我和他们一句话都没有说，因此得了一个绰号，大家都管我叫"哑巴"。

在我大约小学4年级左右时爸爸就开始有些小有名气了。爸爸是一个特别有才华的魔术师，用现在的话来说，才艺很丰富。美术、书法、动手能力、设计、下棋几乎样样精通。记得他第一次上报纸说他是魔坛新秀，那时他已经40多岁了。那时候上海电视台来我家拍了一个纪录片叫做《魔术世家》，录制当天我们家门外拥了好多邻居，连窗户上都站着人。毕竟他们是第一次看到有人抬着摄像机来拍摄。我心里特别的自豪。那段片子里还保留我童年时的一些影像资料，有我变小魔术的镜头，也有我跳绳玩耍的镜头，这些东西别的同龄人都没有，因为沾了爸爸的光，现在看来这些都是特别珍贵的资料。

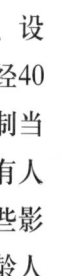

我是1975年1月7号出世的，
小名叫：冬儿。

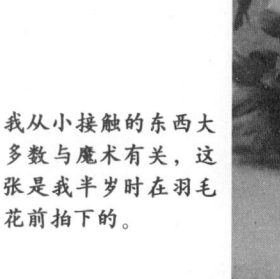

我从小接触的东西大多数与魔术有关，这张是我半岁时在羽毛花前拍下的。

据说我从小就听话懂事讨人喜欢，这是我5岁时和爸爸妈妈。

我的幼儿园毕业照，
看得出哪个是我么？

爸爸经常让我参加一些校外
活动，比如：上海电视台的
中外儿童联欢。

在开满樱花的季节

我演《火凤凰》

根据张张慧冲先生《忽隐忽现》
改进后的《时空转换》

我演《人体两分》

2010年我学张慧冲在天津电视台表演《马遁》，临上场前需要安慰马儿一会儿。

与张慧冲和杨小亭家的后代在湖南电视台相聚，爸爸为张先生做记录工作时他的女儿（右二）张慧慧才11岁。

张傅两家的后代传人傅琰东和张小冲夫妇在湖南卫视做节目。

我的表姐徐秋，表哥徐海子童年和我妈妈在一起。

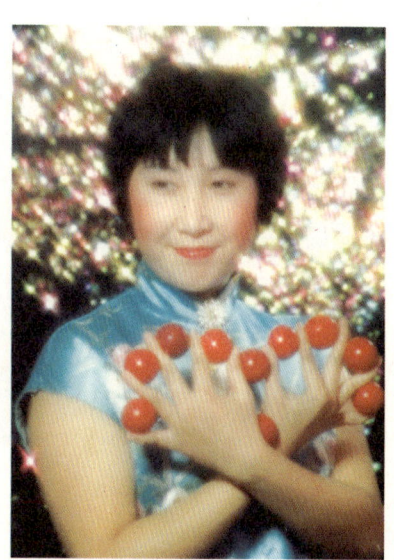

成年后的魔术师徐秋

徐秋在亚运会期间在北京表演《春天》。

我的外甥，徐秋的儿子杨华
已经能跟我合作表演《心灵感应》。

与表姐徐秋同去澳大利亚访问演出途中。

傅氏的第四代门生徐越（左）和汪燕飞（右）合作夺得宝丰杯金牌。

我与第五代弟子尹浩

我与第五代弟子
王璐（左一）、
华姗姗（右一）。

第十八章

●重新出山，壮游山河

和话剧曲艺等艺术形式相比，魔术杂技因为道具复杂，在节目更新上不可能太频繁。为了保持演出的新鲜感，魔术表演的一大特点就是流动作战。于是，"出差"变成了一种常态。

在上海魔术团，爸爸几乎有一半时间是在外地度过。小一点的城市，一般演两三天；大一点的城市，像是长沙、广州，一去就是一个月，就算是比较稳定了。

魔术剧团也好，还是别的什么剧团也好，去外地演出，在舞台上看上去总是很风光的，但台下的生活却都很辛苦。尤其在那个时候，大家外出演出压根儿没有"住宾馆"这种想法，住宿问题都是就地解决。有的城市发展相对好一点，剧团里还有宿舍可以住；差一点的，连宿舍都没有，就只能在台上打地铺。

据说有一次来到山东演出，不巧和一家京剧团"撞车"。当天晚上，两个剧团只能在一个大房间里将就过夜。一块大帘子在中间一隔，这边的大通铺归京剧团，那边的大通铺就归魔术团。这天晚上的一个意外发现让爸爸大吃一惊：北方人睡觉的时候，怎么连衣服都不穿？！

每到一个新城市，装卸魔术道具都是一项重体力活儿。很多大型魔术道具的分量都很重，爸爸常说，虽说很多道具也可以拆开运输，但最重的单件道具仍然重达两百多斤。偏偏这个活儿还不能找别人来干。这倒不是担心机密泄露，更不是为了省钱，是因为那时出门，装道具的都是大卡车。装车的时候，既要合理布局，充分利用空间，还要考虑哪些东西足够结实，哪些又危险易碎，虽说是粗活儿，也还是有一定技术含量的。至少要对道具非常了解才行。要是临时雇人来干，很显然不能照顾到这些因素。爸爸虽然身材不高，但装卸道具却是一把好手。即使是上百斤重的幕布箱，也是上肩就走。

爸爸常说，艺人的生活就是这样，苦的时候很苦，风光的时候也很风光。

在魔术团最初的7年里，爸爸随团几乎走遍了大半个中国，"读万卷书，行万里路"的任务完成了一大半。在旅途中，爸爸喜欢读书、吟诗、画速写、写文章，写下了"万里路远觉山小，百川奔涌入胸襟"这样的豪迈诗句。

在山东威海附近的陶家夼，看到原来的荒山变成了"花果山"，大家都替当地人感到高兴。

到了海南，演出之余，魔术团参观了三亚尖峰岭林场。几个人都合围不住

在农村的演出经常要自己装卸道具。

的大树，伐木工人只要拿电锯绕着锯一圈，轻轻一推就倒在地下，附近的一些小树也被压折。大树伐倒之后就被切成一片片的木料，一辆卡车才能运走三四片。

那时没什么环境保护的意识，只觉得这事儿有气势，爸爸还写了首诗抒发情怀。现在回想起来，爸爸感叹说，那些大树真是可惜。

在海南演出时，魔术团分成两队，分别从东西两线由北向南前进，约定在三亚碰面。爸爸这一队在海南中部一个名叫保亭的地方演出时，捉弄了一位违反"游戏规则"的观众，惹出一桩大麻烦。有个名叫《换人箱》的魔术，是典型的中国传统节目。在很多魔术表演里，《换人箱》都作为压轴的节目。表演流程是这样的——

这是一个互动的节目，魔术师事先请一位观众上台检查道具，并请他帮助一同把助手装在一只大口袋里，把袋口用绳子系好，再把袋子放在箱子里，箱子也要锁好。魔术师站在箱子前，用帐子把自己和箱子一同罩起来，外头只露个脑袋在帐外。此时，魔术师会请观众配合，魔术师口念"一、二、三"，观众就伸手去抓他的头发，说时迟那时快，魔术师的脑袋迅速缩到布帐里，等观众急忙伸手进去，拉起来一看却是刚才锁进箱中的助手。打开箱子解开口袋，钻出来的却是魔术师本人。

经过很多代魔术师的不断改进，"换人箱"这个节目可以说是滴水不漏。非但道具经得起观众检查，表演的过程也编排得严丝合缝，铺垫极

重新出山，壮游山河

人常说：读万卷书，行万里路。爸爸常在巡回演出途中抓紧读书。

在核电工厂慰问工人师傅

在酒泉卫星发射基地慰问之后

其自然。

让我来揭露一个小小的秘密。比如，助手钻进口袋的时候，为什么要用绳子把袋口系住呢？观众会认为，这莫非是为了增加魔术的难度？其实增加的并不是表演难度，而是一个"解开绳子"的环节，为的是拖延时间；拖延时间又是为了……

言归正传。魔术团在保亭演出了三天，一名矮个子观众连着看了三天。前两天，这位观众不但每次都坐在前排，每次表演《换人箱》前，他还都要上台来检查道具。

最后一天演出，又到了《换人箱》登场的时间。这位观众又主动走上台来，东看看西看看，比前两天检查得还要仔细。参加表演的几位演员都憋了一肚子气，魔术师朱腾云向爸爸他们一使眼色，趁这位老兄正把头钻进箱子里检查，稍一使劲便把他塞进箱子里。两人马上盖上箱子，搬来搬去掉了好几个个儿，朱团长还笑眯眯地向台下解释：这位观众对这个魔术很感兴趣，我们现在请他在里面仔细检查……

这支小插曲，爸爸他们也没放在心上，以为过去了就算完了。但两队人马在三亚会合后，党支部书记却觉得，事情没有想象的那么简单。果然，还没等魔术团离开海南，文化部的通报批评就已经发了下来。原来，那名被捉弄的观众是当地一位少数民族干部，这件事也就升级成了"违反民族政策"。后来的处分更是严厉，就为这件事，魔术团被扣发了全年的奖金。

除了四处奔波，魔术团每年还会走进军营，进行慰问演出。

舟山群岛外沿的东福山岛，是我国海防最东边的边防站之一。这个小岛只有两个足球场那么大，驻守了几名战士。由于风浪太大，慰问团派出的演出小分队成员个个都严重晕船，连胆汁都吐了出来。又因为风大无法靠岸，岛上只能放小舢板过来，每次接一名演员过去。岸边的战士要等到大浪把舢板掀起来，才能一把把人拉到岸上。

在另一个小岛上，演出小分队意外地看到了满地的水仙花。原来，在这里驻防的每位战士探亲归来时，都要带来一包家乡的土，时间长了，竟在小岛上铺满了厚厚的一层沃土。在这样的地方慰问，演员们也表演得格外来劲。

剧团进了军营，经常琢磨着怎么做好人好事；战士们也有同样的想法，希望给演员们多做好人好事。双方为这个竟然开始斗智斗勇。

演员们想，战士们穿的都是皮鞋，他们训练得很辛苦，那我们帮他们擦鞋吧！等偷偷摸到营房一看，战士们早有防备，把皮鞋都藏了起来。

在要塞的炮台上为解放军表演

就为擦个鞋，居然还使出了"调虎离山"之计。剧团谎称有事需要帮忙，把战士们请了出来，大家再进营房搜索，这才成功实现了擦鞋计划。还有更让人哭笑不得的。有一次，几个演员一起出去溜达，远远看到一位女战士从对面走来。大家一拥上前，把这位女战士按在路边的椅子上动弹不得，擦鞋计划又一次圆满成功!

爸是生在旧社会,长在红旗下,时代对他的要求,使他继承了老一代文艺工作者的优良作风,即使后来成名也没有架子,粗活重活身先士卒。他也是这样要求我的。

文革之前七年里,爸爸随团的行程,虽然有上北京参加庆祝建国十周年、进中南海演出欢宴、参观十大建筑等激动时刻,但大多数时间却是送戏上门,奔波于农村、矿区、海岛、军营、山区,确实辛苦,但他觉得苦中有乐。文革十年他的魔术表演几近停滞,1979年他再次复出,尤其是90年代初《心灵感应》一举成名,他的壮游心愿得以实现,由于《心灵感应》表演无须带道具,不但全国各地满天飞,还到欧、亚、非、美各国,兴之所致,他写了很多诗,拍了不少照。近年,老来时常抽空整理他的诗稿,剪贴他的图片,我感觉得到他忙碌中的快乐。

在访美期间表演中国幻术

在美国丹佛街头与儿童互动

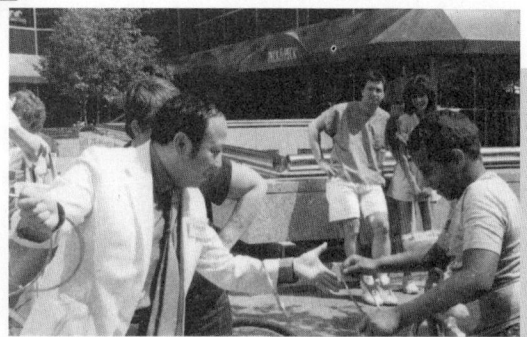

1981年在北京为参加中苏边界谈判的苏方代表进行招待演出。

第十九章

● 三剑客在索菲亚

1989年10月,保加利亚魔术协会为纪念已故魔术大师桑格,举办了第三届保加利亚国际魔术节。这届魔术节共设24个单项奖和一个总奖项,吸引了来自中国、苏联、波兰、罗马尼亚、南斯拉夫等十七国的120多名魔术师。其中光是前苏联就派出一支由40多位魔术师组成的庞大队伍。

中国派出一个三人代表团参加本届大赛,其中爸爸傅腾龙担任评委兼领队,真正参赛的只有杨宝林、提日立两位前辈,但就是这个三人小组,却最终捧回四项大奖(单项两金一银,外加总奖项),让中国魔术着实风光了一把。

在此之前,中国魔术师虽然也有一些国际交流,但这种正式的国际大赛却从未参加过。接到保加利亚魔术协会的邀请后,中国杂协思考再三,确定了出访的三人名单。

——一级演员杨宝林,是传奇魔术大师杨小亭的儿子。拿手好戏是古彩戏法《大碗清水》、《吉庆有余》。

——天津名家提日立师从名师陈亚南，精于"空竿钓鱼"系列魔术，在国内魔术界有"鱼王"之称。

——领队兼评委必须能文能武。爸爸傅腾龙当时是上海魔术团副团长，又是魔术界公认的理论大家，当仁不让地出任了领队。

爸爸傅腾龙在国际评委工作台上。

三位代表团成员精心设计了节目，踌躇满志地踏上征程。没想到，还没等走出国门，先当头挨了一闷棍。

提日立老师准备的节目是《长竿钓鱼》和《撒网变鱼》等"钓鱼"魔术，为此，他更新了全套道具，除了四只大鱼缸，还带了四大箱活鱼准备托运过去。没想到行李超重，要补交7000元外汇才能放行。

7000元在那个时候无疑是一笔巨款，几位魔术师一下子哪儿能拿得出来，前来送行的同事也都傻了眼。由于时间所限，即使回单位取了钱也已经来不及了。爸爸和提老师商量，与其两名魔术师都各带一部分道具，还不如牺牲"钓鱼"、力保"戏法"。提老师二话没说，马上打开箱子打包了几件小道具，一行人匆匆登机。

刚一出发就损失了一半道具，可谓好事多磨。没想到，其他的行李也中途遇险。在莫斯科转机时，几位魔术师突然大吃一惊：自己的行李怎么出现在了另一条传送带上？还好发现得早，几个人赶紧找到机场工作人员，及时把行李拦截下来。后来才知道，那条传送带上的行李是要去南美的，这要是飞走了，三个大活人空着手去保加利亚还怎么比赛……

在苏航旅馆等待机场大巴时，又出现了意想不到的状况。三个人在旅馆门口白白等了三个多小时，大巴死活就是不来。眼看要错过班机了，也算是吉人天相，两位路过此处的华侨连忙帮几位魔术师上街打车，并一路送他们到达机场。紧赶慢赶，三人刚刚登机，飞机就起飞了。

三位魔术师到达保加利亚首都索菲亚时，已经是魔术大会开幕前一天深夜。看到三个人风尘仆仆的样子，不光前来接机的大会工作人员没把他们当回事，就连中国驻保使馆工作人员都不禁暗暗皱起了眉头。

第二天一大早，代表团一行三人匆匆赶赴会场，忙着补办手续、补报节目、察看场地。

魔术大会的赛场设在市中心的大马戏篷里，舞台临时搭在马戏圈内。马戏圈的后方，是用屏风隔出演员区，前方是评委工作台及贵宾席，参加比赛的各国魔术师们则挤在观众席上。

杨宝林先生的节目被安排在开幕式后，但来到后台一看，由于来得太晚，连个落脚的地方都找不到——一边是阵容庞大的前苏联代表团，另一边是匈牙利代表团的两辆大篷车，再加上各路魔术师、乐队和音响设备，把个后台挤得满满当当。

"古彩戏法"的"卡活"（赛前准备）是个细致活儿，水碗、火碗、活鱼都要严丝合缝地藏在身上。在驻保大使馆工作人员的协调下，好不容易在舞台后方找到一个小夹缝，大家把衣服、毯子挂在一条绳子上，总算临时营造出一个秘密空间。

东西藏好了，怎么上台居然也成了个问题。

原来，舞台在搭建时没有注意到东方魔术的需求，离地足足有一米多高。

杨老师身藏一百二十多斤的道具，像正常人一样走上台去是不大可能了。

提老师琢磨了半天，在场外的马圈里拖来一块四五米长的木板。木板一头搭在地下，另一头搭在舞台幕布后方，杨老师在提老师搀扶下，从这座"木桥"颤颤巍巍地一步步蹭上台去。

由于太注意脚下，杨老师眼看挪到台上，却不留神一头撞在一根突出的横梁上，登时眼冒金眼，额头上也渗出鲜血。恰在此时，报幕员报幕完毕，催场的掌声已经响了起来。

"见红三分喜，好兆头！"杨老师定定神，稳步走上前台。

杨老师身穿中国传统的长袍大褂出场，马上引起了观众的浓厚兴趣。只见杨老师举重若轻，手中突然变出八只玻璃大碗，每只碗里还都有金鱼游动，观众和国外魔术师登时看得目瞪口呆。

接下来，杨宝林接连两个"骑马式"，接连变出两只大玻璃水缸；再一转身，手里又多了一盆熊熊烈火。只见他突然把火盆往地下一摔，火盆消失得无影无踪；再把手中的毯子一抖，不光火盆重新回到手中，另一只手里还多了一大碗清水……

随着最后一招"脱衣献彩"，杨老师全套古彩戏法结束，手中的水碗里烟花齐放。早已如痴如醉的观众仿佛突然惊醒过来，整齐的掌声和着"中国——杨宝林！"的欢呼声此起彼伏，杨老师先后谢幕五次才走下舞台。

杨宝林老师头炮打响，提曰立老师也蓄势待发。

在此之前，提老师因为大部分道具没能带出来，这一路上想的都是怎么配合杨老师。但在查看场地时爸爸和提老师都注意到，舞台离观众席距离很近，正有利于发挥提老师擅长互动的长处。

爸爸找到组委会主席奥尔菲，为提老师申请加演"小魔术"。奥尔菲的第一反应居然是："什么'小魔术'，这可是国际大赛！"

为了提老师的表演，三名魔术师前一天晚上讨论到很晚，针对舞台和观众的特点，推敲了每一个细节。一大早，驻保大使馆的冯参赞夫妇和炊事班长又送来四条大鲤鱼,据说还是大使夫人亲自下池塘捉来的。

有了前一天杨宝林老师的开门红,第二天提老师的表演也让观众充满期待。提老师刚一出场,观众席上就响起来"提日立!提日立!"的欢呼声。

这次表演机会算是"捡"来的,提老师轻装上阵,表演得反倒格外轻松。几套"天梯牌"、"九连环"表演下来,现场观众都大为震惊。代表团携带的连环道具也在赛后成了外国同行疯抢的目标。

节目最后,提老师手拿长绳,从观众席中钓出大鲤鱼。许多外国魔术师忍不住纷纷离座,要涌上前来亲手摸一下,看看到底是不是真鱼。就在提老师把鱼投进杨宝林老师手捧的大水盆时,那条大鲤鱼也似乎心有默契地活蹦乱跳,台下的观众再次爆发出经久不歇的掌声。

桑格大师的夫人在赛后感慨甚深:"我的丈夫生前没到中国,是一大遗憾!"

爸爸与保加利亚文化部长(中左),已故魔术家桑格的夫人(中右),保加利亚魔术师协会主席奥尔菲(左)合影。

两位队员在台上风光时,领队傅腾龙一刻也没闲着。在保加利亚的这段时间里,每天一起床,爸爸就把当天的各项事宜列成表格逐一落实,有时连饭都没时间吃,就抓起方便面干啃。

由于临行仓促,没有携带宣传资料。这几天里,爸爸利用各种机会和各国魔术师交流,介绍中国魔术的风格特点和魔术名家。在交流过程中,爸爸得知大赛还有一个"近景魔术"的项目，来不及和杨宝林老师商量就抢先报了名。果然，杨老师的《仙人摘豆》、《平地拔杯》等传统魔术再次技压群雄，得到最高分703分。

此外，担任大赛评委的爸爸又要给选手打分，还要用文字和图片记下魔术情况，以便作为资料带回，成为最忙碌的评委。比赛结束后，爸爸也被同行们称为本届比赛的"最公正裁判"。

最终，在全部比赛节目中，杨宝林老师独得"普通魔术"和"近景魔术"两个单项第一，并以最高分捧得大奖奖杯；提曰立老师获得"普通魔术"单项银牌。两人在风光之中不忘安慰领队傅腾龙：这些节目，你去演一样能得奖！

颁奖当晚，中国驻保大使馆里一片欢腾。李凤标大使和全体工作人员和代表团一直庆贺到深夜。几位魔术师在台上表演过"千杯不醉"，此时却成了"一杯即倒"……

图为保加利亚国际魔术大赛介绍中国评委傅腾龙时的情景。

三位中国魔术师一鸣惊人，载誉而归。

●魔家接班人

表姐徐秋写过一篇文章,讲她小时候的事情。提到家里的一些旧家具,看上去和普通的家具没什么区别,但搬起来却要重得多。小时候不懂,等长大一点才知道,原来这确实不是普通家具,而是暗藏各种机关的魔术道具。

相比之下,我家里这种"怪"东西并不是很多。但随时随地都可能看到魔术,这倒是事实。

比如爸爸有时用空杯子变出来一杯水,有时又空手变出来很多纸牌。看多了,一度让我产生一种错觉,好像世界本来就应该是这样的,空杯子本来就应该能变出来水……

现代人老说"琴童无童年",那意思是从小练琴的孩子没时间玩,童年过得很凄惨。我小时候虽然没练过琴,但从五六岁开始天天练功,跟琴童也没啥

我爸爸的爸爸的爸爸

我从四五岁开始练功

区别。小朋友在窗外喊："傅琰东出来玩！"我只能无奈地回答一声，"你们玩吧……"

当然，爸爸并没有给我规定练功的时间，但我总是在做完作业以后很自觉地练上一阵子。爸爸对我的一贯要求就是，要从小打好基础。小时候练的，不是拿起来就能表演的节目，而都是一些基本功。练功的内容很花哨，有牌，有环，有币……因为手太小，练牌的时候，需要把普通的纸牌剪小才可以。

爸爸是杂技出身，所以我还得练杂技。比较高难的是在鼻子上顶东西，最下面是酒瓶子，酒瓶上放一层玻璃，玻璃上放一个杯子，杯子上再放玻璃，玻璃上再放杯子，手里还得转着东西……还好，看到东西往下掉，我一般躲得都比较快，所以居然从来没被砸到过。

看我从小练功，邻居和我的小伙伴们也都习惯了，不觉得有什么奇怪。平时在一起玩闹，我也从来不给他们变，这也不奇怪。一来自己觉得没什么好变的，二来，家里总觉得我练得不好，也不让我在外头随便展示。再说，一般的小场合，我还真不去表演，至少也得是个小学生汇演或儿童节汇演什么的。（瞧我小时候就有高追求了……）而且，我那时也爱唱歌，还是学校合唱团的成员,有时有大一点的汇演,合唱团那边也要我撑场子,那魔术自然就演不了了。

其实,练功也不是完全无聊,至少给了我一个可以听收音机的正当理由。

现在的孩子们,有杂志可看,有游戏可玩,还有永远看不完的电视、动画片,不知道他们还听不听广播?我只知道,在我小时候,收音机就代表着高科技。收音机里有孙敬修爷爷讲故事,有小喇叭开始广播,还有三侠五义、隋唐演义……但是,做作业的时候是不能听收音机的,大人看到了会很生气。但是练功就不一样了。练功是手上的活儿,又不占着耳朵。为了听广播,我一般都很快做完作业,然后拿起九连环或者其他道具操练起来。一边练功一边听广播,两不耽误。

小学三年级,上海电视台的六一晚会,我和一个德国小朋友一起表演魔术。那次表演,爸爸对我的表现很不满意。

我俩的节目名叫"积木上下"。我用空桶把三块不同颜色的积木扣起来,"现在,红色的积木在最下面,我让它上来,它就会跑到中间来。"打开桶一看,红色的积木果然跑到了中间。

"接下来,我让这块积木再往上走。"打开桶一看,红色的积木跑到了最上边一层。

德国小朋友扮演的是捣乱的角色。等我变完了,他就演示一遍,把门子公布给大家。

魔术被当场揭穿,这样的情节估计是观众最喜欢看到的。不过别着急,大家这不都知道门子了吗,那我就重新变一次。这个时候,观众的注意力都在刚才被揭秘的门子上。不过,变第二次的时候,刚才的门子当然不能再用。大家正等着看

小学二年级我就经常参加演出了。

我的笑话，没想到，什么都没看出来，魔术却再次表演成功了！

表演是在室外，好像是在一个公园里。外国小朋友天生就能放得开，那位德国小朋友的表现非常自然。相比之下，我的表现就拘谨得多。表演结束后，爸爸对我简直是各种的不满意汇集一身。

20世纪80年代初，我在上海电视台庆六一晚会上的表演。

在我上高中的时候，随着神秘剪影、心灵感应这些魔术的走红，爸爸的名气越来越大。在学校里，我也开始受到一些关注，不过范围很小，连"校级"都算不上。更何况，大家关注我的原因，并不是因为我会变魔术，更主要的是因为我有个"名人"爸爸。

高中时的语文老师，也可以算是爸爸的崇拜者。有一次，好像是因为作文没写好，老师当着全班同学的面批评了我。批评的中心思想就是，我这个样子和爸爸的光辉形象差距太大，简直不像是一家人。

——"傅琰东，你自己看看，这像是你写的东西吗？"

——"你父亲那么会表演，魔术变得那么好，还那么会写作，我非常钦佩他！"

老师甚至模仿爸爸在心灵感应里的样子，来了一句"这是什么？"……

好吧，好吧，总之一句话，我得向爸爸好好学习才行。

其实从小到大，我都是品学兼优的好孩子。但在那个时候，我的心思真的不在学习上。原因在于，几个月之前，我跟着爸爸组织的表演队去日本演出了43天，既赚了不少钱，又大大地开了眼。

这40多天里的经历太丰富，不仅让我乐不思蜀，也让我开始了对魔术这个职业的认真思考。我在想，干魔术这一行原来这么好，那我还要不要继续上学呢？

那是1991年的事。当时在日本新泻举办了一个很大规模的中国商品交易会，其实是纯粹的做生意，中国的食品、中国的丝绸、中国的书画、中国的艺术品，什么都有，就是跟魔术扯不上关系。但主办者为了制造气氛，专门开辟了一个展台进行表演。又因为展会的主题是中国商品，最好请中国的剧团来表演。这样一来，上海魔术团接下了这个单子，爸爸就是执行人兼代表团团长。

这个代表团的名义是"中国青少年魔术杂技团"，成员都是16岁以下的孩子。我那年刚刚16岁，作为魔术演员；爸爸又去河南找了6个练杂技的孩子，加我在内一共7个演员。

访日中的慈善义卖活动

第一次出国，看到什么都觉得新鲜。不过日本经济发达，好东西当然也确实比国内多很多。水果味的可口可乐、小房子形状的牛奶盒，那时在国内根本没见过；还有咬起来嘎巴嘎巴脆的饼干，也是第一次见到。咳咳，跟现在的旺旺雪饼差不多吧……

作为主要演员，我的任务是每天演两到三场，每场20分钟。我很郁闷，要是不用演出，我就有更多的时间可以玩。不过话又说回来，不演出的话，凭什么让你去日本呢……

不知道读者朋友对20分钟的表演有没有概念？如果没有的话，我可以举几个例子简单对比一下：1、央视春晚的魔术节目，以前一般是三分钟，现在长一点，但也不会超过7分钟；2、我现在出去搞商演，每次亮相的时间加起来也不过就是20分钟。

那个时候，我的表演是很粗糙的。这个粗糙，说的不是技术，而是表演的感觉。

俗话说,"熟读唐诗三百首,不会吟来也会诌",我当时的感觉正是如此。小时候练魔术,完全是照猫画虎,爸爸怎么指导我就怎么练。再巧妙的魔术变出来,自己也体会不到其中的奇妙之处,就好像脑海里一片空白。

这次表演,我的节目主要是变牌和九连环。小时候练功的基础不错,爸爸又突击帮我排了三个月,做成了比较成型的节目。但表演起来仍然很机械。比如,变缩小纸牌的魔术,变完了也不知道好好显摆一下,只是随手放在一边;大扇子变小,小扇子变大,额外的动作就是拿起来假模假式地扇一扇。

合音乐?变魔术还要合音乐?背景音乐爱唱啥唱啥,我变我的,跟它没关系!

这样的魔术,除了技艺上还有点儿吸引力,估计看不出什么舞台美感吧?所以,每场20分钟的演出,对我来说并不是享受,而是一种负担。团里有一位生活老师,负责照顾这些孩子的起居,还要管做饭。有时我甚至想,要是不做演员,我做个生活老师也不错呀……

要是不用表演当然更好。但总体来说,就算加上表演这种"苦差",在日本的那段时间还是很快乐的。

这次演出,在收入方面也相当不错。

加我在内的7个演员,每天的报酬是10000日元。其中5000元上交团里,剩下的5000留在自己手里,算是生活费。5000日元在当时折合成人民币,大概是200元。现在的200元当然不算多,可是你别忘了,1991年的时候,很多中国工薪阶层辛苦一个月,到手的也不过几百元而已。这200元在当时国内相当于6000元!一个月能赚到6000元!那可是一笔巨款!

当地人对我们这个代表团很友好,经常有日本公司的社长带着员工前来慰问,来的时候带很多小点心。每到这种时候,我们都发自内心地感谢:太好了,又能省一顿饭钱了!

拿到点心,我们得严格按需分配。最小的小演员只有6岁,"你饭量最小,拿一块!"还有7岁、8岁的,"你,你,还有你,每人拿两块!"我年龄最大，饭量最大，拿三块……

有一天，组委会通知我们，有一位县知事要见见我们。我们也不知道县知事是多大的官，但有一点很关键，来通知的人说了，要我们穿最好看的衣服，"会送你们礼物的哦"。

我们都很激动！平时，来个社长什么的看望我们，就会带很多礼物。县知事是比社长还大的官，这得送多好的礼物啊！

大家就穿得整整齐齐的去见知事。知事很热情，讲了很多话；翻译很认真，也说了很多话。好不容易都说完了，告诉我们：结束了！

哎，不对啊，怎么就结束了呢，不是还有礼物吗……

——礼物太大，怕你们不好拿，先放车上了。

果然，好大的盒子！印刷很精美，盒子很气派。打开一看，更是吓了一大跳！

我们要的是玩具！是点心！可盒子里的东西，就像是块抹布！小气！抠门！

有人给我们解释，说这是手工编织的杯垫，也是当地很有名的工艺品。可是，东西再好，我们又用不上！还是小气！

为了省饭钱，爸爸和生活老师也总结了很多经验。

出去吃饭太贵，爸爸一狠心，买了一只日立电饭锅，折合人民币得200多块！锅很小，生活老师每次都要煮四五锅饭才够。日本蔬菜很贵。生活老师就专门买那些刚刚过了保质期的蔬菜，其实质量并不是太差，但价格却能便宜很多。光吃菜也不行啊，老师还买了很多鸡腿。一看，也是刚过保质期，便宜！那40多天里，我们算是过足了吃鸡腿的瘾。总之，虽然赚钱不算少，但大小朋友们的花销都不多。

我在日本期间的唯一一次主动购物，是一把透明雨伞。这个雨伞好啊，它

访日演出杂技　　　　　　　　　　　　访日演出中国幻术

不影响视线啊，人躲在里边，旁边的东西还能看得一清二楚。安全！另一个原因呢，咳咳，是因为这样的雨伞当时在日本很流行，而国内根本没见过。

回国以后，我和爸爸把节约下来的生活费都上交给妈妈，两个人加起来12000块人民币，那个时候，这绝对是一笔巨款。除此之外，我就天天盼着下雨，好打着那把透明雨伞出去显摆。你还真别说，那个回头率是相当的高！

出国时，妈妈让我带了厚厚一摞课本，叫我有时间就自己学习。不用说，这43天，这摞书，怎么带去的还怎么带回来……

魔术真好！能赚钱，能出国，还不用读书！43天不用读书，这是一件多么快乐的事情！

对了，在日本期间还交了两个笔友。

有一天，我正在后台休息，突然前边有人指名道姓来找我。这可怪了，我在日本哪有什么朋友？出来一看，是两位日本女中学生。也不知道怎么就知道了我的名字，送给我很多日本特色的纸工，要和我交个"笔友"。

前面说过了，我不大会拒绝别人。再说，笔友又不是什么大不了的事，没理由不同意吧？

双方语言不通，她们不会中文，我又不会日语。还好，大家都会一点磕磕绊绊的英语，在翻译的帮助下各自留了地址。等我回到上海，她们的信已经早就到了。

给她们回信可就麻烦了。我对自己的英语缺乏信心，得先找班里英语好的同学翻译她们的来信，然后请同学按我的意思用英语写好回信，我再一个单词一个单词抄下来。不过班里集邮的同学倒是很高兴。那个时候，外国邮票还是很稀罕的。每次收到笔友的来信，我就把邮票剪下来，刚一嚷嚷"谁要谁要？"早不知被什么人抢走了。

我和这两位笔友的联系一直保持到大学。通信的内容，无非就是天气怎么样，遇到什么新鲜事儿。其中一位在大学期间结了婚，也在信里告诉了我。可惜的是，再后来，因为搬了几次家，和两位笔友的联系就中断了。

从日本回来，我的心思就变野了。但首要的问题并不是要不要把魔术当职业，而是高二第一学期要不要留级的问题。我初中上的是普通中学，升高中时考进了市重点。班里一共48名同学，我入学时只排到31名。我们去日本是4月初，回来已经是5月中旬，一个半月没学习，眼看6月底就要大考了，妈妈担心我跟不上其他同学，建议我留一级，减轻点学习压力。

什么？留级？我可是个好学生，怎么能干出留级这么丢脸的事……留级事小，脸面事大。我故作轻松地说，先考考再说呗。

接下来的一个半月，我拼了老命使劲补课。还好，毕竟有深厚功底做支撑，大考成绩出来，考了全班第27名。妈妈一看，哟，不错不错，不光没退步，还前进了四名。留级的事，当然也就不用再提了。

时间过得很快，很快就到了1993年，也就是我参加高考的那一年。

确切地来说，使我确信自己以后要走上魔术这条路的，正是这次日本访问演出。但妈妈还是心存顾虑，她的意思，是让我踏踏实实上个大学，踏踏实实找个工作，做个小职员就挺好。后来，我和妈妈达成共识：学还继续上，至少要上完大学。以后要不要搞魔术是另一回事，但大学文凭是必须要有的。

但即使在那个时候，我对自己家传的宝贝还是稀里糊涂，完全不知道自己是"身在福中不知福"。真正有了"我们家的东西原来这么厉害"这样的想法，已经是上大学以后的事了。

在我小时候，魔术并不像现在一样，作为一种大家喜闻乐见的艺术形式在四处推广。那时，魔术的普及很差，和普通百姓的距离也很远。除了专业的魔术师，很少有人会接触魔术。至于现在遍地开花的魔术用品店，那个时候是不可想象的。

但到我上大学的时候，也就是20世纪90年代，社会上对魔术的热情已经很高了。上海也成立了一个"上海魔术师俱乐部"，爸爸是俱乐部的第一届主任，我也是俱乐部最早的成员之一。

俱乐部每月第一个周日上午有一次聚会，专业魔术师也好，业余爱好者也好，很多人聚在一起聊魔术，交流一些最新的魔术资讯，气氛很好。

每次还会有一两个人给大家表演，主要是展示自己认为比较好的魔术。

有一次，一位女魔术师给大家表演三个绳环。在我看来，表演得还是不错，不过这个魔术我在上小学时就已经能很娴熟地表演了，我心中在暗想。

没想到，这位女魔术师表演结束，下面的掌声居然很热烈。很热烈！居然！这可让我大吃了一惊。

前面提过，我从小练习的基本功里，"连环"是最主要的一项。 最开始，练的是九连环。说是九连环，其实用的是六只铁环。这六只环既可以做出各种穿越的花样，也可以做出各种造型。

初中一年级的学校联欢会上，我就用这套六连环登场亮相。小孩子嘛，台风当然很粗糙，表演的过程也肯定比较粗糙，但手上的功夫是没的说。

后来，爸爸让我把六只铁环减成三只；再后来，又把铁环改成了绳圈。

也许有人会问，人家练手法，都是越练玩意儿越多，怎么你们这个倒是越练越少，难道是偷懒不成？

其实环的多少，改变的并不是技术的难度，而是不同的看点。

环越多，可以做出来的造型和花样就多；环少了，还要一样好看，那就要在细节上多做文章，看点是怎么套起来怎么分解开。所以，等上高中的时候，爸爸又让我取掉一个环，变成了两连环。这样一来，基本上不再玩什么造型，但穿越的技术却是越来越眼花缭乱。

在魔术这个圈子里，很少有东西能够完全"独家"。基本的门子，大家都是知道的，不同的是各自的着眼点。就拿连环来说，很多人都在练，技术可能也很厉害，但很少有人想到单独表演穿越。有人最早想到了这个点子，当然会让人耳目一新。

到了下一次俱乐部活动，我也拿出了自己练了10多年的绳环表演。交流当然是主要的，不过多少也有显摆的成分吧。不出所料，那位女魔术师完全被我的表演打动，眼睛都看直了。事后，人家很虚心地特地来找我，"东子你这连环变得太好了，花样可太多了，能不能教教我……"

从对方惊讶的眼神里，我终于知道了家传功夫的厉害。

说起两连环，顺便插播另一件趣事。

1994年，上海举办了第一届全国近景魔术比赛。爸爸是这届比赛的评委，我就不好参赛了。不过，在爸爸的推荐下，我在开幕晚会上登场，表演了一套两连环。

没想到，我这套表演让一位参赛选手郁闷不已。原来这位老兄参加比赛的节目也是"两连环"，结果看完我的表演，发现很多花样他连看都没看到过，顿时信心全无，"天哪，人家不参加比赛的人，玩得都比我好！"

参加中央电视台心连心活动，飞抵拉萨时的情景

第二十一章

●心灵感应

1996年全国文代会闭幕式上,我和爸爸一起表演《心灵感应》。这是我第一次作为主要助手和爸爸合作这个魔术,不过表演过程,那是相当的成功。

闭幕式其实就是一台中型晚会,江泽民主席出席了这台晚会。整台晚会除了歌舞节目,主办方还安排了三个魔术,分别是《心灵感应》、《空竿钓鱼》以及和一位香港代表表演的魔术。

表演开始,我蒙上眼睛,背对观众坐在舞台上。爸爸走向主宾席借东西,随手接过谢晋老师递过来的一包中华烟发问:

"这是什么?"

"是香烟。"我答道。

爸爸又问:"这包烟一共有几支烟?"

我紧接着回答:"17支。"

爸爸拿着烟盒走到在座的江泽民主席面前,请他证实。江主席仔细数了数,笑逐颜开,"哈哈,17支,果然是17支!"

爸爸又让江主席选一样东西,江主席在桌上拿了一个碗。

爸爸接过碗向我发问："这是什么？"

　　我回答："是个碗。"

　　他又问："什么质量的碗？"

　　我立即回答："是个银的。"

　　全场热烈的掌声响起！……

　　在那个时候，由于表演得太顺利、太神奇了，反而会有更多人认为这是特异功能。

　　所以，爸爸几乎见人就说，我们这个节目真的真的不是特异功能，真的真的只是魔术，也不知道有多少人相信他……

　　《心灵感应》前身之一："水晶球预测"。

　　认真追溯起来，心灵感应其实是个"老"魔术。如果你一定要问"老"到什么程度……古埃及，算老吗？

　　说起古埃及的水晶球预测，很多人应该是久仰大名的。只不过，古埃及的水晶球，与其说是"魔术"，还不如说是"巫术"更准确。

　　可能是因为水晶球预测的名气实在太大，后来，有很多魔术师都借用了水晶球这个形式。表演这类魔术名气最大的，要算是美国魔术师胡迪尼。

　　20世纪四五十年代，水晶球问答在中国魔术师中间也非常流行。爷爷傅天正也曾经进行过类似的表演。

　　话说，有一次爸爸在家里整理爷爷的遗物，翻出来一叠信封，每封里都有名人的名字，有溥杰、许广平……看上去字体都不一样，像是亲笔书写。一问奶奶才知道，敢情这就是爷爷以前在全国政协表演"水晶球问答"时使用过的道具，用水晶球来测试密封在信封中当场观众的签名。

在中国魔术师里，表演《水晶球问答》最成功的，还得算是张慧冲先生。

张慧冲先生是爷爷傅天正的至交好友，也是当时国内最顶尖的海派魔术大师之一，他曾是早年红遍东南亚的武侠电影明星，后改行演魔术，足迹海内外，新中国成立初期，周恩来总理观看他表演之后，还在中南海宴请过他，不过，张先生演水晶球预测这个魔术，因为要用到特殊的"门子"，适合在剧场中表演。

表演时，张先生坐在一张小桌前，桌上除了水晶球和蜡烛，还有一叠空白信封。助手将信封分发给台下的观众，等观众写好问题后，再将信封收回来交给张先生。只见张先生随手拿起信封，在蜡烛上将其点燃，并用手捻起纸灰慢慢撒在水晶球上，就能将信封中观众的问题徐徐道来："第×排第×座的这位朋友，你的问题是……"

一般情况下，表演到这一步，台下也已经是哗哗的掌声不断。由于观众被张先生的表演所折服，对问题的答案反倒不是太关注，张先生强大的表演"气场"可见一斑。

从技术上来说，《水晶球问答》这个魔术，每个魔术师都可以表演。张慧冲先生的《水晶球问答》之所以受认可，并不只是因为表演形式有多高明，而是因为张先生对各种问题的事先准备非常充分。

《心灵感应》的另一个来源是心理魔术《水晶球》，魔术界前辈张慧冲先生对此节目久负盛名，这是他的演出节目单。

爸爸傅腾龙认为，对《水晶球问答》这样的魔术，表演者不仅要具备很高的文化修养、滔滔的"脱口秀"才能，还要了解大量新近出现的信息。因为只有这样才有可能应付各种各样的问题，甚至包括一些故意刁难的古怪问题。为此，张先生每天都要阅读大量报纸，关心各种各样的消息。

魔术师怎么回答问题是一回事，怎么知道问题却是更重要的另一回事，这也就是这个魔术的玄妙机关所在。

在这里，我需要向大家再介绍一下魔术表演中助手的作用。

很多魔术师表演都需要助手，表面上看起来，助手的工作，无非也就是搬个道具、递个东西。但如果观众认为助手只是打打下手的，那可就正上了魔术师的当。以水晶球问答为例，要是没有助手，表演几乎就不可能成功。张先生自己曾在著述中公开了这一秘密：

张慧冲先生的《水晶球问答》一开始，助手会拿着一叠空白信封走到台下，等观众写好后再收回来。这个过程是没有问题的。不过接下来，助手把信封交给魔术师后转身离开，这时就有问题啦——助手交给魔术师的全是空白信封，而真正写着观众问题的那些信封，已经被他带到了台下。

接下来的步骤，就是台下的助手把手里这些信封上的问题迅速传递给台上的魔术师。对不同的魔术师来说，虽然大致的流程都是一样的，但具体的办法却可能各有千秋。张先生的机关，就藏在舞台前方的台口下。

原来，助手打开信封先看了问题，然后马上用较大的字体誊写出来，在台口下的小洞展示给张先生。张先生所要做的事，就只是把这个信息读出来……

《心灵感应》的来源要从《书画幻术》说起，这是画家李滨声为爸爸造像。

《心灵感应》前身之二：神秘剪影。

提起《心灵感应》，还要说说爸爸的另一个成名魔术：《神秘剪影》。

前文或后文，肯定提到过爸爸的教书经历。前文如果没有，那就肯定是在后文……

文革期间，杂技团也好魔术团也好，已经全部解散，社会上也几乎没有任何魔术杂技表演。1971年底，在黄埔干校改造的学员们分派工作时，爸爸主动选择了当时最"臭"的老师这个职业（当时社会上老师被贬为"臭老九"），由于他有深厚的绘画功底，被分到上海新风中学做一名美术教师。

在新风中学，爸爸成了最受欢迎的老师之一。别的美术老师一上课，很多都是让学生自己画画，但爸爸上课却是边讲边画，从明暗到色彩，从静物到人物，一节课倒有一大半时间是他自己在画。经常是这个班在上美术课，门口窗外却吸引来不少别班的学生。

由于琢磨魔术已成爸爸的习惯，他在漫长的教书岁月里，总是一边教书，一边利用业余时间，潜心琢磨绘画和魔术的结合形式。

据爸爸说，在他很小的时候，经常看爷爷天正先生(即傅润华)表演带有书卷气息的魔术，给他留下了非常深刻的印象。爸爸后来对书画魔术的偏好，显然和小时候的这些经历有重大关系。

从小在魔术的环境里长大，我家的人都有"走火入魔"的倾向。打个比方，人家眼里看到一个杯子，想的是喝水，我们想的却是怎么能把杯子变走、怎么能用杯子设计出新魔术。

爸爸既然当了美术老师，除了上课，也得经常画点儿画，"提高业务"。平时出门，爸爸都要带个速写本，走到哪儿画到哪儿。几年下来，画了大量人物素描。

看着这些素描，爸爸就琢磨着，怎么能用魔术来表现不同相貌。

咱们改个叙述的次序，先来说《神秘剪影》这个魔术的现象——

表演开始，爸爸从台下请出一位观众（不是托儿！）。这位观众先协助

《心灵感应》的前身就是《书画幻术》中的"神秘剪影"，可以预测任何一位观众的容貌。

爸爸表演一个"遁表入画"之类的魔术，接下来就请他作为模特，侧身对着爸爸。爸爸拿起剪刀和一张黑纸，迅速剪出观众的侧脸剪影。然后，爸爸把刚剪好的剪影贴在纸上（实际是一块磨砂玻璃），拿给志愿上台的观众，看看到底像还是不像。

以爸爸的美术功底，剪出来的这个侧影当然还是非常准确的。当观众点头认可时，爸爸示意大家转头看舞台后方。与此同时，舞台后方的灯箱突然点亮，灯箱的磨砂玻璃上也出现一个剪影，除了尺寸要大几倍，轮廓和爸爸手中的剪影一模一样。

请注意，那个时候没有投影仪，没有电脑，没有……总之是没什么高科技。但这个魔术呈现出来的，却像是利用高科技手段变出一个惟妙惟肖的剪影。

好吧，反正这个魔术也早就被爸爸公开揭秘了，我在这里再揭一次也没关系。至于爸爸为什么要给自己揭秘，这事说来又话长了，留待以后再说。接着前面新风中学的故事继续讲。

大家都知道，在文革和文革之后很长一段时间里，老师这个职业的名声一直是很"臭"的。但不管怎么说，可以自由支配的时间还是比别的职业要多。

美术里有"三停五眼"的说法，是中国古代画家对人物面部特征的总结。"三停"指面部横向三等分，从发际到眉线、眉线到鼻底、鼻底到下巴，三部分距离相等；"五眼"，是指面部纵向五等分，每个等分都是一只眼睛的距离。

爸爸思考的问题，和"三停五眼"正好相反：既然大多数人的相貌都可以这么划分，那为什么都是三停五眼凑到一起，相貌的差别却那么大？

后来，爸爸把三停五眼继续细化，就算是解开了这个谜题。

举个例子吧。"三停"的第一部分是指发际到眉线，如果把这一部分分成额头和眉骨两部分来看，就又会出现很多种不同的类型。

光是额头，就一共归纳出30多种不同的类型；再看眉骨，又是30多种……这两部分组合起来，就是好几百种不同特征。

其他部分也以此类推。眼睛30多种、鼻子40多种、人中、嘴巴……组合起来，基本上就概括了所有可能出现的相貌。把这些部分都组合起来，每张面孔都可以归纳成一个9位数的编码。

再后来，爸爸制作了一套卡片，按照以上的不同部位分类整理，整整齐齐地插在一个集邮册一样的大本子里。然后把这一整套编号都生生记在脑子里。在状态最好的时候，两个人骑车面对面擦肩而过，爸爸马上就能报出对方相貌相对应的9位数编号。

只要爸爸掌握了这个编码，《神秘剪影》的魔术就已经成功了一大半。助手虽然不一定有美术基础，但只要知道编码，就可以按照图册拼出一模一样的剪影。

表演"神秘剪影"的时候，爸爸请上来一位观众，先表演另一个魔术。比如，会在画布上画一些水果之类的东西。爸爸用完的画具，被助手顺手拿起来走到台下。请注意，这个时候，拿下台的调色板上，爸爸早就写好了与观众相貌对应的9位数编码。

事实上，爸爸在台上剪纸时，眼里虽然看着志愿者，但手里剪的其实却是他心里的那个9位数编码。与此同时，后台的助手按照调色板上的编码，也迅速在画册里找好相应的卡片拼在一起。等到剪纸完成灯箱点亮，一个和爸爸手中的剪影几乎完全相同的大剪影就出现了！

《神秘剪影》这个魔术，在理论上可以算是无懈可击。因为爸爸的相貌资料库里，可以说已经概括了绝大多数人的脸部特征，不管是中国人外国人、男人女人，都能找到相应的位置。更何况，剪影嘛，毕竟只是个侧脸，就算是长得再奇特的人，剪出来也是八九不离十。

即使是这样，有一次爸爸表演《神秘剪影》，却差点被一位少数民族美女砸了场子。

大约在1980年左右，在一次全国人大闭幕式上，上海魔术团应邀在北京人民大会堂表演，爸爸被邀请作为表演嘉宾，表演的节目中就包括《神秘剪影》。

按照惯例，爸爸要请一位观众配合表演。话音刚落，台下传来一个银铃般的声音："我可以上来吗？"

定睛一看，原来是一位来自苗族的少数民族代表，而且是位戴着复杂苗族头饰的女性。爸爸当然不能拒绝，不过心里却是"咯噔"一下。

各届人大都有很多来自少数民族的代表，他们大多以本民族的代表服饰亮相。这位苗族代表也不例外，身上穿的、头上戴的，都是非常有民族特色的服饰。尤其是头上的饰物，那叫一个花枝招展、光彩夺目。不过在爸爸眼里，这些饰物可不光是好看，还是个大麻烦。可不，资料库里把人脸特征都归纳进去，已经很不容易了，谁想到能整出这么复杂的东西来呢？

舞台上，爸爸故作镇定，心里却在暗暗打鼓。后台，作为爸爸助手，我的师姐徐越也着了急。

徐越和爸爸合作多年，平时专为老师检索人形卡片，默契程度之高，那是不用说了。看到志愿者这套华丽的服饰，徐越也很明白是咋回事。幸好，徐越的妈妈，是上海越剧院的美工师，也有家传的美术功底，这时候也顾不上多想，眼疾手快拿起剪刀和一张黑纸，迅速剪出这位代表头饰的样子，然后和已经准备好的资料库里的人像组合在一起。

于是，等爸爸手中的剪影完成，舞台后方的玻璃灯箱上也出现了这位少数民族代表的完整剪影。两相对照，饰物的细微差别当然是有的，但完全可以忽略不计。就这样，歪打正着，一次本来已经出现险情的表演，不仅没有露馅，反而取得了意想不到的成功。

为这次表现所震惊的，不仅是现场的所有代表，就连一些在场的魔术界同行也大为震惊。事后还真有人来打听：这么复杂的造型，傅老师你是怎么能准备好的……

看过武侠小说的人都知道，武林高手不是天生的，总得有一些这样那样的奇遇才会"功力暴涨"。我认为，人大闭幕式上的这次表演，对爸爸来说就是这样一次"功力暴涨"，让他对《神秘剪影》这个魔术也"信心暴涨"。

在那之后的一段时间里，只要是爸爸和徐越配合表演，神秘剪影这个魔术就变得很简单了。再有特点的相貌和服饰，也可以不费吹灰之力地在爸爸手里和玻璃灯箱上同时出现，使得表演的自由度大大增加。

《心灵感应》：信息传递练三年。

《水晶球问答》也好，《神秘剪影》也好，最主要的机关就是信息的传递方式。水

我与爸爸配合在上海佘山表演《心灵感应》

晶球问答是助手想办法让魔术师看到信息，神秘剪影则是魔术师想办法让助手看到编码。但这两个魔术的相同之处，是传递的都是有形的信息。

而《心灵感应》就不一样了，它传递的是无形的信息，不需要任何道具。这就是这个魔术的高明之处。

类似《心灵感应》的魔术，有据可考的历史不是太久。据说，20世纪初，日本著名魔术师松旭斋天一和他的女弟子天圣娘曾经表演过类似的魔术，天一师拿起什么东西，蒙着眼睛的天圣娘都能说出来。

20世纪80年代，英国著名魔术师达伦·布朗也曾经和他的妹妹有类似表演。他们把观众选取的东西放在小盒子里，达伦·布朗一手拿着盒子，另一只手做出放电的姿势，像是通过放电把信息传递给妹妹。其实放电是假，真正的秘密就在手势的细微变化上。

爷爷傅天正很早以前就想完成《心灵感应》这个魔术，他为此也做了不少准备工作。但在解放前，技术上的准备还不够成熟，没办法进入实施阶段；到了解放后，虽然很多同事都是搞魔术的，但互相之间也有很深的门户之见，不可能进行深度合作，只好一直搁浅下来，于是这个魔术直到爷爷去世也没成型。

等到文革结束，爸爸重新开始魔术表演，这才继续对《心灵感应》进行研究。

《心灵感应》的两位合作者，我爸爸和师姐徐越他们共同练习了3年之久。

有意思的是，爸爸刚练习这个魔术时，助手就是我妈妈。据说，妈妈刚开始练习时状态还很不错，但不久以后，妈妈因为怀孕而没办法集中注意力，而这个魔术的特点恰恰是要注意力高度集中。这么一来，爸爸的这次努力也只好再度搁浅。

等到《神秘剪影》表演成功，有了这个魔术的练习作为基础，师姐徐越对信息传递的细节也已经非常了解，爸爸这才和徐越开始秘密练习。

练习魔术为什么还要"秘密"进行呢？那当然啦，要是大家都看到了，魔术的神秘性不就没了？

更何况，对魔术师来说，某个魔术的机关其实没有秘密可言，但每个人的着眼点都不一样，这才是真正表现水平的地方。

1989年，爸爸和杨宝林、提日立两位老师参加保加利亚的魔术大赛。爸爸作为领队兼大赛评委，并没有参加表演，而杨宝林和提日立各自都有大奖入手，两人都安慰爸爸。不过，爸爸并没有把获奖当回事，倒是对国外魔术师表演的《心灵感应》印象深刻。

看到国外魔术师的表演，杨老师和提老师都惊呆了——魔术师请观众把随身的某样物品放在礼帽中，而魔术师的助手虽然眼睛被蒙着却能马上报出这样东西的名字。两位中国魔术师虽然都是身经百战，但这样的魔术还是第一次看到，一时半会儿也猜不出其中的奥妙。

看出门道儿的只有爸爸，毕竟此前已经进行过大量研究。爸爸觉得，和自己设计的心灵感应相比，国外魔术师这个节目，优点是表演节奏很快，观众这边把物品放在礼帽里，助手在那边马上就能报出名字；但缺点是表演内容略显简单，基本上只限于一些常见的随身小物件，比如钥匙、手表、火柴这些的……

回国之后，爸爸参考这次观摩，自己也进行了相应的改造，比如加快了节奏。不过，在信息传递的复杂程度上，不谦虚地说，和国外魔术师的表演相比，爸爸的这一套系统要厉害得多。

如果说国外魔术师的"信息库"要包括几十种常用物品，那爸爸的这个信息库，在容量上要比他们大得多。

一个"多"字不足以形容，应该是大得"多得多得多"。从这个魔术成型的时候，信息库里就已经包括了五六千种物品。

信息库建立起来了，接下来就是练功，也就是熟悉这个信息库。

因为要高度集中注意力，爸爸和师姐故意找人多嘈杂的地方练习，训练排除干扰的能力。

还有，不光练习"记得快"，还要练习"忘得快"，这样才能迅速集中注意力进行接下来的信息传递。

说起来容易做起来难。光是练这个，师姐就练了足足三年。

八一登舰，一战成名。

养兵千日，用兵一时。《心灵感应》的机会很快就来了。

1990年5月，上海《新民晚报》记者李葵南女士首先报道了傅腾龙创作新节目的信息，紧接着，晚报编辑部把爸爸和师姐徐越请到报社，进行《心灵感应》的测试。

也许是因为事先对这个魔术已经有所了解，很多记者编辑都深感好奇，主动加入到测试的队伍中。

测试的过程也很简单：爸爸和徐越被带到一间空屋子里，两人分坐在对角的两个墙角进行"感应"。但这还不算，两个人都被很多人团团围

《心灵感应》在1991年庆祝建军节电视直播中首次露面，一炮走红。

《心灵感应》于1991年7月12日见报，引起关注。

住。这也意味着，任何实体的信息传递都已经被隔断。

但越是这样，却越衬托出这个魔术的神奇。就是在这样看似绝无可能的情况下，爸爸每拿起一样东西问出"这是什么"，另一个墙角的徐越都准确无误地报出名字，让在场的记者们瞠目结舌。

第二天出版的《新民晚报》猛烈报道了这次测试，用的标题就是《不可思议的"魔术"昨亮相》……

没过多久，《心灵感应》又得到了登陆电视的机会，不用说，又是成功得一蹋糊涂。

快到八一建军节了，上海电视台的名牌栏目《今夜星辰》主持人叶惠贤老师来请爸爸到吴淞口现场录制"八一专辑"，爸爸和徐越就带去《心灵感应》，我也随同前往。

表演是在一艘军舰上。出港前一天晚上，节目组进行彩排。没想到，彩排却一点都不顺利，就连一些很简单的物件，手表、铅笔，徐越都说不上来。

一旁的叶老师看得稀里糊涂，偷偷问爸爸："傅老师，节目没问题吧？"

"没问题没问题！"爸爸只能硬着头皮回答，"明天表演，就是这个流程。"

主持人倒是放心了，爸爸晚上却失眠了。

很明显，徐越太紧张了，所以没法集中注意力。爸爸心里着急，又不敢和徐越多说，害怕反而让她压力更大。

如果那会儿就有了神曲《忐忑》，我看用来形容爸爸当时的心情一定很贴切。

还好，第二天的表演完全没有受到彩排失败的影响。

师姐徐越蒙上眼睛，背对着军舰上的官兵们坐好。爸爸走到台下，向战士们借来各种各样的东西。

爸爸拿起一根香烟：

"看一看，这是什么？"

"我想是长长的像棍子一样的东西，但它不是棍子，而是放到嘴上的。大家应该知道了，我说的是香烟！"

爸爸又拿起一只胶卷："你看这是什么东西？你能不能想象出来？"

"照相机！"

"你能不能再仔细想想。"

徐越迟疑了一下，解释说：

"哦，有的时候感应上会有一点问题……我想，它是一个胶卷！"

接下来，火柴、贝壳都一一猜中。

"这是什么？"

"是糖！"

"你能不能说出是什么糖？"

"是泡泡糖！"

……

为了证明自己没有对徐越进行暗示，爸爸又走到战士们中间，继续向她提问——

"这是什么？"

"是椅子！"

"这是什么？"

"这不是什么,是位解放军战士!"

"这是什么?"

"领章!"

"这是什么?"

"是只手臂!"

"左手还是右手?"

"我想是左手!"

"为什么?"

"因为手臂上戴了一块手表!"

哗……哗……哗……军舰在海上没错,但这个不是水声,也不是风声,是如雷般的掌声……

《心灵感应》的走红,不仅让爸爸的知名度迅速上蹿,用现在的话来说,那敢情就是坐着火箭往上升。

更重要的是,因为不需要任何道具就可以表演,使得爸爸表演的自由度大大提高。话说有一年圣诞节,爸爸一晚上赶了十几场演出。为了赶场,爸爸雇了一辆车在剧场门口等着,这边演出一结束,马上冲出来上车冲向下一个剧场……

1992年上海春晚,是《心灵感应》的又一次大舞台。

那次春晚,前国家主席杨尚昆来到现场。为了烘托气氛,表演的最后阶段,爸爸借了杨尚昆主席的钢笔,徐越把这支钢笔的细节一一说了出来——

"这是什么?"

"是钢笔!"

"什么颜色的钢笔?"

"绿色的!"

"是什么牌子?"

"英雄牌!"

"是谁的钢笔?"

"是杨主席的!"

看得出来，杨主席充满了好奇。等爸爸去还钢笔的时候，杨主席一把拉住爸爸连连追问："这到底是怎么回事？！"一旁的上海市委领导连忙笑着说："人家是魔术师，这个就不用问了嘛……"

《书画幻术》是爸爸在上海新风中学教美术时设计创作的。

《心灵感应》的最大遗憾。

《心灵感应》这个魔术，无疑是傅氏幻术中最具有代表性和独创性的一个。爸爸和我先后7次登上央视春晚的舞台，即使是《心灵感应》最走红的时候，这个节目也始终没有登陆春晚舞台。在爸爸心里，这是一个最大的遗憾。

其实，《心灵感应》和央视春晚曾经只差一步，可以说半只脚已经迈进了门槛。

1994年，春晚节目组和爸爸联系，要求去北京参加节目审查。当时，心灵感应正是最火的时候，要是爸爸能上这届春晚，这个魔术当然是首选的节目。

春晚的节目审查一般要好几轮，但爸爸那个时候正忙着四处走穴。这要是每轮审查都参加，那得耽误多少演出？

爸爸为这事很头疼，还好春晚的几位导演也都是老朋友，也都了解《心灵感应》。大家都觉得，这个节目通过审查应该问题不大。

于是，爸爸和导演组达成一致：前头几次审查可以不参加，只要参加最后一次，过关即可。

这下爸爸心里踏实了，该走穴走穴，该赚钱赚钱，啥都不耽误。眼看最后一次审查的时间就要到了，爸爸买好提前一天去北京的火车票，就准备参加审查了。就在这时，出现了一个小小的意外：上海黄浦区侨办找到爸爸，想让他参加一个表演。

"不行啊，我得去北京。你看，火车票都买好了。"爸爸实话实说。

侨办也挺会算账："坐火车的话时间确实太紧张，不过您可以改坐飞机。头天晚上参加演出，第二天一早飞到北京，什么事情都不耽误……"

对方的主意听上去也合情合理。爸爸盛情难却，只好退掉了火车票，如约参加了侨办的演出。但这么一折腾，再加上传说中的"人算不如天算"，小变化成了大意外。第二天一出门，爸爸一行就傻了眼，天降大雾，飞机延迟！

大家都知道，飞机能不能顺利起飞，不光要看本地的天气情况，还要看目的地的天气。爸爸这几个人在机场就这么等啊等，从大早上一直等到下午。到了下午四点半，飞机终于起飞了！

且慢高兴！飞是飞起来了，还得降落不是？等到北京上空一看，爸爸连哭的心都有了——还是不行啊，北京也有雾，飞机没法降落！飞机在空中兜了个圈子，直奔天津民园机场了！

天津就天津吧，好在到北京也不远，开车两个小时怎么都到了吧？别急！麻烦还没完——别忘了，坏天气影响的不只是航班，还有悲催的高速公路……什么叫做"屋漏偏逢连夜雨"！

实在没招儿了，从天津到北京这段路，最后还是火车解决。等火急火燎地到了央视，文化部的领导早就撤了。这都半夜12点多了，领导可不得回家休息了吗！

春晚节目组的几位导演倒还都在。看完表演，大家都觉得不错。可是，大领导没在，没人能拍板。大家一商量："这么着得了，傅老师你明天早上再辛苦一下，给台长也表演一次，他要说行，咱再想办法。"

第二天上午，几位导演请来了央视台长，爸爸和徐越又表演了一次。表演当然是成功了，但上春晚这事儿却泡汤了。据说，恰恰是因为表演太成功，让台长很坚定地认为，这个明明就是特异功能，根本不是魔术，既然是特异功能，就不宜上央视春晚……

就这样，心灵感应在最接近央视春晚的时候却只能擦肩而过。可能是因为春晚的几位导演觉得爸爸有点儿冤，后来又想办法让《心灵感应》上了央视当时名气很大的《综艺大观》。表演结束，主持人倪萍来采访时，爸爸很主动地声明：这个不是特异功能，确实是魔术。也许是怕对方还是不相信，爸爸还是接着解释：我们家是个魔术世家……

那个时候，特异功能正风靡一时，隔瓶取物、蒙眼看书什么的，传得神乎其神。而《心灵感应》这个魔术的表演过程，偏偏和特异功能特别的像，以至于很多人都会错了意。记得有一段时间，爸爸几乎逢人就要解释一下："咳咳，我们这个真的是魔术，不是特异功能……"

心灵感应和特异功能到底怎么个像法？听我描述一下您就明白了。

《心灵感应》在央视实话实说栏目中宣传科学原理。

我和我们家第五代弟子杨华搭档表演《心灵感应》。

1996年第六届全国文代会闭幕,爸爸应邀带我到北京人民大会堂表演《心灵感应》,我心情十分激动。

周杰伦表演魔术，徐越为他把场。

爸爸和徐越在浙江卫视为周杰伦设计魔术节目时的合影。

"鞠萍姐姐"和我

牛群大哥和我

和华少在浙江卫视《圆梦计划》

2011年2月底随中国文联赴河北蔚县慰问演出，路遇05年春晚魔力奥运的搭档陈寒柏大哥。

吃得好投入呀！

●魔术？特异功能？

《心灵感应》表演成功后，爸爸得到的评价绝大多数是正面的。但也有人对爸爸突然冷淡了起来，原因正是把心灵感应误认为是"特异功能"。

特异功能到现在是不大被提起了，但想当年却曾经传得神乎其神，火得一塌糊涂。魔术和特异功能也曾经明里暗里多次交手。其实，魔术、千术和特异功能，在本质上是一回事，只不过表现方式不同——

说自己是假的，那就是魔术；

说自己是真的，那就是特异功能；

什么都不说的，那是千术。

《心灵感应》诞生之时，也正是"特异功能"大行其道的时候。有一次中秋晚会，爸爸在和平饭店表演，席间遇到两名彪形大汉，自称是"著名特异功能者×××"的表弟。两人对爸爸大夸特夸，说爸爸已经达到"特异功能的最高境界"云云。爸爸不愿和他们纠缠，赶紧带着徐越提前离开。

还有一次更凶险的。爸爸来到江苏表演，在提到气功时多说了几句，称"凡是能表演的气功都不是真气功的"。没想到，第二天现场来了几十个人，一看就来意不善。爸爸正在台上表演，其中一个人走上台来，看似很和气地要爸爸停止表演。

等到表演结束，几十个汉子把爸爸团团围住。带头的说："我们靠这个行医，引导人家健身，你说气功不能表演，那你把砖头放在头上试试看。"

还好，爸爸当时的表现很是冷静，说了一些很"江湖"的话，算是按下了事端。爸爸说，大家出来跑江湖，都要朋友帮忙，既然你们有特殊情况，那你做你的，我做我的，大家互不相犯如何？

约定的演出还没演完，管不了那么多了。第二天一早，爸爸带着我赶紧离开了这个是非之地。这么多年过去，这仍是最让我紧张的一次经历。

"特异功能"能表现的神奇现象，用魔术的方法都可以复制。这也正是特异功能者和魔术师的矛盾所在。

在特异功能大火特火时，很多大型晚会甚至都要请"特异功能大师"坐镇。有一次，表姐徐秋参加一个晚会，巧遇被主办方请来"保驾"的"大师"，"大师"一见魔术师徐秋在场，假作热情地在徐秋背上拍了一巴掌，徐秋顿时感觉背上一阵剧痛。回家后发现背部被针刺了，有血迹，表姐事后怀疑，那"大师"肯定是在手里藏了暗器，以此警告自己"不要乱讲"。

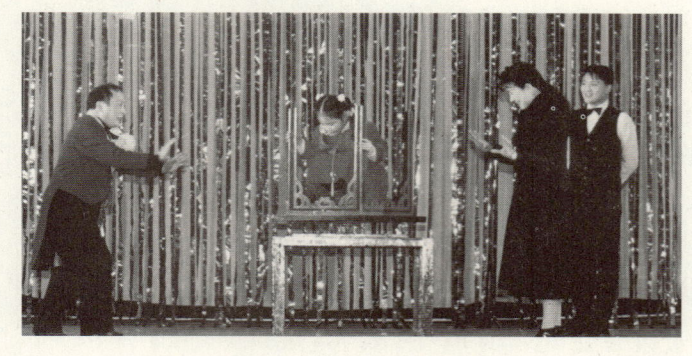

魔术《意念转台》观众查不出机关

20世纪80年代初,爸爸在广州演出时,有一位当地的姓刘的杂技演员前来投师学魔术,爸爸他们团离开广州后就与他失去联系,多年后他再出现时,已经成了"著名特异功能大师"。爸爸当时对特异功能并不了解,将信将疑。我和徐越也十分好奇,盼望着见识这位刘哥的本领。

刘哥和爸爸商量,要拍一部以魔术为题材的电视连续剧,请爸爸当剧组的魔术顾问,根据剧情设计魔术节目,并在电视中扮演一号主角魔术师(他自己扮演)的父亲一角。爸爸觉得这是件好事,对魔术的宣传很有利,就痛快地答应下来。

没过多久,刘哥的支持者们组织了一次记者招待会,请了很多文艺界和媒体的朋友。招待会上,他准备表演三项"特异功能",分别是"硬币移位"、"隔瓶取药"和"烧纸币复原"。爸爸也很好奇,想借这个机会,看看特异功能和魔术到底有什么不同。

没想到,招待会前一天晚上,刘哥却来到我家,提出一个让爸爸十分意外的要求——他说,这两天身体不大好,恐怕"功力"没办法完全发挥出来,但这次的表演又非常重要,为以防万一,请爸爸务必帮个忙,表演现场,请你把这个交给我。说着,大师从兜里摸出一瓶药,交给了爸爸。

这一来,爸爸恍然大悟:敢情折腾半天,眼前这位"特异功能师"也是假的!

不用说,药瓶虽然是封好的,但肯定已经提前取出了几粒药片。表演的时候,如果药瓶是从大师自己兜里掏出来的,难免会令观众生疑;但如果是别人提供的,可信度自然要高得多。

爸爸推辞半天,却抹不开情面,只好答应下来当这个"托儿"。但这个时候,爸爸还是心存幻想:明天自己可以不出面,随便找个人递上去就是了……

第二天,现场就在作家程女士家里,文艺界前辈张瑞芳、白杨等以及很多记者都静候"大师"发功。刘哥装模作样发了半天功,展开手时,左手里的硬币果然已经消失,张开右手,硬币却"跑"到这边了。

爸爸心里明白,被大师坚称为"特异功能"的"硬币移位",其实也是个

魔术?特异功能?

极简单的魔术而已。想到这里，爸爸心里纠结无比，而刘哥那边"隔瓶取药"已经开始，好奇的人们都是有备而来，有人就把准备好的药瓶放到桌面上，等候大师发功。刘哥坐在那儿发怔，爸爸一看没办法了，于是走到一位姓谢的导演身边，偷偷拿出药瓶递过去："你把这个药瓶……"

不料话未说完，这位谢导小声地说："这可不行，他表演'烧纸币'的钞票还在我这儿……"

没办法，爸爸只好说："哎，我这儿正好有瓶药，还没有打开过……"只见刘哥松了口气，摸摸这瓶，推推那瓶，最后拿起爸爸递去的这药瓶一阵发功，果然接连"抠"出5粒药片。大师把药瓶递给一旁的张瑞芳老师，请张老师现场拆封。打开一看，瓶里的药片当然只有95片。

等刘哥，不，刘大师的三个"特异功能"发功完毕，爸爸心里憋了一肚子气，于是也上前表演了几个类似的魔术，暗示大师刚才表演有诈。没想到观众根本没有理会的兴趣，有人还跟爸爸说："你演得也不错，但你是假的，人家是真的呀！"

更气人的是，第二天的《新民晚报》还就此事发表了一篇文章，大意是著名魔术师傅腾龙刚开始有意考验气功师，但最后被气功师折服云云。

这之后，爸爸一直耿耿于怀，还想找机会把此事说说。但没过两年，大师在外地意外出车祸丧生，这件事干脆死无对证。倒是姑妈的一番话让爸爸豁然开朗。

姑妈是这么说的："其实还是大师输了，他要是真有特异功能，还会被车撞死吗？"

许多魔术现象与特异功能没有区别，
比如《钢针穿刺》
危险：此为魔术效果，请勿模仿。

手握烧红铁链的表演也像特异功能。
危险：此为魔术效果，请勿模仿。

第二十三章

● 倒走路

1993年，爸爸刚退出上海魔术团，就赶上第一届上海国际魔术节。组委会请爸爸向外国魔术师们作一个关于"中国幻术"的学术报告，同时动员爸爸单独组团，作为魔术家族表演一台晚会。但那个时候爸爸是名符其实的"一穷二白"，设备、服装、人员都是大问题。

跟爸爸一起从魔术团出来的，只有徐越一个人。当时我正在上大学，也帮不上什么忙。爸爸找了很多朋友帮忙，除了上海魔术界的朋友，我的表姐徐秋从北京赶来应急。没有排练场地，正值学校放暑假，就在闸北区租了两间小学的教室。总算七拼八凑出了一台晚会。

晚会的主要节目有两个，一个是《壁虎神功》，另一个就是《倒悬行走》，俗称"倒走路"。

爸爸以前看到过国外魔术师的"倒走路"设计图，图上有一位女演员在天花板上行走。这个方案的"门子"是气垫吸盘，但最终并没有实施。十有八九，我看还是因为吸盘这个东西的安全性不靠谱。这要是走着走着吸不结实，人不就……

倒走路

　　为了确保安全，就得想办法解决保险绳的问题。爸爸的一位学生是外地剧团的演员，提供了一个来自杂技的创意：在杂技"高空秋千"表演时，演员鞋上有个机关，只要插在秋千竿上锁死，就可以绕着竿随意翻转。

　　利用这个办法，找工厂加工，花了5000元钱，第一套道具很快完成了，但缺陷是脚在轨道上只能滑行，而不能抬起来，走动不够自然。总之，出现在首届上海魔术节上的这个魔术反响平平。不过，爸爸利用这个道具拍了很多照片，单从照片上看，效果倒是真的很神奇。

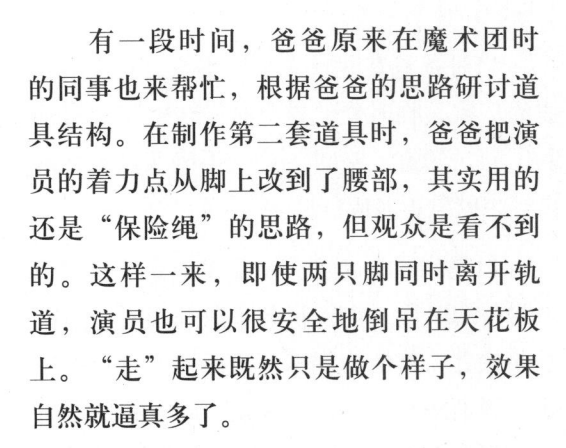

《倒悬行走》的处女秀

　　有一段时间，爸爸原来在魔术团时的同事也来帮忙，根据爸爸的思路研讨道具结构。在制作第二套道具时，爸爸把演员的着力点从脚上改到了腰部，其实用的还是"保险绳"的思路，但观众是看不到的。这样一来，即使两只脚同时离开轨道，演员也可以很安全地倒吊在天花板上。"走"起来既然只是做个样子，效果自然就逼真多了。

　　没过多久，就是第二届上海国际魔术节。这时候，我们已经在松江魔术城堡初步站稳脚跟，魔术城堡也被设为魔术节的一个分会场。爸爸准备重点推出"倒走路"，没想到却被原单位上海魔术团抢了

杂技演员出身的师姐徐越，胆大心细，基本功扎实，爸爸选她练习《倒悬行走》特地把她练单手倒立的照片剪切制作到泰山之巅，以示鼓励。

先、得了奖。

那时很少有人提什么"知识产权",爸爸虽然很窝火,但也没办法追究,只能骂两句"不地道",爸这个人很开朗,他说,我们虽是原创,搞得早,但我们的技术只能从左走到右,他们有改进,不光能从左到右,还能从上到下,技术更先进。

1998年央视春晚,"倒走路"的机会来了。如果上了春晚,大家都知道这个魔术是傅腾龙的,版权问题也就不辩自明。我们带了《倒悬行走》、《鸽子化人》、《时空转换》三个大魔术,兴冲冲奔向北京。

央视春晚节目组对这个节目很满意,但大家都提出,现场表演的难度还是有点儿大。因为春晚的舞台四面透风,既没有底幕,也没有侧幕,很容易露馅。后来导演决定,提前一天录好备播带,到了大年三十,现场表演的是另一套魔术,但在直播信号里,发送的却是"倒走路"。

就在录制备播带的时候,徐越从天花板上走来,再往下走从台口处着地,结果在拐弯的地方,出了"咯噔"一下轻响,让导演突然紧张起来。

当时爸爸在北京人生地不熟,也没有现成的厂家,临时修改道具是不可能了。导演问了问,知道"咯噔"这一下确实没办法解决,也就没再多问。

但是到了春晚当天,到了原定要播"倒走路"的时段,电视里却临时插播了一段广告。总之,其他的魔术节目都照常进行,唯独"倒走路"没有播出来,让爸爸纠结了好久。直到几年后,我们搞出了《天鹅之梦》"倒走路"更提高了一大步,但是这个节目命运多蹇,比赛时又出了意想不到的状况,此乃后话。

在排练中的《倒悬行走》

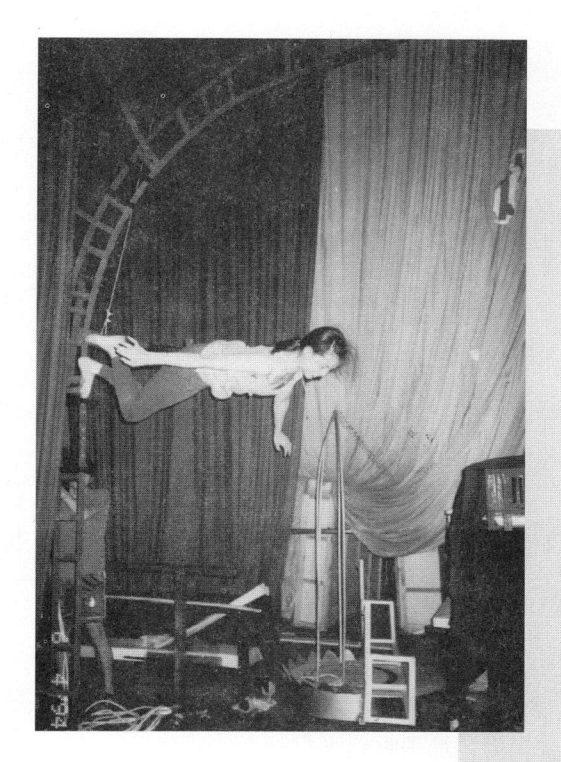

现任中国杂技家协会副主席的邓宝金师姐，杂技功夫了得，她也喜欢《倒悬行走》。爸爸为邓宝金设计的《倒悬行走》升级版可以从上一直走下舞台。

第二十四章

●壁虎神功

魔术的神奇之处，在于把"不可能"变成"可能"。在某种程度上，武侠和魔术是有相通之处的。我说的，主要是那些听起来很神奇的武侠。

每一个男孩子都有过一个武侠梦。想当年《少林寺》等武侠片热映时，有的男孩子喜欢爬墙上树，跳上跳下；有的总偷偷摸摸躲起来，在某个不易被发现的角落练劈砖；还有更邪乎的，给家里留个纸条就真的跑到了河南嵩山少林寺……

爸爸小时还没有《少林寺》，常看的武侠小说是《杨香武三盗九龙杯》、《蜀山剑侠传》。关于"壁虎神功"这样的神奇武功，很早就在他心里扎了根。

爷爷有位叫潘怀素的老朋友，是音乐史方面的专家。有一次潘先生来上海，和爷爷聊起自己以前见过的"壁虎功"，说得神乎其神。

据潘先生说，"壁虎功"应该算是气功的一种。据说有功夫的人运气运到某一阶段，到达所谓"小周天"、"大周天"的阶段，就能调动背上的肌肉，人贴在墙上也不会掉下来。

后来，爸爸在上海魔术团时，和团里一位电工师傅也聊到过"壁虎功"的传说。

这位电工师傅其实是位知识分子，是正牌大学生，家里有国民党背景，1958年文艺界整风、重组后，被安排到电工这么个岗位。这位师傅说，曾经在南京看到过"壁虎功"，练功的人背靠着烟囱，就能顺着烟囱向上爬。

后来爸爸在整理杂技史资料时看到过"壁虎功"的记载，还有图片为证：练功人不仅扒着门框能够登高，甚至在墙角也能利用两面墙壁攀登。

当时有个名叫《大象音乐会》的苏联电影非常有名，电影里也出现了类似"壁虎功"的镜头。但电影拍摄过程中有很多剪辑手段，想实现这样的镜头当然很简单。而爸爸的想法，是如何用魔术来表现这种神奇现象。

爸爸身在团里，设计魔术时难免束手束脚。首先，设计节目并不是完全自主，有什么想法需要先上报到团里，团里再报到文化局，得到批复以后才能实施；其次，设计和表演是两回事，节目设计出来了，团里让谁来表演还不一定。所以，节目是报上去了，但一直没有进入正式的设计阶段。

后来，爸爸从上海魔术团下海，首先搞的就是两个大节目，一个是《倒悬行走》，另一个是《壁虎神功》。

在2009年世界魔术大会前期，爸爸设计了一种把壁虎功和倒走路结合起来的一种新魔术。

最开始的试验，是在木墙板上挖出暗洞。演员鞋后跟有一个很小的突出物，只要对准暗洞踩进去，就能一步步往上走。但暗洞再隐蔽还是有可能被观众发现，再加上演员眼睛向前，只用脚跟摸索暗洞也有一定难度。

第一届上海魔术节，爸爸就和徐越表演了这个魔术，反响平平。

后来的改进中，爸爸还是改回了悬挂的方式。演员在木板前上升下降，虽然也是靠机械的力量，但不用别人操纵，而是"自己拉自己"。

这个时候，央视春晚导演组联系了爸爸，征求春晚节目。爸爸接连出了几套方案，都被一一否定。

1995年是猪年，爸爸刚开始想利用《书画幻术》的门子，先是在画板上画一只小猪，然后把画板上的猪变成真猪。排练用的小猪一点儿都不脏，还十分乖巧，晚上总往师姐徐越被子里钻。看到它冲着徐越毛衣上的毛线球拱来拱去，我们恍然大悟，原来它还没断奶……但有一天，导演组突然通知：所有和猪有关的节目，都要换成米老鼠的形象。变猪的创意就泡了汤。

原来我们设计的春晚节目是"猪年变猪"，这是刚买来还没断奶的小猪

《壁虎功》最好用杂技演员来担任，图为徐越在表演《钻桶术》，《壁虎功》就需要这样的杂技演员。

后来，爸爸又出过一个"滑稽人"的方案，变一个三只手三只脚的滑稽人，中间穿插魔术。这个方案也被否定了。

爸爸只好提起壁虎功，没想到导演组这回非常感兴趣。等道具从上海运来，很顺利就通过了审查。

最后上春晚的，是两个魔术节目的组合。表姐徐秋表演的"变饺子"结束后，爸爸傅腾龙在舞台另一侧出现，并带来一面3.5米高、2米宽的木墙，师姐徐越背靠木墙，手脚并用，可以直上直下。

节目播出以后，大概由于演出时间太短，观众印象不深，但魔术界还是比较认可的。关键在于，类似的人体悬空节目，背面一般是不能展示的，而《壁虎神功》正是在这一点上比较高明，演出中把整块墙板转过来，让观众看到前面演员爬上爬下，背面，却光滑如镜，看不出一点机关。

这届春晚是爸爸第一次和央视正式合作，也是我第一次上春晚。但是我的角色实在是不显眼，只是在表姐变出饺子时作为助手在一旁端着盛饺子的盘子、爸爸表演"壁虎神功"时推推木墙而已……

事实上，《壁虎神功》在这次表演后就一直没有再用过。直到10多年后，因为参加世界魔术大会，才重新把它拿出来进行了改进。这个改进后的魔术，正是我的成名作《青花神韵》。

1995年我第一次上春晚，作为壁虎神功的助手，图为签名报到。

95年春晚演出后我和师兄师姐们与导演陈临春合影。

1995年央视春晚爸爸成功地表演了《壁虎神功》。

●科学魔术

在魔术城堡之后,深圳欢乐谷之前,我跟爸爸一起在江苏南通一带演了一个多月的科学魔术专场。这一个多月对我们来说只是演出生活的一部分,但客观上帮助当地一个剧场渡过了面临倒闭的难关。

当时,南通有一家剧场濒临倒闭,据说职工已经半年没拿到过工资。这时,有位演出经纪人找到爸爸,想请我们去这个剧场表演一段时间。因为对方情况已很困难,每场的劳务费给不了太多,但经纪人承诺,演出的场次一定会很多,这样算起来,总收入也不会太差。

在南通的演出主要是科学魔术,观众也以学生为主。剧场方面负责组织观众,工作也很辛苦,有时来的观众甚至是100多里以外的学生。正常情况下,我们每天表演三场,多的时候能达到每天五场。

爸爸很早以前就有个观点,认为魔术和自然科学是天生的互相依存的关系——魔术是展现自然科学很好的工具，而很多自然科学的原理又是魔术的秘密所在。

早在1985年，也就是我刚刚十岁的时候，中央电视台有个名叫《天地之间》的少儿节目，和爸爸一起拍了一套52节的科学魔术节目。当时我和表姐徐秋都在节目里出现过，但据说我当时的表现极不出彩，基本不说什么话，也没给人留下什么印象。

1985年爸爸在中央电视台少儿频道主持《天地之间》栏目讲解科学魔术。

爸爸在上海魔术团工作时，在上海组织过很多场专门针对寒暑假的学生专场，主题都是科学魔术。爸爸在新风中学当老师的经历让他对中小学生的心理非常了解，演出时一边讲解一边变魔术，对小孩子们的吸引力非常大。有时科学魔术专场在体育馆举行，规模很大，可能达到2千人。在这种场合，只要有一个孩子上厕所，就可能有很多孩子一起起身，引起混乱。时间长了，组织者也都有了经验，一看到了某个关键的时间点，就赶紧让爸爸上台表演，学生们果然就都老老实实地坐在原地，连上厕所都顾不得。

这种学生专场后来发展成一种成熟模式。很多演出商平时和学校、教委保持了很好的关系，在寒暑假或者春游、秋游时，就和学校合作定期组织活动。类似的活动包括很多内容，科学魔术是其中的一大亮点。有趣的是，很多大的演出商正是爸爸当年在魔术团时的同事，正是因为接触这个行业很早，手头掌握了大量资源，使得这个模式日趋完善。

多年科学专场的表演经验，使爸爸积累了一大批和中小学生有关的魔术，可以训练学生的思维方式。这些魔术里，有很多其实就是从学校的实验变化而来，但比起学校的实验又有趣得多，有针对物理的、化学的，也有针对数学的。爸爸又创作了专门针对科学魔术的表演方法，比如先表演一个小魔术，并当场破解其中的机密，然后让孩子们继续思考，看看用其他方法能不能实现同样的效果。

比如，有个《张公结绳》是爸爸经常表演的小魔术，是把绳子剪断后再"接"起来。变这个魔术，学生能了解到中国传统的魔术文化，也可以随时找到工具进行练习。爸爸一般会在传授基本技艺后再表演一个更进一步的魔术，但这一次就不再破解，而是留给学生自己思考。

当然，有些人对魔术认识有偏，有一些误解，甚至有的家长告诫孩子，千万不能学魔术，"都是学怎么骗人的"……爸爸多年来总是宣称：魔术是启迪智慧的科学和艺术，魔术师是世界上最诚实的人，因为他们自己都说"魔术是假的"。

现在，社会进步了，但各种骗子也更多了，现在家长愿意孩子玩魔术的也较普遍，因为孩子懂一些魔术，倒是可以防骗的。当年我们科学魔术的表演范围还是越来越大，除了上海，在江苏、浙江等地也每年都要组织。教育界也很重视爸爸这种教学方法，上海一位师范学院的院长有一次还说："傅老师您应该到我们学校来开课，让未来的老师们都学会这种表现方法。"

爸爸设计的魔术帽

爸爸设计的魔术玩具

智力玩具12生肖之虎

智力玩具12生肖之猪

第二十六章

●和国外魔术师的交流

20世纪80年代初,国内兴起过一段时间长、热度大的魔术热。主要的导火索,是美国著名魔术师马克·威尔逊来华表演和大卫·科波菲尔的电视宣传片广泛播放。

马克·威尔逊不但是"文革"结束后,也是新中国建立以来第一个到中国表演的美国魔术师,引起了极大轰动。中国观众闭塞了很多年,突然看到这么多很好的魔术表演,这么多丰富的表演形式,一时感觉眼花缭乱。

有趣的是,马克·威尔逊的访华,甚至引起了国内魔术包装的一次大变革。

中国魔术师原来从来没见过"金条幕",就是那种金光闪闪的幕布。再一琢磨,这种幕布对魔术表演的好处实在是太大,甭管是丝线也好钢丝也好,只要有金条幕，观众就是多长几只眼睛也根本看不出来。更何况，马克的金条幕上，各种金丝走向不定，向上向下的都有，看起来更让人眼花缭乱。

马克的魔术设计也别出心裁。像中国传统的"锯人"魔术，过去的表演很简单，无非是把人"锯"成两段，上半身在这边的箱子里，脑袋可以动；下半身在那边的箱子里，脚也可以动。但马克的表演更具戏剧性，他的锯人箱体造型为小火车，一节车头一节车尾，都装在轨道上，分别推出去很远，在这边挠两下脚心，那边的脑袋就笑个不停，非常有趣。

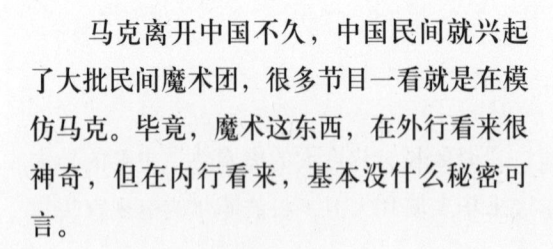

作为第一个来华演出的美国魔术前辈马克·威尔逊和爸爸在80年代就结下友谊。

马克离开中国不久，中国民间就兴起了大批民间魔术团，很多节目一看就是在模仿马克。毕竟，魔术这东西，在外行看来很神奇，但在内行看来，基本没什么秘密可言。

很早以前的中国民间艺人有一个传统，就是农忙时在家种地，农闲时出门卖艺。这个"传统"，其实要追溯到明末清初。而在马克访华之后，国内再次出现这样的繁荣局面。据说光是在河南宝丰县，大大小小的剧团就有800多个。直到现在，从河北、河南、苏北一带农村出来的杂技魔术艺人仍遍及全国。

马克余波未了，大卫·科波菲尔的录像又传到了中国，再次引起一波魔术狂热。

对中国观众来说，大卫最有名的魔术当然是《自由女神像消失》、《穿越长城》。但严格来说，这都不是真正的魔术，最多算是"魔术广告片"。这些"魔术"，只是在电视上看起来很神奇，但在拍摄现场完全是穿帮的。

比如最著名的《自由女神像消失》。在拍摄现场，魔术师和观众都是在一个巨大的转台上。表演开始后，转台开始慢慢转动，等魔术师再一次展示时，观众和镜头都已经背对着自由女神像，当然什么都"看不到"。

当然，在转台转动时，观众不可能完全感觉不到。那么，所有观众都在惊呼女神像"消失"，只能说明一个问题：在场的所有人，包括观众和摄影师，都是电视片的演员，也就是魔术师的"托儿"。

大卫来中国拍摄《穿越长城》时，很多中国魔术师受邀参加了拍摄，表姐徐秋当时也在现场。虽然仍然是一个"穿帮"的魔术，但大卫是个高明的电视导演，而且他的敬业、认真给表姐留下深刻印象。有时候，一个动作甚至要拍摄好几十次才能通过。正因为如此，才在最大程度上展现了魔术的趣味点。

但这样的表演，到底算不算魔术？即使在美国，对这种形式的争论也很多，马克·威尔逊就明确表示过反对。爸爸则认为，这可以算是"以魔术为主题"的电视剧或是广告，但不能算是真正的魔术。

而这些"广告"的威力确实也很惊人，在大卫·科波菲尔本人来中国表演之前，他的大名就已经给中国观众留下了深刻印象。

但是，大卫本人的确是一位优秀的魔术师，在电视屏幕之外，面对真正观众，他的节目设计和表演艺术，代表了当今魔术世界的最高水平。新千年后，他几度来华，在北京、上海、无锡进行的表演，都得到空前成功，当时的票价已经高达1500元以上。

大卫的舞台表演风格多变，可谓既明快又深沉，既优美又诡异。他的每一个节目都进行过精心的准备，每一句话，每一个动作，都进行大量试验，以便达到最佳效果。

比如有一个人体消失的魔术，大卫的表演手法就明显比其他人高出一筹。表演开始时，秋千上站着一位女助手。通常的表演手法是，魔术师用布把助手蒙起来，再把布猛地拉开，里面的助手就已经消失了。而大卫的表演过程是这样的：先用红布把女助手蒙起来，观众可以很清楚地看到助手的头、手以及身体轮廓。秋千徐徐升至空中，突然，大卫手向上一扬，红布离开秋千向上飞起后又飘落下来，轮廓分明的女助手瞬间消失得无影无踪……

大卫的魔术里，类似这样的处理非常多，总能体现出他的用心之处。

大卫来华期间，爸爸、姑妈都与他有过交流，据说他早在16岁就在大学里教过魔术课。但大卫自认为最宝贵的财富，却是他的魔术团队。大卫的团队里，既有科学家、艺术家、美术家，也有资深魔术师。这些专家有的负责制作节目，有的研讨表演方法。大卫在台上表演，既是他个人的精彩技艺，也体现了整个团队的艺术水平。

大卫的魔术表演里，有时会加进去很多现代手法，使表演更具有真实感。

比如在一个"刀箱"的魔术里，表演过程中，舞台后方一直有一位摄像师拍摄。摄像镜头捕捉到的内容，就在舞台两侧的大屏幕上播放出来。刀箱前面插进去一把刀，屏幕上就显示刀从刀箱后面捅了出来。但有趣的是，观众满以为大卫是在展示魔术的秘密，殊不知却正好上了大当。原来，台上的摄像师完全是个假象，屏幕上播出来的，其实是早就录制好的另一套内容。

在另一套魔术里，大卫在观众眼皮下把助手变消失，速度之快令人咋舌。有的科学家甚至认为，要实现这样的速度，只有通过爆破才可能实现。但真说是爆破也有疑问，一来表演过程没声音，二来演员又没有受伤，其中的科技含量到底有多高，已经远远超出一般人的理解。

大卫对魔术的另一大贡献，是创作出大量新节目。现在流行的很多魔术，都是大卫第一个表演的。这些魔术里，有的可能已经存在很久却不为人知，正是在大卫手中得到改进，才真正被观众所认可。

大卫·科波菲尔是对我魔术生涯影响最大的两位魔术师之一。既然在这里提到大卫，顺便也说说另外一位——兰斯波顿。

我喜欢兰斯波顿的表演风格：漂亮帅气的外表，儒雅的书卷气神态，幽默但不直露的含蓄，一切惊人的变化却发生在稀松寻常之中，他是我曾经崇拜、模仿的偶像。

兰斯波顿对节目处理很特别，比如《魔术的背后》这段表演：

表演开始时，舞台上有一个大柜子。一般的柜子是正对观众，兰斯波顿这个表演却是背对观众的。这样一来，当兰斯波顿钻进柜子，助手向柜子内插上密密麻麻拐杖的过程中，他从柜子的暗门偷偷溜出来，在助手掩护下钻到另一旁的一只台子上，用布盖好……这一系列过程都在观众眼前暴露无遗。

看到这里，观众满以为搞清楚了其中奥妙，但等助手把大柜子转过来拔掉拐棍，兰斯波顿却仍然出现在大柜子里。可是，兰斯波顿刚才不是明明跑到小台子上了吗？等兰斯波顿亲自揭开盖在小台子上的布，那里却是一位美貌少女！

爸爸有一次参加中央电视台《综艺大观》，也借用过兰斯波顿这个"门子"。但爸爸模仿别人的节目总要进行一些改进，这一次是加进去了张慧冲先生"刀箱"的创意。我在这次表演中担任助手，也就是跑来跑去的那个角色。等我从箱子里溜走后，爸爸又把刀箱倒过来让观众检查，果然里面密密麻麻插满了刀。但等把箱子翻过来、把刀抽掉，我却又神奇地出现在箱子里……

我爸爸的爸爸的爸爸

在第2届上海国际魔术节上与日本女魔术师引田天功交流。

引田天功的著名节目《玻璃四门塔》，爸爸引进后改为《八面玻璃塔》并能在旋转中出人。

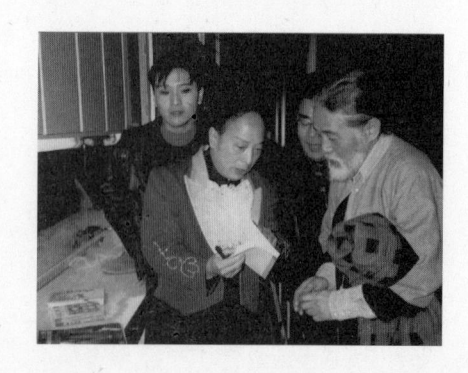

日本魔术泰斗小野坂东来魔术城堡看望我爸爸。

大卫·科波菲尔到上海演出时与我合影。

第二十七章

●同名人合作

随着魔术越来越普及，与其他文艺形式的合作也越来越多。跟我们合作过的名人里，既有戏剧界明星，也有周杰伦这样的大牌歌手，甚至还有施瓦辛格这样的国际动作明星。

几年前，爸爸曾经为浙江电视台"观众节"设计过一台魔术，所有出场的主持人都变成了魔术师，每人都要表演节目，我也作为表演者之一穿插其中。

和名人的合作，大部分多是在电视节目里出现。有些表演很简单，你设计好一件道具把他们变出来，这种合作比较容易，比如有一年在宁波举办的"中国时装节"，让歌手林依轮钻进一个带火的柜子，变成下一档节目的演员，完成得很漂亮。但有时合作却是很困难，因为受到身材、服装、化妆等限制，有一次在杭州，要求做到白岩松和另一位女主持从一个大电视屏中走出的效果，但是能给他们用于藏身的地方很挤，怕把女主持的发型弄坏，只得作罢。

大约是1997年，中央电视台文艺部导演突发奇想，想让大腕参与魔术表演，于是姜昆、冯巩等曲艺明星都成了现学现卖的魔术师。对他们来说，太不容易。

要让姜昆老师钻进魔术金字塔里变成一群舞蹈演员，可姜昆老师体形实在太宽，他练得满头大汗，我和助手黄春燕想尽办法，就是把他塞不进箱子里。这些老一代的艺术家敬业精神那是没得说，排练时从来都不摆架子。冯巩老师参加的是一个《人体魔方》节目，需要在一块块移动的图板中不断变更自己的姿态，由于不熟悉道具，冯巩老师手上被划破一个大口子，但冯老师毫不在意，只进行了简单包扎就继续进行排练。

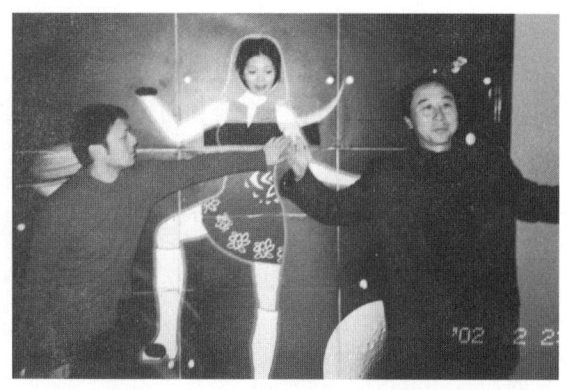

为冯巩老师排练《人体魔方》

姜昆老师在试钻魔术道具

有时，反倒是一些未必真正有名的明星难以合作。有一次，湖南台请我们和一位歌手合作，提出让这位歌手表演一个《钻风扇》。这个节目看似危险，其实非常安全，没想到刚跟歌手说了两句，歌手的助理却冲上前来大叫：你们知道这是在跟谁说话吗……

好吧，其实我不但不知道是在跟谁说话，也没什么兴趣想知道。于是我回头就走，撇下小助理在原地发愣。事后，电视台方面很为难，爸爸也劝我不跟他们计较，但这件事最终还是尴尬收尾。我坚持认为，既然大家在一起合作，平等相待是最基本的，如果没有互相尊重，还是不要合作的好。

演艺界喜欢魔术的明星很多，热情最高的大概得算是周杰伦。

有一次在浙江和周杰伦合作，设计的流程是，我先让他从一个透明玻璃屏幕中走出，如画中人一般，周杰伦出场以后还要表演几个魔术。当然，周杰伦的魔术都是我们提前布置好的，他的任务只是在台上表演。

那次合作，我们第一次见识了港台大牌明星的排场，了解了一些演艺公司的惯例。

那一次合作，周杰伦身边的助理达到23位。说是"助理"，其实说白了就是"保镖"。经纪公司还提出要求：只要周杰伦一出现，周围就必须清场；只要是他经过的地方，所有的门都必须关上，以免有人混进来。即使是在排练的时候，场地里也不许有一个闲杂人等。我们只能在场地里稍稍走一下位置，然后就去化妆间帮助他熟悉节目，继续排练。

想看他一眼的人太多，想合张影更是奢求。据说经纪人确实有明确要求，在现场不许有人拍照。其实他人还是很随和的，对魔术的兴趣真的是很大，我们工作室的小伙子袁波对近景魔术颇有研究，同时他也是周杰伦的忠实歌迷，节目排完后，半夜周又来电话邀袁波去宾馆，让袁教了他很多魔术小把戏，于是袁不但如愿得到了合影的机会，还得到许多周的签名光盘。

有一次与动作明星施瓦辛格合作表演《隔夜修书》，还差点闹出笑话。

有一个时期，《隔夜修书》这个节目演出得很频繁。施瓦辛格到中国来参加慈善活动，上海电视台为他组织了一个欢迎晚宴，也请我们来表演《隔夜修书》。没想到，当邀请观众配合时，施瓦辛格居然自告奋勇走上台来。

《隔夜修书》魔术，是表现魔术师预知的能力。临时请观众在黑板上写几句话，然后当场拆开事先放在桌上的信封，拿出里面的信，和观众临时写的语句比对。当然，这是魔术，需要后台的助手帮忙，这个助手就是我。

可是，施瓦辛格写的是英文，不仅字小，字迹也很潦草，再加上我那时英语水平很差，看得几乎眼冒金星。正在犯难的时候，恰好著名歌唱家廖昌永也在后台候场。廖先生经常出国表演，英文水平很好，于是一个字母一个字母念给我听，连大小写都没忘提醒。等爸爸把"预言"一拿出来，施瓦辛格本人大吃一惊：想不到傅先生功夫这么厉害，连英文也能"预测"出来。

后来一想，如果廖先生不是正好在旁边指教，我该在纸条上写点儿啥？估计会是这么一句：

"我预料到他说的是外语，只不过我看不懂……"

1996年春晚后与艺术界张瑞芳前辈等交谈。

与王励勤合作排练《赛车节目》之后合影。

2005年春晚表演《魔力奥运》节目后与刘翔合影。

第二十八章

● 魔术城堡

　　1997年，我大学毕业，本来有一份很像样的银行职员的工作在等着我。但我最终选择了另一种生活，正式走上了魔术的道路。在上海腾龙魔术城堡的三年，对我的魔术生涯可以说是至关重要。

　　1957年，周恩来总理在中南海宴请张慧冲先生。大家发现，原来周总理对魔术非常了解。聊到一些魔术现象，总理笑着说，魔术嘛，不就是这儿一个洞，那儿一根线嘛。总理说到早年党内有个会魔术的，后来叛变了，当时，大家都不知道顾顺章①那人、那事。周总理在席间还谈到，魔术应该有一个专门的舞台。后来，这句话在魔术界里广为流传，但因为条件所限，这个舞台一直没能变成现实。对魔术师来说，尤其是擅长大型魔术的魔术师，如果表演的场所换来换去，确实是很不方便的。爸爸给我讲过很多因为魔术机关闹出来的笑话。比如，张慧冲先生如何让京剧名家李万春"被消失"：

注：①顾顺章——本名顾凤鸣，中国上海市宝山吴淞人，中共早期领导之一，地下情报人员，中共秘密特务组织中共中央特科的负责人，精通魔术。1931年投降国民党，由于其掌握大量共产党机密，成为共产党危险的叛徒。1935年被国民党以秘密联络共产党为由处死。

张慧冲先生的魔术，一大特点就是场面宏大。他的很多魔术需要地下通道，比如大箱子或者大炮，下面都必须有秘密通道，演员钻进道具后，就要从这个通道里迅速撤离，跑到下一个场景。所以，张先生的剧组到一个新的地方表演，都得把舞台锯开，先把通道做出来，演出结束撤离时又得把舞台修整复原。有一次，张先生的剧团到北京表演完毕，紧接他档期的，是京剧名家、武生泰斗李万春先生的《闹天宫》，那天，台上武打表演十分火爆之际，只见台上孙悟空一个跟头翻过去，居然就从台上消失了！原来，张慧冲先生的魔术团在撤离前，也不知道是什么原因，没有把舞台完全恢复好，李万春先生一个跟头落地，正好掉进了地道！

总之，"魔术需要一个专门的舞台"，这句话很早就在爸爸心里扎了根。后来，爸爸一直计划要做一个自己的魔术城。1995年，终于等到了一个机会。

上海西郊距市区30公里左右，有个佘山国家森林公园，名列"新上海八景"之一。佘山虽然海拔只有99米，却是上海唯一的一座山。10多年前，这里还没有大规模开发，基本上属于荒郊野外。为了搞搞旅游经济，当地的一些农民企业家圈了一块地，建起一个欧罗巴乐园。欧罗巴乐园是上海最早的游乐园，加上宣传很成功，刚开业的时候生意

当年爸爸设计手绘的魔术城堡的广告

好得不得了，上海人、外地人都趋之若鹜。但这个地方存在先天缺陷，一是交通不便，二是地方太小。游客兴冲冲地来一趟，用不了半个小时就逛遍了。过了一段时间，生意就逐渐冷清了下来。

为了吸引客源，乐园曾经引进过杂技团、动物表演等项目，但效果都不是很好。1995年底，一位姓徐的经理打听到了爸爸的魔术城堡计划，主动找上门来寻求合作，想在乐园里专为魔术开辟一块地方。爸爸等这样一个机会已经等了很久了，和徐经理可谓一拍即合。

魔术城堡于1996年秋建成

在爸爸的计划里，一个固定的魔术基地不止可以表演魔术，还可以完成培训人才、制作节目等任务，对魔术的发展非常有利。

在这个基地里，专门进行魔术表演的舞台当然是必不可少的；还要有一个魔术沙龙，用于魔术爱好者的交流、魔术文化的传播，还可以表演一些近景魔术；一个魔术长廊，专门介绍和魔术有关的各种知识；一个魔术餐厅，供客人在神秘环境中休息、用餐；还应有一个魔术摄影棚，设置很多具有魔幻效果的场景，让观众自己找个场景拍张照片，就可以实现腾空、半身消失等魔术效果。爸爸和欧罗巴乐园约定，爸爸负责魔术城堡的规划设计，施工、投资则由乐园方面负责。

那年年底，爸爸带我和师姐徐越到马来西亚表演了两个月，除了表演之外的所有时间，爸爸几乎都躲在房间里画大型道具的设计草图。我们回国后，魔术城堡就开始了紧锣密鼓的施工。当时，爸爸在上海已经闯出了很大的名气。为了借助爸爸的知名度，城堡的正式名字就是"上海腾龙魔术城堡"。对这样一个大工程，我们都很兴奋，可以说是全家总动员。表姐徐秋多次来现场出谋划策，作为杂技、魔术理论专家的姑妈傅起凤和姑父徐庄，也包揽了魔术长廊的图文制作；我则驻扎在工地，因为土方工程、道具制作、设备安装及招生、培训几乎同步进行，我和徐越负责联络和带队。大家都对即将开业的魔术城堡充满信心。

但有一个很重要的情况，我们当时并不了解。那就是欧罗巴乐园的经营情况之差，远远超出我们的想象。就在腾龙魔术城堡开业的当天，银行的工作人员已经坐在售票窗口里，所有的门票销售收入都必须拿来还贷款。这也是我们后来才知道的。

欧罗巴乐园的资金问题，不可避免地使魔术城堡从诞生到发展都受到很大局限。爸爸原来雄心勃勃，想外请成熟的舞蹈演员，打造一个高质量的团队。但这个设想显然是满足不了了。除了资金问题，还有编制上的问题——创办之初，欧罗巴乐园承诺要帮助当地解决就业，于是很多农家孩子被吸收了进来，占据了很大一部分名额。魔术城堡的一些基础设施，在建造时也比较简陋。舞台的设计标准不能实现、观众席是完全露天的，刮风下雨都会有影响……更难满足生活设施了，连卫生间也经常堵塞。

但尽管有这样那样的不足，1996年秋天，魔术城堡正式开业，还是引起了非常大的轰动。毕竟，在全国这也是第一个专业的魔术舞台。有一些大型的魔术，如果没有这样一个专业舞台，几乎是不可能实现的。比如，在高空水遁的魔术里，要用到一个高20多米的通道。演员从这个通道的顶端下降到地面，只需要两秒就能完成。还有的魔术，要把演员从舞台上变到城堡外，同样是利用秘密通道。这个通道其实就在观众席下方，但观众根本想象不到。有个《炮打活人》的节目，大炮架在离舞台很远的炮楼上，可以把人"打"到很远的高塔上，在一面吊在半空的鼓中出现，当演员从高塔上下来，让围观的人们检验她手臂上观众事先的签名，以证明没有换过人，这时，人流涌动，观众和演员齐声欢呼，这是舞台上不可能遇到的激情时刻。这个节目上过中央电视台的《曲苑杂坛》，反响非常轰动。我们称这种节目为"全景魔术"，只有在魔术城堡这样的地方才能表演。

城堡中的专业魔术舞台

魔术城堡

　　爸爸的其他很多创意也在魔术城堡得到了实现。魔术沙龙里，有一把放得很高的椅子，椅子上方有个希腊武士打扮的人头。看到有观众来了，人头还会睁开眼睛说话，可以和观众有问有答。还有很多供观众拍照的景点，也是魔术城堡的特色。有一个叫"欧罗巴之门"的摄影点，游客坐着拍照，照片上却像是悬在半空中。还有一把神奇的椅子，虽然只有一条腿，但游客坐上去却稳稳当当，怎么都不会倒。

魔术摄影景点独脚座椅

　　前途是光明的，道路是曲折的。正如前面所说，魔术城堡想外请舞蹈演员的计划无法实现，只好退而求其次，进行内部挖潜。那些当地的农家孩子都没学过舞蹈，我们请来舞蹈教练，让他们从头学起。爸爸又从东北招了十几个孩子，组成一支近70人的演员队伍。

全景魔术远距离炮打活人

为期三个月的魔鬼训练开始了。可贵的是，演员们都非常努力，也很能吃苦。对他们来说，训练再苦，和种地的辛苦相比就不算什么。更何况，只要能登台演出，他们都觉得很光荣。通常，前一天刚刚学习的舞蹈内容和编排，第二天就要上台演出。演完之后如果觉得不满意，第二天训练的时候马上进行修改。这样一来，大家以练代学、以学代练，舞蹈功夫练得都特别扎实。这次集中培训，对我来说也是一个意外的接触舞蹈的好机会。在此之前，我虽然也有不少舞台经验，但毕竟还不能算是成熟演员。刚开始筹备魔术城堡时，爸爸并没有想把我当成主要演员，我对自己的定位也是做一些管理方面的工作。但在人员紧张的情况下，把我推到前台来作主演，似乎也成了一个没有选择的选择。

作为队长兼魔术主演，我本来不用跟演员们一起吃这个苦头——学舞蹈。但在我内心深处，其实一直希望掌握一定的舞蹈基础，这样会对提高舞台表演风度有很大帮助。二来，我的年龄毕竟比大多数演员大一点，如果我在现场带头练习，既可以督促大家，又可以给他们起一个示范作用。

那时我22岁，从舞蹈的角度看，年龄显然已经偏"大"了，主要是身体的柔韧性已经不符合要求。对我来说，最痛苦的练习莫过于柔韧性训练——要练劈叉，就要把筋骨抻开。我躺在地下，两腿弯成"O"形，两只膝盖是离开地面的。没关系，教练有的是办法，他会若无其事踩在我膝盖上，一站就是好半天。这样的魔鬼练习也不只针对我一个人，每到这个时候，就只听周围一片鬼哭狼嚎……每次做完这样的练习，我两只大腿内侧都是一片通红，据说是因为把毛细血管还是别的什么撕开了。在训练结束后很长时间里，即使是正常走路，你都会觉得两腿合不拢。就在这样的魔鬼训练下，三个月集训过后，我居然真的可以劈叉了！参加舞蹈培训的一共有60多人，我在里头是年龄最大的。最后练得最好的，反而是我这个"条件最差"的队长。

如果有人要问，练得"最好"的标准是什么？我的回答是：后空翻算吗？有一个节目，设计的情节是在一艘船上，我扮演的王子要去救一位公主。为了出效果，需要有一个后空翻的动作，为了这个动作，我险些付出高位截瘫的沉重代价。后空翻的动作要领基本是这样的：双手摆臂起跳，增加起跳高度；提膝，双手抱膝；抬头，身体向后旋转。

练习这个动作一定是要有人保护的。刚开始，教练在我后腰系上绳子，在转体的那一瞬间使劲一拉，动作就完成了。练到后来，教练拉的力量越来越小，直到几乎不再用力。教练说，你自己试试吧。于是我就试试。整个后空翻动作慢镜头分解如下，请读者自己按照电视慢镜头想象——摆臂很顺利，起跳了；提膝好像不很顺利，抱膝不紧，动作不到位；抬头也不到位，在空中，我迷失了方向；落地，身体没有打开，脑袋先落了地；慢镜头结束。……这种意外用通俗的话说，就是"窝"了脖子。教练提前说过，如果脖子受伤会很危险。再说，这点常识还用教练说吗？！我很害怕。万幸，虽然脖子很疼，但没什么大事，休养了几天就好了。后来有人告诉我，如果不觉得疼，那才可能是最严重的！

害怕归害怕，我还是想把后空翻练成功。成功的关键是腾空以后的方向感。为了找感觉，我决定从倒挂练起。男孩子可能都在双杠上干过这样的事：两条腿勾着倒吊在双杠上，然后用手一撑地面，同时两腿放开，就能站在地上。我的倒挂基本上也是这样，只不过实在没找到双杠。舞台上，左右两边各有一个悬在空中的台子,左边是调音台,右边是灯光控制台。我找到一根很长的钢管,两头架在两个台子上,然后想办法固定住,就做出了一个简易的单杠。每天,我在上边要倒着吊两个小时。当然,不是连着吊两个小时,那样的话,搞不好会晕过去吧……吊练了一段时间,果然找到了感觉!后来在空翻的时候,什么时候转到了哪个角度,我心里都清清楚楚的。最后,一共参加舞蹈集训的60多个演员里,练会了空翻的,加我再内,一共只有两三个。

和空翻比起来,仰卧起坐什么的都是浮云。那时练仰卧起坐,每次要练足三百个,时间一长,尾椎骨的地方皮肤都被磨破了。妈妈特地给我缝了个"仰卧起坐垫",围在腰里扣起来,正好能保护尾椎骨。

练舞蹈还得保持体重。有学生不知道从哪里买来的营养粉,那个味道不是一般的难吃,而且是各种难吃——拌米饭,难吃!拌面条,难吃!拌蔬菜……还是难吃!相比之下,拌蔬菜的难吃程度也许稍轻一点。妈只好天天都从家里拿各种新鲜的蔬菜给我。

魔术城堡正式启动后,刚开始的一段时间,爸爸、徐越和我每人带一组演员,这样轮流演出,还不算太累。但好景不长,半年以后,"三驾马车"的局面就变成了"孤军奋战"。爸爸的演出越来越多,已经没法兼顾魔术城堡的表演;师姐徐越因为怀孕,也逐渐从城堡淡出;不知不觉中,我实现了从"边缘人物"到"主力演员"再到"独挑大梁"的三级跳!

城堡的演出,时间大体是这么安排的:每场总时长1小时,由4组节目组成。每组节目之间,有小丑表演或者一些小魔术串场。串场的时候,我能做的事就只是迅速脱下身上的衣服,在衣架上取下一套衣服接着出场。配舞的舞蹈演员可以轮流休息,但我却是唯一一个没办法休息的。城堡通常每天表演三场,中小学生春游高峰期间,每天可能要演四到五场。爸爸和徐越每周会来城堡表演一次,其他的时间,都是我一个人在顶着。现在看起来,我可真是个能吃苦的孩子……

因为表演太频繁,连表演服都没时间洗。为了不让衣服变馊,每次表演完以后都只能用酒精喷一遍,酒精很快挥发了,衣服也就"速干"了。这三年里，我的基本状态就是这样。

这么大强度的表演，持续的时间又这么长，对我是个相当大的考验。有时，我会因为过度疲劳而感觉头脑恍惚。甚至有一次，我真的"见鬼"了：

魔术城堡里有食堂，有时我们也自己做饭。一个周日晚上，因为第二天休息，很多人都回了家，留在城堡里的人很少。我一边炒着菜，一边跟旁边的人有一搭没一搭地聊天。突然一抬头，看到窗户外的空地上飘过一个人影，很像是剧团的一个演员。我连忙问：

"你看那边是不是XXX？"

"他不是回家了吗……那边没人啊！"

这句话听得我猛地一激灵，感觉很是毛骨悚然。我连饭都没吃，赶紧收拾东西回到宿舍，把门关得紧紧的。一整个晚上，我都没敢再出，连厕所都没敢上。第二天起床以后，我觉得浑身难受——发高烧了！

在大多数时候，魔术城堡的生活还是很快乐的。

有一个叫《高空水遁》的魔术，不光表演很神奇，过程也很有趣味。在舞台上方20多米高的地方，有一个大水

我在50米外高台上将消失的女演员变回来。

缸。演员从梯子爬到高高的水缸里,几乎是从水缸里消失的同时,又从观众席后边跑进来。

观众难免会怀疑,谁知道你这个魔术是不是双胞胎演的?上面藏一个,后边藏一个?为了打消这个疑虑,魔术师向观众借一块手表,戴在身着泳装的女孩子手腕上,大家看着她爬上云梯,攀上平台,进入水缸……这个魔术有一个独特之处,这女孩在水缸里是渐渐淡化消失,而不像其他魔术一样突然消失不见。而几乎就在水缸里的助手完全消失的一刹那,猛然间,她又在观众席后面出现,手上仍然戴着那块借来的表,我把它解下来,物归原主……

其实,这个魔术里确实是有两个演员,只不过调换的方式比较特别——关于门子,只能透露这么多,不能往下说了。有趣的是假戏必须真做,演员既然是从水缸里消失的,浑身上下肯定都是湿淋淋的。所以,从观众席后跑出来的演员也必须是水淋淋的,否则当然就穿帮了。为了做出"湿身"的效果,我们先后试了很多种办法。刚开始,请一位大姐在通道里守着,等演员过来以后,赶紧用手给她身上掸水——湿得不够,根本不是刚从水缸里爬出来的感觉!又换成湿毛巾,给演员浑身上下擦一遍。——湿倒是湿了,但湿得太匀称,还是不行!

最后还是换成最简单也最野蛮粗暴的办法——守在通道口的助手手拎水桶,兜头一桶水都浇在演员头上。这效果可就逼真多了……

由于是自己的舞台,我们排演了《大水缸出六美人鱼》、《水箱换人》、《水上走路》、《水遁》等一批水系列节目,说到水系列魔术,有一个致命弱点,那就是天气。夏天好办,演员钻进水缸、水箱里,表演的同时还能顺便消暑,多好。但冬天就不一样了。前面介绍过了,我们的舞台是露天的。上海的冬天比北方暖和,但毕竟不是游泳的天气。演员在水缸里的时候还好,我们会把水提前加温,就当洗个热水澡吧。但不管哪个魔术,演员都不是只在缸里呆着。比如水缸消失的魔术,演员要从秘密通道里跑出来,这段时间倒是不长,但大冬天就这么浑身湿淋淋地露天呆着,还是挺痛苦的吧。说起来我们这些演员真是挺能吃苦的，也幸好都是农家孩子，身体底子都很好。对他们来说，表演魔术的这点儿苦头，算不了什么，而且他们中的大多数，其实多多少少都有一个演员梦。只要能上台表演，他们就很满足！

有一段时间，城堡里来了一个小胖子，也算是解决当地人就业。这位小胖子，还真是冲着当演员来的，为了能到城堡工作，据说还托了人。但他这个体形，上台演出的难度太大，给他安排个什么事做呢？有了！让他去当"守卫"！所谓"守卫"，要保护的就是表演"炮打活人"的那门大炮。这门炮是露天的，很容易就能爬上去。但要是真有人爬上去，这个魔术的门子可就暴露了。所以，只要城堡里有游客，大炮下就得有个人专门看着，不让人随便往上爬。为了和城堡的整体风格一致，"守卫"需要穿上演出服，手里还要拿个大斧子。这个角色，看上去那当然是很威风，但一站好几个小时，再威风也是个辛苦活儿。不过小胖子却对此非常满意——也许对他来说，这就算是实现了演员梦吧！

有一次表演，闹了个不大不小的笑话：

我们表演用的主舞台和观众席之间没有任何障碍。有时候演员从台上消失，可能从别的地方跑出来回到舞台上，总不至于还要让演员七绕八绕吧。台上正表演着，一名中年男子可能是想找找魔术的门子，突然从观众席上站起身来，径直走到舞台上。刚从箱子里"变"出来的女演员一亮相，发现面前突然多了个人，登时吓了一跳。大家以前都没遇到过这样的怪事，临场的应变经验也不够丰富，一时都呆在原地。被吓了一跳的女演员最早缓过神来，很生气

魔术摄影景点空中悬浮

地指着对方:"你上来干什么?神经病啊你!"还好,这名观众挨了骂,倒也没什么激烈反应,很老实地回到了座位上。晚上剧组进行总结时,大家说起这件事都觉得很好笑。但作为领导,我还是要强调一下作风问题。我批评演员说:"就算是观众的不对,你也不能指着鼻子骂人家嘛。当然,工作人员也有责任,你们不能这么傻看着嘛,你们倒是赶紧过来把那人挡住,别让他靠近道具啊……"

魔术城堡还给我们创造了很多和外国魔术师交流的机会。那些来中国表演的国外魔术师,听说有这么一个好地方,都很愿意来看看。

1997年,第三届国际魔术节在上海举行,腾龙魔术城堡是魔术节的一个分会场。参加那届魔术节的很多国外魔术师都来过魔术城堡,看得出来,他们也都很兴奋。老外的思维方式就是和中国人不一样。在"人体悬空"的拍照景点,中国游客一般就是坐着拍。一位俄罗斯魔术师独出心裁,偏要躺着拍照。拍出来的效果也很有趣,就像是飞在空中。

魔术节目《水上走路》

如果魔术城堡的业务能正常发展，我们很有可能会在这里扎根吧。可惜，世界上没有如果……前面也提过了，交通不便是欧罗巴乐园的一大硬伤。随着时间一天天过去，没有了刚开始的新鲜劲儿，客源的问题就逐渐显现出来，对魔术城堡的经营也带来直接影响。按照最早的协议，我们这个魔术团只负责演出，客源方面由欧罗巴乐园负责。但到了后来，乐园方面提出，因为票房压力太大，希望我们自己解决票务问题。

爸爸只好去找以前的老朋友们，请他们帮忙组织观众。在这个期间，我们的表演主要针对中小学校。春游和秋游的表演旺季，每天的表演少则两场，多则三四场，有时甚至表演五场之多。这时，我爸爸的一位好友，原来江南杂技团的溜冰演员方杏君阿姨，这时已调电影局工作。爸爸去看望她，她一诺千金，跑前跑后帮我们组织来旅游部门及学校师生，给了我们很大帮助。可惜她英年早逝，至今，十多年过去了，我仍时常怀念方阿姨。

最终，在经营了三年之后，我们在1998年秋天撤出了欧罗巴乐园。徐经理本来是想通过魔术城堡拯救欧罗巴乐园，但这个愿望还是没能实现。在我们撤出之后，欧罗巴乐园也很快被转手。在这件事上，徐经理是一个很悲壮的角色。他本人很喜欢魔术，也一直在想各种办法来挽救魔术城堡。在欧罗巴乐园关闭后，徐经理去了温州乐园，我们跟他还有过一些小合作。让我们吃惊的是，温州乐园的建筑，几乎和欧罗巴乐园一模一样。

后来回想起来，魔术城堡对我们来说，虽然是一个很好的机会，但从经济上来说，却更像是一个陷阱。事实上，当时外地也有一些游乐园有意开展魔术项目，并和我们进行过接触。如果早知道欧罗巴乐园已经负债累累，爸爸也许从一开始就不会介入。由于有一些设施是爸爸垫资，后来乐园方面又有一部分钱该付而未付，当我们撤出结账时，乐园尚欠我们80多万元，面对乐园这些朝夕相处而又真心想支持魔术的朋友们，爸爸和徐越姐姐慨然同意将欠付款一笔勾销。不管怎么说，这三年里，爸爸实现了自己的很多魔术愿望，也把很多难度很大的魔术变成了现实。说起赔钱的事，爸爸总是呵呵一笑说"艺人嘛，人生何处不相逢，手艺在，千金散尽还复来！"旧时代玩票友有一句话，叫"耗财露脸"，就当花80万爽了这么一次，也挺值的！话虽这么说，几年下来，爸爸老了。

而让爸爸觉得"值"的另一个收获，就是把我从一个"边缘演员"培养成了能独当一面的魔术师。

魔术城堡在开张半年之后，爸爸和徐越就先后淡出。这样一来，魔术城堡的大部分时间里，其实只有我一个人撑门面。前面提过，我在刚进入魔术城堡时，只是一个没有多少正式表演经验的魔术演员。但在这三年里，即使按每天表演两场计算，我的表演场次也达到上千场，锻炼的效果，那是不必说了。然而对我来说，只把节目演好还远远不够的。作为魔术城堡的实际执行人，我还得和各方面进行协调，管理方面、经营方面都得动脑子。比如有的时候，魔术城堡的客源是导游组团过来的。导游什么时候带个团过来，我们什么时候就得组织一场表演，有时一天甚至加练两三场。时间长了，演员们和导游之间也积累了很多矛盾。我就只好又充当和事老的角色，亲自出面表演几套小节目，或者多加一些互动的内容，总之得把观众哄高兴了。

后来，爸爸知道这些事以后很是高兴，还猛夸了我几次，说我学会了变通，学会了不能只讲原则，还能多为别人着想。总之，魔术城堡对我的锻炼是全方位的、很有效果的。有时我甚至怀疑，爸爸那个时候是不是故意躲得远远的，就是为了给我制造这么个锻炼机会？

表姐徐秋在魔术城堡客串
"水系列魔术"。

第二十九章

● 在深圳欢乐谷

和欧罗巴乐园的合作结束后，爸爸带着腾龙魔术城堡的班底，在上海市以及江浙一带演出。尤其在上海主要是在体育馆演出，在江浙一带则主要表演学生场。

很快，我们又遇到了一个难得的机会。

1998年，国内第一家欢乐谷在深圳华侨城开业。欢乐谷想把魔术作为一个特色，通过中国杂技协会辗转找到了我们。经过魔术城堡的三年试验，爸爸对魔术更有很多设想，欢乐谷的人找上门来，双方一谈即合。很快，我们把工作的重心转移到了欢乐谷。

合作是从一台名叫《MD欢乐剧》的魔术歌舞剧开始的。我们去深圳考察了好几次，也和欢乐谷的主创人员进行了沟通。很显然，和欧罗巴乐园比起来，欢乐谷的实力要强得多，光是那些专家，就完全不是一个档次——大连服装节的总导演、解放军军艺的美术设计，都是各自圈子里的一流专家；舞蹈方面，请来了中国舞剧院的著名编导夏广兴，魔术方面，则是我们这个当时在国内已经很有名的团队。

我们的任务，一是根据歌舞剧的内容设计魔术，二是给这台歌舞剧训练魔术人才。

《MD欢乐剧》的内容大致和《天鹅湖》差不多，说的是有位王子招亲，来了很多国外的公主，但是魔王从中捣乱……

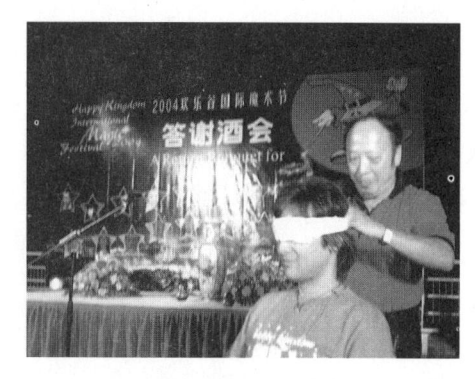

我和爸爸在欢乐谷魔术节表演心灵感应。

我们根据剧情设计了很多魔术节目，《水遁》、《水中逃生》、《穿越风扇》、《炮打活人》……道具在上海赶制，然后再运到深圳安装。

没想到在道具环节上居然出现了大问题。原来，我们的道具是按照舞台表演的需要制作的，但欢乐谷的剧场却是从上往下看，有点儿像是古罗马的斗兽场。这样一来，由于观众的视线太高，很多藏在道具背后的门子就可能被看出来。不仅修改道具的工作量很大，排练也很辛苦。师姐茹仙古丽在魔术剧中扮演天后，有一个情节是从天而降。在排练时，因为要协调灯光、位置等很多方面，茹仙经常一吊就是一个小时。

茹仙是姑妈傅起凤的学生，曾经在全国比赛中变牌得过金奖。欢乐谷正式开业后，茹仙就为这部魔术剧决定长期留在欢乐谷作为魔术主演。

1999年国庆节，《MD欢乐剧》如期上演。虽然对我们来说，因为有些魔术没有用上，多少有一些遗憾，但呈现出来的毕竟是一台规模宏大的魔术舞剧。开演当天，大家都很兴奋，狂欢到很晚才尽兴而归。

至此，我们的任务本来已经胜利结束。但欢乐谷方面发现，在魔术方面的问题似乎还没有完全解决，需要再留一个魔术老师。爸爸算来算去，能留下的就只有我了。一来，我在魔术城堡经过三年锻炼，在节目编排上有一定经验；

二来，我的舞蹈基础也不错，还可以当个演员用。

其实，能留在欢乐谷，我本人还是挺高兴的。在魔术城堡，虽然几乎什么事都是我说了算，但小环境毕竟有局限，经常让我有施展不开的感觉。但在这里，舞台上光电脑灯就有一百多盏，还有一百多个舞蹈演员配合你表演，那感觉，啧啧……刚开始，我是"魔王"的替补演员。没过多久，演王子的演员因故离开欢乐谷，原来的"魔王"改演了"王子"，我就变成了魔王的主演——这事儿闹的，王子都40多岁了，魔王咋才20出头儿……我成了剧中的第3号人物。

欢乐谷剧院落成，爸爸首次考察场地。

欢乐谷魔术节，爸爸和已经是欢乐谷首席魔术师的茹仙合影。

身为魔术指导老师，我也是这台歌舞剧的主创人员之一，得经常开会讨论一些专业问题。说来也怪，我记得小时跟爸爸去魔术团，最烦的就是大人开会，但在欢乐谷这段时间里，我却经常盼着开会。说怪也不怪，欢乐谷请来的这帮大腕，的确都是才华横溢。这些大腕们出的点子，有时乍一听觉得莫名其妙，但仔细一琢磨，就能体会到高明之处。对我来说，每次开完会都会有很多收获。

有时，讨论到一些具体的舞台问题，比如什么情况下需要怎么打光，什么光显得台上很密集，什么光可以把台上的人隐藏起来，我都有意识地记下来，思考着怎么把这些知识应用到魔术设计上。

欢乐谷的舞蹈老师也很牛。我和当初在魔术城堡时一样，自觉地加入到练舞的队伍中。不过，让我可以小小得意一下的是，舞蹈老师看到我的舞姿后甚感意外，还向别人打听我是出自哪个舞蹈学校的。事实上，我比那些舞蹈演员练得更刻苦。为了纠正动作，我买来DV拍下老师的动作，回到宿舍以后对着DV反复练习。这就叫"只要功夫深，铁杵磨成针"。

我的收入在剧组算比较高的，于是经常请其他演员出去吃饭，人缘自然也很不错，很多舞蹈演员都成了我很好的朋友。在我们撤出欢乐谷之后，魔术仍然是这里的一大特色。每年国庆前后，欢乐谷都要搞一届魔术节，很多国外的嘉宾都应邀参加。

几年之后，我又因为其他原因到过欢乐谷。当初的同事见到我都很热情。他们中的很多人，因为年龄关系不再适合跳舞，已经离开了舞台。大家都羡慕地说，东子你真不错，还能继续活跃在舞台上……

惊喜地发现欢乐谷里有好多自己的照片

爸爸表姐姑妈和我都在欢乐谷工作过，
离开欢乐谷后再次回来。

第三十章

●服装师之梦 天鹅之梦

在很多行业里,占主导地位的应该是中年人,魔术也不例外。三四十岁的时候,魔术师的表演、创作、经验都达到巅峰,体力上正当壮年,又有比较强大的团队,在各方面都有明显优势。魔术界的传承,上一代和下一代之间的年龄差距,一般是10岁到15岁。但因为出现了一个"文革",中国魔术界阴差阳错地出现了一个断层。第一届金菊奖汇集了国内魔术界的最强阵容,这个断层就更加明显。

"文革"持续了十年,在这十年里,魔术当然是完全荒芜了。其实对艺术的种种限制,在"文革"之前就已经开始了,所以实际时间肯定超过了十年。好不容易等到文革结束,和爸爸同时代的"青年"魔术师们已经将近40岁了。无论从观众还是魔术师本人来说,对魔术的热情都是空前爆发。这批魔术师憋了十多年,有很多成果需要释放出来,当仁不让地占据了魔术的主战场。这样一来,在"文革"后才开始学习魔术的下一代魔术师,光芒被老一代所掩盖,那几乎是无法避免的。

等到了2000年前后，爸爸这一代老魔术师逐渐淡出江湖，按理说就该中间一代魔术师接班了。但观众的观念却又在这个时候迅速转变，很快把注意力转向了年轻一代，也就是我和李宁这些20出头的新人。中间一代魔术师再次遭到冷落。

2000年，第一届金菊奖在深圳举行，中国魔坛"四小龙"就是在这次比赛上一举成名。

当时，电影界的百花奖、电视界的百合奖，戏剧界的"梅花奖"，都已经打出了很高的江湖地位。金菊奖作为国内最高水平的杂技魔术大赛，就是魔术界的"百花奖"，在魔术界引起强烈反响。

金菊奖的流程，是先报送录像带进行初评，然后选出20多个节目参加决赛。决赛共设3个金奖、6个银奖，但只要入围决赛，至少都能拿到一个铜奖。即使只是铜奖，对身在剧团的魔术师们来说，就意味着国家一级演员的敲门砖。

所谓"四小龙"是当时魔术界小有名气的四个年青魔术师，除了我，另外三位分别是广州杂技团的任维东、中国杂技团的李宁、河北省魔术集团公司的候国经。首届金菊奖，只有候国经没有参加。

比赛最后的结果，任维东和李宁得到了金奖第二、第三名，我是银奖第一名。换句话说，"三小龙"全部跻身前四，这个成绩当然很了不起。

其实，家里人最初并不支持我参加这个比赛。因为很多魔术比赛都暗含各种利益，而一些有官方背景的大团，领导又往往身兼各种协会要职，在比赛时或多或少总会得到一些照顾。当时，爸爸已经离开上海魔术团下海，我们的身份是纯民间组织，没有任何背景。好在当时年纪小，心里想着，就算实在获不了奖，反正也不是什么大人物，还不至于太没面子。

另一方面，对自己的节目，当然也还是很有信心。

从腾龙魔术城堡开始，我和一位叫黄春燕的女演员搭档了三年。这次金菊奖大赛，我的参赛节目叫《服装师之梦》，是一个中国传统的"换衣术"。说起"换衣术"，在中国有着悠久的历史，据文献记载，唐朝武则天时代就有宫廷表演120人的换衣舞蹈，名叫《圣寿乐》。在我家，表姐徐秋在表演《美好春天》的结尾处，突换一身花旗袍，神来之笔，使人眼睛一亮。

以往的换衣术都是用布来遮挡，遮住一次就换一身衣服。虽然已经很神速了，但因为布是静止不动的，容易让人感觉时间太久。不谦虚地说，《服装师之梦》在传统的基础上进行了很多改进，使这个魔术的档次提高了很多。

比如，我们使用了很多新颖的遮挡方式，让人耳目一新。

——魔术师和助手走到画板后，捅破画纸钻出来，身上的衣服就变成了画上的样子；

——两把大扇子把人遮起来，等扇子拿开时，衣服就变成了扇子的颜色；

——用大红的绸缎把助手卷起来，打开以后，衣服又变成了红色；

——最让人眼花缭乱的是，魔术师用礼帽装满纸屑，从助手头上倾泻而下，纸屑所到之处，衣服的颜色随之改变……

傅琰东表演服装师之梦

我们大大提高了换衣的速度。以往的换衣术,换一套衣服平均需要将近1.5秒,而我们把这个时间提高到了0.5秒。一般换衣魔术,大约要换8套以上。每套换衣之间,都要穿插一些舞蹈表演,往往显得冗长。而这一次,我们在8分钟时间内除换9套衣服外,随情节加进去7组舞蹈动作,有探戈、牛仔、拉丁以及现代舞……总之,把这个魔术包装得极为精致。此外,我们是男女或同步,或交替换装,也获同行好评,业内都知道,男人换装要困难得多。

俗话说"台上一分钟,台下十年功",此话不假。《服装师之梦》光是设计服装和情节,就花了我们3个多月时间。再加上服装制作和排练,一共整整半年。当然,功夫不负苦心人。一段时间里,我和黄春燕凭借这个节目频繁走穴,既赚了钞票,又赚了人气。直到现在,在网上搜索"换衣术"视频,我们当年的换衣术表演还是排在前列的。

这套换衣术的成功,从另一个侧面也可以看出来。自从我们表演之后,国内几乎所有的换衣术都借用了我们的模式。这涉及到魔术知识产权保护的问题,这里暂且不提。

《服装师之梦》的这个银奖,是傅家从事魔术几十年来得到的最高奖项。我认为,这当然不是我一个人的荣誉,而是几代傅家人执著于魔术事业的最好回报之一。

在央视《综艺大观》表演服装师之梦　　　　　　　　换一套衣服就变换一种舞蹈

2001年，迎来了第三届上海国际魔术节。对国内魔术界来说，这是一个绝佳的交流机会。

国际魔术节分几大板块，有国际魔术精品专场演出、国际魔术道具展示、国际魔术学术研讨会。最引人关注的一项，自然是国际魔术比赛。有了前一年金菊奖银奖的好成绩做铺垫，参加这次国际魔术比赛，我是志在必得。

前面说过了，爸爸曾经创作过一个"倒走路"的魔术，几年前在上海魔术节上获得创新奖。但说起来这事很让人窝

在表演中女演员连换8次衣服

火，因为节目虽然获了奖，但跟我们却一点关系没有。

说来话就长了。当时爸爸已经从上海魔术团离职，主要精力都放在腾龙魔术城堡。在"倒走路"的试验阶段，上海魔术团有人也很热心地出谋划策。爸爸觉得很感动，毕竟同事一场，现在虽然不是同事了，人家仍然很热心。没想到，等到上海魔术节开幕，上海魔术团拿出一个"新节目"，居然就是爸爸研究了很久的"倒走路"！

这个节目本身是很高明的，而且思路新颖，对魔术创新来说也有很大贡献，所以得到了这届魔术节的创新奖。爸爸后来气愤不过，也找过上海魔术团理论。但魔术团居然振振有词，声称爸爸当初申报这个节目时还没从魔术团离职，这当然就得算是魔术团的发明成果。

这口气憋了好几年，直到2001年的上海国际魔术节，我们总算得到了一个"宣告主权"的机会。

虽然被人抢了先，但这次我们有新的作为,爸爸原始设计的"倒走路"表演，是人只能头朝下脚向上踩天花板平行走动。上海魔术团的"倒走"改进到人平移一段之后从侧幕走下来。这一次，我们把"倒走路"做到了极致,可以让演

员从舞台的左侧沿侧幕横着身子信步走上,再从右侧走下来,回到台上。这就可以传递一个信号:只有我们演的"倒走路"才是正宗的。

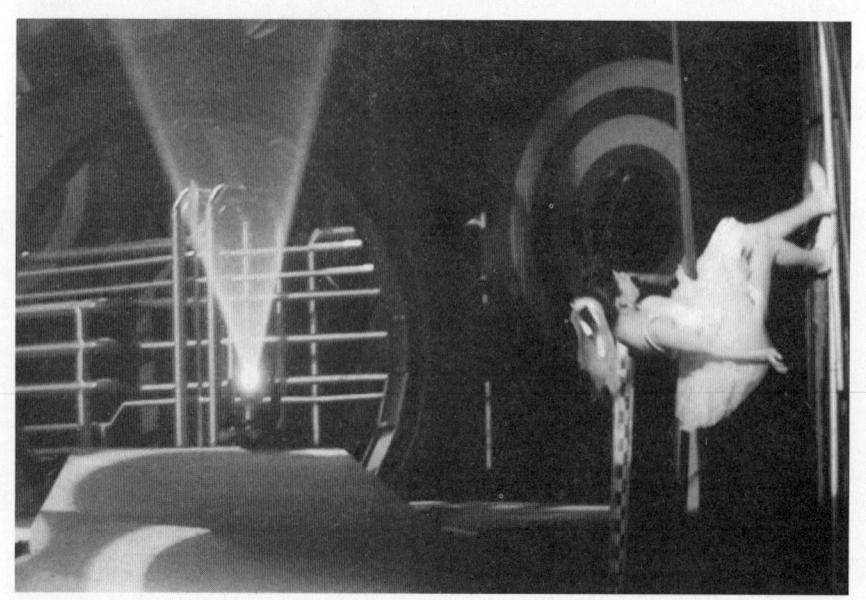

天鹅之梦中人体倒悬行走表演

我这次的参赛节目叫《天鹅之梦》,意境是非常美的:

在"天鹅湖"的优美乐声中,魔术师和一群美丽的芭蕾舞小天鹅翩翩起舞,在似真似幻之际,一只小天鹅"飞"上了侧幕条,展开脚尖舞步,小鸟般轻盈地向上走至顶梁,魔术师和天鹅们在下招呼着,小天鹅似乎听到了伙伴的呼唤,她摆动着双臂,做出飞翔的动作,从另一侧惊鸿般着地,走到舞台中的平台上,化作一只透明的天鹅标本模型。

为了表演更丰富生动,爸爸还设计了一组相关的铺垫节目,让我先变出来两只天鹅,并安排一小段变化。当然,想变真的天鹅困难太大了,真正表演时,用的是鸭子。不想,问题就出在这一小段上。

表演的过程非常成功,但在最后评分时,得到的居然是——零分!这个零分让我很零乱……很零乱……。后来才知道,大赛的评委一共有十多个,中国人和外国人各占一半，中国评委几乎全部给我打了满分，但外国评委却全部都打了零分。

是的是的，问题就是"虐畜"。但在10年前，别说是魔术师，就在全体中国人里，又有多少人会有"虐畜"这样的观念？更何况，中国魔术师变动物，动作从来就没那么多讲究。如果变兔子，就抓住耳朵拎起来；如果变鸭子，就揪住脖子拎起来。"变鸭子要捧在手里拿出来"？这不是气人吗？……

事实上，即使是打了零分的外国评委，对这个魔术的整体也是认可的。日本著名魔术师小野坂东先生特地在后台找到我，表示非常喜欢这个魔术。但他同时很惋惜地告诉我："要是没有拎鸭脖子的那一下就好了……"还说以后想把这个节目推荐到拉斯维加斯去表演。

说实话，在动物魔术里，我最讨厌的就是鸭子。鸭子的生活习惯，那叫一个烦。你把它藏在身上，不知道什么时候就会给你偷偷拉两泡屎！相比起来，鹅就干净多了！话说我们养的那只鹅，没事干的时候总是在用嘴整理羽毛。有时放它出来兜风，它还总喜欢往镜子前面跑，瞅着瞅着就冲镜子叨一嘴。

总而言之，这次"虐畜事件"对我的打击实在是太大了，以致我在很长时间里都没缓过劲儿来。几天以后，一位文化局领导到魔术城堡参观魔术节分会场，当着很多人的面说："办国际比赛还是有好处，办了才知道差距……"气得我当场就流下眼泪。我在心里暗骂，这魔术跟国外没差距！懂魔术吗？你！

服装师之梦发展到集体换衣,图为浙江卫视"我爱中国蓝"晚会为女主播们设计的可变换服装。

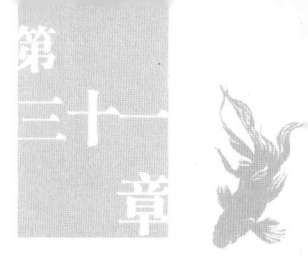

●北漂，当歌手去

2001年的这次国际魔术节，可以说是伤透了我的心。

没过多久，和我搭档三年的黄春燕结婚生子。她婆家人觉得干魔术这一行东奔西跑太辛苦，想让她安定下来。春燕思考再三，后来还是离开了魔术圈，去做了一名会计。

在这种情况下，我突然觉得魔术没有了前途。正在此时，一个偶然认识的经纪人使劲撺掇我去北京唱歌。我暂时没有更好的主意，觉得试试唱歌也没什么不好，万一真的能出名呢？

这位经纪人叫……算了，就叫他老Y吧。

我和老Y认识，是2001年一次商演，和黄春燕一起去山东表演换衣术。老Y也参加了那次商演，身份是歌手经纪人。我和老Y被安排在一个房间。老Y平时也不住在宾馆，但一见面就劝我改行唱歌。老Y说，变魔术有什么前途，你声音挺好，干嘛不做歌手？

老Y自称自己的唱片公司曾经捧红过张明敏、王子鸣。张明敏就不用说了，王子鸣名气虽然差点，在青年歌手里也还算不错。这么听起来，老Y这公司还是有一定实力的。

但要让我一个人进军歌唱界，心里还是没底气。回到上海，我就使劲忽悠汪燕飞，两人一起到北京发展"演艺事业"。汪燕飞1999年进入魔术团，算是我的师弟。他从小学过音乐，还参加过演唱组合，这方面情况当然比我熟悉得多。于是，2002年下半年，我俩满怀希望地杀到北京，怀揣10万元巨款，准备打造一支前无古人后无来者的"魔术演唱组合"。

很快，21世纪的中国乐坛上，出现了一支名为"红桃A"的演唱组。它成名作有三首，分别是《走过来》、《魔幻天空》和《法兰西手法》。但"红桃A"组合的全部作品，其实也只有这三首……

前两天，我突发奇想，在网上试着找找当年进军歌坛时的报道，还真找到这么一段，是2004年的。

——"红桃A"推出的第一支单曲《走过来》，虽得到广大歌迷的认可，但公司总觉得还不够到位，于是根据他俩的特长度身打造了《魔幻天空》，果然全球首创的表演形式，弹眼落睛获得了非常成功。眼下，"红桃A"除了忙于在上海为歌曲《魔幻天空》做宣传外，还应邀赴央视参加"综艺大观"节目的录制，并准备在两岸三地制作专辑和拍摄MTV。此外，一台别开生面的大型魔术演唱会也在积极筹备之中。如此，"红桃A"一路走来，将接受歌艺、舞艺和魔术艺术等多重挑战……

从这段报道来看，当年的"红桃A"简直就是火得一蹋糊涂，但真实的情况却与之相去甚远。

[报纸剪报:《明报 社区新闻》2005年3月28日 星期一——"香港女歌手容祖儿康州赌场献艺"]

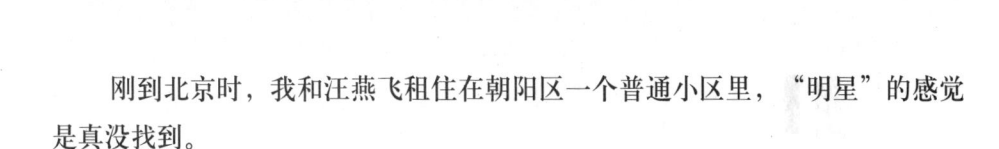

刚到北京时,我和汪燕飞租住在朝阳区一个普通小区里,"明星"的感觉是真没找到。

2003年的央视春节晚会,有一个魔术串烧的节目,节目共分三部分,分别是李宁的大变活人、赵育莹的变扇子,以及"红桃A"组合的歌舞《魔幻天空》。

说句老实话,这个魔术歌舞从形式上还是很新颖的,确实是歌、舞、魔术全面结合,引起了挺大反响,后来获得了当届春晚的三等奖。最主要的是,这是我们第一次以歌手形象出现在春晚舞台上,这对我们的歌手之路是个很好的鼓励。

老Y说要趁热打铁给我们拍MTV,还说,只要MTV拍好了拿到电视台一播,我们这音乐组合可就火了。老Y说,拍一部MTV得10万块钱,你们自己先拿5万出来，公司再拿5万，拍MTV的钱就够了。我们当时还觉得挺好，心想公司为了包装我们这个组合，还真舍得花钱。

但没想到，钱也掏了，MTV也拍了，却迟迟不见播出。我俩问了老Y好几次，每次的回答都是"再等等"。我俩等到花儿都谢了，电视台还是没动静。

这段时间里，我们拍MTV花掉了5万，其他地方又零零碎碎也花了不少钱，拿到北京准备创业的10万块钱已经只剩了个零头，连维持生活都成问题。为了省钱，我和汪燕飞不仅天天厚着脸皮到公司蹭饭吃，就连喝水也要蹭公司的，每次去都带个大矿泉水瓶。当然，我姑妈一家都在北京，也时常关心我的生活和艺术事业，但他们一点也不知道我的窘况，须知，我是一个男子汉了，不能让亲人们担心，别说是姑妈，就是远在上海的父母，我都没透露过半点实况。

后来跟唱片公司的人混熟了，我们才知道，拍那部MTV一共就花了5万，老Y一分钱都没出，都是我俩自己的钱。敢情，老Y跟我们玩了个"空手道"。更让我们生气的还在后头。有人偷偷告诉我们，春晚之后，有人找到老Y，要给我们投资200万。但这200万我们可根本没见着，原来都让老Y买车买房把钱折腾光了！

眼瞅着老Y是指望不上了，我和汪燕飞只好重谋出路。想来想去，也只有重新杀回魔术界了。春晚过后，老Y把我的演出身价涨到每场1万，但根本就没人接单。等到我自己出马联系业务，价格都压得很低，别说1万，就是1千的我也接！还好原来已经有了一些演出界、电视圈的人脉，业务开展得挺顺利。慢慢的，演出机会越来越多。除了电视台做节目、参加商演，有些大品牌的产品发布活动，也请我来个魔术，化妆品、电脑、数码产品，什么样的都有。靠着这些五花八门的演出，我和汪燕飞终于熬了过来。

要在演唱中加入魔术元素，需要不断地练习新魔术，最难的是两人同步。

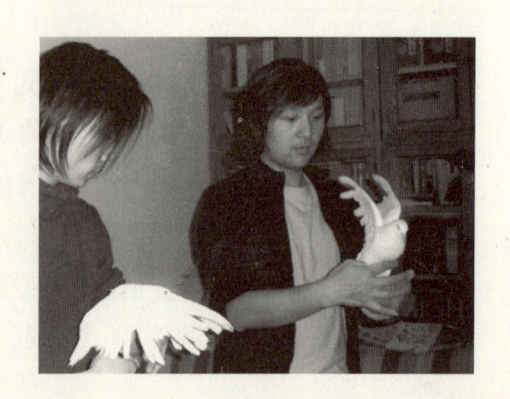

●魔术训练营

2004年,中央电视台做了一期名叫《魔术训练营》的春节特别节目,对魔术的普及起了很大作用。借着这档节目的火爆,我也赚了不少人气。

央视原来有一个叫"欢乐英雄"的栏目,经常做一些节假日特别节目。比如在五一或国庆长假期间,就会推出一个《七天乐》的栏目,接连播出七天。"欢乐英雄"做过汽车类的节目,也做过智力闯关类的节目,但收视率始终上不来。导演组想来想去,想换个形式,改做魔术试试。

节目组找到中国杂协寻求帮助,热心的姑妈傅起凤就帮他们召集人手。

从一开始,这个节目就成了傅氏幻术的一个大集合——第一次策划,是我和姑妈参加的。后来,表姐徐秋也参与进来,出了不少主意。到了制作阶段,四个担任老师的魔术师里,除了我和师姐茹仙古丽,美国归来的优秀华裔魔术师、电脑专家王志伟作为我们魔幻天空工作室的主力,也挑起重任。另一位魔术师是张科民,亦从海外归来,近景手法十分了得。在正式开拍前,爸爸傅腾龙还以魔界前辈的身份讲了一堂魔术理论课。

按照一开始的设想,我们的任务是提供魔术教学,先传授几位影视明星,然后再让明星传授普通观众。至于魔术师本人,是不需要出镜的。

在训练营中我和茹仙是负责教舞台的老师,爸爸是我们的老师。

这个方案的难点在于,明星的时间一般都很紧张,而这个节目需要拍摄至少一周,时间上很难协调。后来,导演组和魔术师们商量,决定把节目换成真人秀。参加策划会的几位魔术师亲自上阵,每人带一位学生,看能不能把学生教好。

讨论了很久之后,四位魔术师各自分工,确定了自己的教学内容:我本人是舞台魔术、茹仙古丽是逃脱术、王志伟是近景魔术、加拿大华裔魔术师张科民是牌技。确定了魔术老师,再来挑选各自的徒弟。四个学员是两男两女,我签运不佳,抽到最后一位,等于失去了挑选的资格。没想到,最后留给我的,居然是个大美女。

但我很快就明白了,把美女留给我,可不是因为他们好心。

美女叫王琪,长得挺漂亮,但说实话确实不是学魔术的料——手太小,不适合近景魔术;口才不够好,对互动很不利。从这两点出发,王志伟和张科民及时闪躲开来。逃脱术本来没那么多要求,但茹仙古丽是女的,从节目的戏剧性出发，挑个男徒弟显然更合理。所以，留给我个美女，只得尽力而为了。

正式开拍后，四对组合各自进入角色。为期一周的拍摄时间里，每对组合都有两名摄影师配合，始终是双机拍摄。

说起来摄影师也真是辛苦。从我们每天早上一起床，摄影师就形影不离地跟在身边，一直要拍到晚上睡觉。刚开始的时候，我们是真不适应，总有种被人偷窥的感觉。摄影师安慰说，该吃就吃，该喝就喝，该睡就睡，总之，就当我们压根儿不存在。当然，"形影不离"这个说法是有点儿夸张，毕竟还有个魔术机密的问题。按照我们和导演组商定的结果，有摄影师在场时，我们就多扯点儿闲话。至于真正的魔术机关，还是要在私下传授。

有趣的是，一开始拍摄时，导演组和魔术师们其实已经是貌合神离。

导演组的想法是，既然是魔术真人秀，四对组合就一定得分出高低来；魔术师们却在私下里串通：哥儿几个关系又都不错，何必为个节目争来争去的？大家约定，大家教的水平都差不多，最多是你赢一次，他赢一次，总之不能真的PK起来。

训练营中的魔界4大教头

前两天晚上，导演组每天都要开小会，总结经验教训；魔术师组也开小会，交流一下彼此的进度。但只过了两天，导演组还是按步就班，魔术师组的小会却开不下去了。

原来，魔术师们发现，自己心照不宣倒也罢了，但观众却是要客观评价的。谁的徒弟要真被评了低分，老师也很没面子不是？

虚荣心害死人啊。就这样，节目的走势顺利地走进了导演组的圈套。一来真格的，我这徒弟的劣势可就体现出来了。

舞台魔术和近景魔术PK，本来就是一场不公平竞争。近景的道具比较生活化，扑克牌也好，其他一些很常见的生活用品也好，都经得起观众检查。但舞台魔术却必须要用到道具，观众起疑心是很正常的事。

在这种条件下，王琪的表现又不十分让我满意。作为一名美女，王琪在表演时常常更像是在展示自己。太关注花拳绣腿，自然难以表现魔术的本质。还有，王琪大学的专业就是电视编导，对电视节目的那些表演手段可谓熟门熟路。在镜头面前，她的表现过于自然，却缺少生活化，不够真实。

导演还不失时机地前来拱火儿，暗示我一定要把徒弟骂哭，这样才能出效果。导演说，你这样不行啊，他们别的几组都已经骂上了……

其实我这个徒弟练得也不能算太差，毕竟不能用专业魔术师的标准去要求。更何况平时大家相处也不错，把人家小姑娘骂哭多不合适。我跟导演打哈哈说，好吧，我试试！刚开始我是真演戏，徒弟也没当回事，脸上还带着笑。但到了后来，我成了真生气，完全成了真实的情绪。可不嘛，眼看着徒弟学业落后，我这当老师当然着急上火。就只见徒弟的脸色越来越难看，没过多久，还真哭出来了。

好吧，真实的情况就是这样，在此我要请求王琪的原谅。其实真的不是我要跟你急，而是导演一定要我跟你急。这笔账你可不能找我算，一定要算，就算在导演头上……

哦，补充一下最后的结果。在节目最后，四位徒弟要进行汇报演出，我这徒弟最终还是排名垫底。

《魔术训练营》是2004年底拍的，播出是在春节期间。节目原定播出六期，每期45分钟。但导演组在剪辑时觉得素材太多，弃之可惜，又改为播出七期，每期一小时。

节目播出时，还真是引起了不小的轰动。就连我上厕所都被人认出来，追着问我当天节目的结果。我原来以为，节目会是反映我们比较好的一面，没想到是好的坏的一起播。真实是足够真实了，但也搞得我们很被动。

不过收视率却是超乎想象的好。《欢乐英雄》平时的收视率也就是零点几，但在《魔术训练营》播出期间达到了1点多，激动得导演直说"打了个翻身仗"。

大家常说魔术是"幕后戏"，但《魔术训练营》却反其道而行之，把教、学、演、准备的各个过程原汁原味地呈现出来，最大程度上满足了观众的好奇心。我想这可能就是这期节目成功的最重要原因。很多人喜欢魔术，可能就是从这期节目开始。而对我个人来说，这次节目也算是一个里程碑。虽然我在这以前已经上过央视，也上过春晚，但始终没有"火"起来。上海有位朋友安慰我，要"水到才能渠成"。《魔术训练营》播出后，我觉得终于算是"水到渠成"。自此以后，我的知名度有了一个飞跃，不仅在央视青少频道站稳了脚跟，很多演出商也开始主动找上门来。

再补讲几个在《魔术训练营》拍摄期间的趣事。

魔术师王志伟总说，这个节目表现的是徒弟，老师不容易给人留下印象。为了吸引眼球，王志伟手上时刻拿着两只灌了水的橡皮球甩来甩去，自称是他的"主题动作"，是为了表现自己在"思考"。话说有一天，王老师把橡皮球握在手里攥来攥去，橡皮球却突然爆开，喷得他满身是水。另一次，他给我们表演喷火，为了显示个性，背景选在水上游戏"激流勇进"的正前方。只见他手拿缠着酒精棉花的铁签子，嘴里含着一口煤油使劲一喷……没想到，从激流勇进的高坡上冲下来的船带出好大的一阵风，火借风势倒卷回来，正好扑在王老师的脸上，不光头发眉毛火烧火燎，就连手上都烧出好大几个泡……

还有，拍摄节目的那一周里，大家每天晚上都在闭园后玩一个游乐项目。我的最爱是座椅向下的过山车，那个姿势会让我觉得自己变成了超人。还有，汪燕飞也喜欢过山车，他和操作员打得火热，每次都要求把速度调到最快的一挡。这个……我们就不奉陪了。

我和王志伟、汪燕飞为配合魔术训练营做宣传

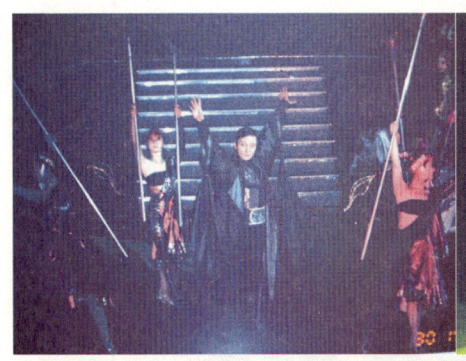

傅琰东扮演的魔王在剧中的开场造型。

傅琰东在欢乐谷表演金字塔变人，一下变出7个魔女。

剧中傅琰东与魔女的双人舞。

欢乐谷魔术剧尾声，魔王被惩罚。

《青花瓷》

2009年再次应邀作为欢乐谷魔术节的国际魔术嘉宾。

傅琰东、汪燕飞在宁波时装节演唱《魔幻天空》

傅琰东、汪燕飞在《魔幻天空》演唱中加入"帽子涌花"。

在街头参加公益演出

在美国担任容祖儿演唱会嘉宾,一共演唱了8首歌。

演唱会期间与容祖儿合影。

在美国担任
容祖儿演唱会嘉宾。

广西春晚傅琰东表演《魔幻之门》

为浙江卫视设计
"我爱中国蓝"晚会。

广西春晚傅琰东表演《人塔》

和爸爸参加《家庭演播室》

●魔幻天空

　　我的歌手生涯名存实亡，但是却迎来了自己的魔幻天空。由于上过春晚，出场费比之前涨了5倍，而且在与唱片公司的合同中并没有把魔术签进去。所以我可以自由的表演魔术，参加各类魔术活动。这一切跟公司没有任何利益关系。我开始尝试用魔术包装其他的艺术形式，我想既然我可以用魔术来包装唱歌。那一定也能用魔术来主持。目标锁定央视少儿频道。

　　我接到的第一份任务是录制《异想天开》栏目。当时该栏目的主题是大学魔术社团之间的魔术比赛。但是由于当时的大学魔术社团实力非常薄弱。而且根本编排不了有艺术感的节目。换句话说他们的水准根本上不了央视。于是我的任务就是帮助他们以他们的原始创意为基础，完善他们的节目，进行艺术编导同时使魔术部分结构更清晰，门子更合理。然后在节目以嘉宾评委的身份出现点评这些节目。这样让我认识了很多《异想天开》节目组的编导，后来大家就成了好朋友，经常推荐我参加很多青少中心的其他栏目。在2004年《异想天开》的改版过程中我第一次当上了嘉宾主持。我记得那一期录的是街头魔术。我们在西单大街上给路过的各种人表演魔术,有的是录我的魔术过程,有的是录参与者的反应,有的是录围观的人群。总之每一个小魔术,哪怕是在播出时仅仅呈现5分钟的小节目,在我们现场录制时都需表演20多次,我记得那天特别冷,由于老要变魔术而且在西单大街上随时碰到路人就要抓紧时间上前与对方沟通,进行表演。所以不能戴手套,因为等你把手套摘下的时候别人已经走了。后来手都冻僵了,魔术的手法也不能完好展现,但是观众还是给了我很大的鼓励。有一次,碰到了一个白领大美女,她当时赶时间所以没有录成。结果在她下班的时候她竟然给我带来了一大群同事。所以那个节目录的还不错。《异想天开》总体情况还不错,这样周播的节目大概持续了半年多。

之后该节目再次改版,改为面对12岁以下的儿童。这样就不能再做街头魔术这个形式了。于是我又被推荐到《芝麻开门》栏目继续担任嘉宾主持,在此期间我曾经问过跟我要好的编导:领导们对魔术师主持有啥意见。他说告诉你个秘密,在少儿节目中只要收视率下降,马上用魔术就能提高收视,所以领导上对你没意见。

之后天津电视台少儿频道也邀请我担任《快乐转转转》栏目魔术板块的嘉宾主持。

傅琰东徐越参加《欢乐中国行》。

而且是长期的每月一次性录四期节目(5000元工资)。这是我来京以后第一份固定工作,所以我特别地珍惜。每个月的月中就把下个月要录制的四期魔术方案写好发给对方。然后对方再根据每一期的主题内容提出修改意见。根据方案准备道具练功。这段时间我陆续筹备了不少小道具，在语言能力上也有较大的进步。其实录那个节目真的很累，因为参加节目的孩子特别小，在访问小朋友的时候需要小朋友出状态非常难非常不可控。这需要等待，往往一个小时小朋友都说不上一句正经话。你需要反复地诱导他，而他又经常在不经意间才会说出一句好玩的话。至于教他们变魔术那就更难了。我都是6岁才开始学魔术的，这些3到4岁的孩子就更难了。所以后期把学魔术改成了欣赏魔术。每一期节目录下来往往需要4个多小时。因为都是在镜头下，所以我不能有一丝一毫的松懈，站得直直的、面带微笑、和蔼可亲。一期节目下来累得腰酸背痛。

在排练中，江燕飞在为我上门子

参加湖南卫视魔幻英雄会和主持人大兵

在《快乐转转转》工作2年养成了习惯，在镜头面前很容易出状态。还在那段时间创造了一项骄人的纪录——单天录制节目最多的纪录。有一次少儿频道的其他栏目需要录制一个每周五分钟的魔术教学板块。一共录54期，结果我一天就录完了。导演很满意说："小傅太专业了，效率太高了。我们连住宿费都省了。"

由于和少儿频道的紧密合作而且表现都还不错，渐渐的越来越多的栏目开始找我。终于在2007年，我接到了生平第一个做大晚会男主角的机会。在央视六一直播晚会——大型魔幻儿童剧《爱的彩衣》中,我作为主创并且出任男一号——魔术师的角色。

说起来这个戏非常有意思,参加的演员都是平时和我一起工作的央视青少主持人们。有方琼、月亮姐姐、都来米、小鹿姐姐、鞠萍姐姐、董浩叔叔等,大家一起来反串,排个戏还真的挺好玩。

这个儿童剧的主要情节是,由于魔术师的失误,使动物王国的彩色熊猫变成了黑白的,整个动物王国也失去了颜色。后来,魔术师又历经艰辛,帮助熊猫和动物王国找回了色彩。

由于身兼两职,既要作为主创人员参加各种策划会议,又要作为主角进行排练,这次《爱的彩衣》对我来说真是一次很大的挑战。还好,这不是有个强大的后援团嘛,我赶紧把爸妈和师姐从上海请来,爸爸负责道具的设计和监制,妈妈负责后勤,徐越和汪燕飞负责舞台部分。这样一来,我的压力才化解了很多。

傅琰东在央视"六一"晚会扮演主角"魔术师"。

在这次表演上,我还生平第一次尝试了"吊威亚"。

也不知道是谁出的馊主意,说魔术师应该很神奇,要"从天而降"就够"神奇",所以需要用到"威亚"这个工具。我当时哪儿知道吊威亚这么痛苦,稀里糊涂就答应了。

刚开始,是用一根线把我吊到半空,没想到一吊上去就转个不停。足足转了5分钟之久,这些"坏人"们才把我放下来。在我的建议下,改用两根线把我吊起来,算是解决了旋转的问题。

没想到正式直播时又出了妖蛾子,不迟不早,剧场的大幕就在那天突然坏掉!这样一来,为了不在众目睽睽下把我吊到半空,就只能在观众进场之前完成，足足比演出时间提前了半个多小时。要命的是，钢丝绳一直这么吊着，居然一点一点还在下滑，我只能通过对讲机和总控联络，每5分钟还得把我往上提一次。吊在十几米的空中，我双手扶着吊杆看着下面，心里也不知道祈祷了多少次，这个无助啊……唉！

主持了那么多少儿节目，终于等来了主持综艺节目的机会。2008年的广西电视台《魔术群英会》，爸爸是魔术总监，我是策划兼主持。这台魔术晚会一共录制了两场，元旦和春节各一场，据说反响相当不错。

之后，我又陆续参加了一些其他的综艺节目。在央视2套的《创新盛典》中，我用魔术的方式展现入围产品；浙江卫视的《我爱中国蓝》观众节晚会上，我用魔术"包装"所有的主持人，获得了一致好评；此外，我在央视《欢乐中国行》等综艺节目里也频繁出现。

这几年中还有一件事值得我骄傲。那就是我们成功地把一位商界精英人士培养成魔术师。

2006年，方正集团举办20周年年会，方正集团高级副总裁余丽女士想表演一个魔术节目，主题是"世界在变、创新不变"。有朋友找到我，想请我为余总担任魔术指导。

傅琰东和李嘉佳魔术情景剧。

参加央视少儿节目表演环保主题魔术。

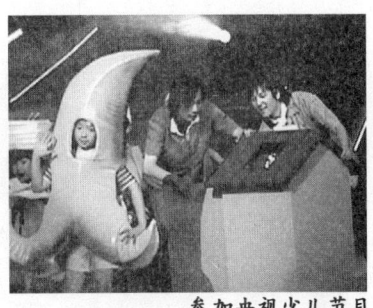

参加央视少儿节目表演环保主题魔术。

说实话,刚开始我是真不想接这个活儿。我总觉得,魔术并不是每个人都可以表演的,教这么一个"大老板"变魔术,十有八九是浪费时间。后来抹不开面子,在朋友的再三要求下,我只好答应先"看看再说"。没想到,余姐在排练中所展现的自信和舞台表现力,和她这个"高级副总裁"的身份完全对不上号。这要是初次见面就说她是"演员",估计我也是深信不疑。好吧,这个忙我帮定了!

由于余姐的业余时间很少,我们每天只能在晚上8点,在方正集团的大会议室进行排练。余姐是个特别刻苦的人,为了做到最好的效果,她可以千百次地去练习。我们有一个流程是点燃一张火纸变出一把扇子,余姐为了点好火纸,每天练习上百次,有时候把头发都烧着了,让我感觉到能成为各行各业的精英绝非偶然。我想要在魔术这行出人头地也必须抛开魔术世家的光环下12万分的功夫才行。看着余姐和她的助手们由生疏到熟练,由熟练到出彩。由一个普通人变成一个魔术师真的很不容易。最后这个节目作为压轴节目出现在人民大会堂方正20周年庆的舞台上,获得了巨大的成功。余姐也由此真正爱上了魔术。于2007年正式拜我爸爸为师,成为了我最后一个师姐。

方正集团高级副总裁余丽拜爸爸为师。

傅琰东在2008广西元旦魔术群英会首次担任电视晚会主持人,同林严(左)和李佳嘉(右)一起主持,学到了很多东西。

爸爸在杭州国际动漫节扮演一位老仙翁魔术师。

第三十四章

●拜个老师是大夫

2003年央视春晚的魔术串烧节目一共5分钟，其中开场的李宁两分钟，中间的赵育莹一分半钟，我和汪燕飞的歌舞时间最长，是两分半。当时我还特自豪，觉得其他大明星的歌不过才3分钟而已。当然，照现在看起来，那点儿时间对一个魔术来说远远不够的，那样的表现，注定你只是一个过客。

但那届春晚给了我另一个大收获，那就是认识了魔术导演刘树正老师。后来，我正式拜刘树正为师，还举行了正式的拜师仪式。

刘老师的本行是外科医生，原来是重庆涪陵区中心医院的院长。从魔术手法来说，刘老师也只能算是"业余魔术师"，毕竟年纪大了，很多手法也没办法练。但国内很多顶尖的青年魔术师，像我和李宁、沈娟、曲蕾等都是刘老师的学生。

有人也许会觉得奇怪:"你爸爸就是大魔术师,你还用得着拜别人为师吗?"其实,爸爸的"强"和刘老师的"强"完全不是一个路子。爸爸是魔术创新的高手,而刘老师是解题的鬼才。

怎么理解刘老师这个"鬼才"呢?这个"鬼",体现在他解决问题的思路上。

比如,有个"吞刀片"的传统魔术,表演者先把许多剃须刀片吞到嘴里,再把一根细线放到嘴里。等把线拽出来时,刀片居然串在线上变成了一串。

这个魔术原本是有一定危险的。因为刀片很锋利,表演者一不小心就可能划破口腔;此外,因为要把嘴里的刀片吐出来,换成事先串在线上的另一组刀片,还需要加一个喝水的动作进行掩护。但刘老师进行了小小的改进,嘴里的刀片不用吐出来,就可以直接变成一串。

说来简单,刘老师的办法,就是把刀片换成假的。他把刀片拍成和实物一样大的照片,然后做成假刀片。这样的假刀片,剃胡子当然是不行的,但在台上比划比划、切个香蕉什么的,那是足够了。因为没有误伤的危险,所以表演的时候就可以一直藏在嘴里。

包括刘老师在内,很多"业余"搞魔术的人,对魔术的钻研热情往往比职业魔术师高得多。这事说怪也不怪。因为职业魔术师是靠魔术谋生的,考虑更多的是生计,讲究"一招鲜,吃遍天",创新的动力不足。而业余爱好者却都有别的职业,研究魔术纯粹是出于爱好,没有功利的目的,所以动力往往很强大。

刘老师这样的高级知识分子在魔术界很少见。对魔术的热情,从他十几岁时,张慧冲去四川表演时就随他们团而去,后硬被家里劝回,就可见一斑。退休几年后,他就在魔术圈里打出好大的名气,不仅在杂协很受认可,还好几次在央视春晚担任了魔术组总监。

在刘老师的众多学生里,我是很被看重的一个。虽说我当时已经有了一点小名气,但刘老师的看重并不是因为这个,而是我的魔术传承。换句话说,就是"魔术世家"这个背景。

我爸爸的爸爸的爸爸

与我的老师刘树正先生

傅氏幻术在魔术圈里从来没有过什么所谓的"势力"。爷爷在解放前是民间魔术师，解放后进了上海魔术团，但还是偏重业务；爸爸在魔术团干了很长时间的业务领导，后来也为了自己的魔术理想毅然下海；到了我这一代，成了更纯粹的"民间团体"。尽管如此，在魔术圈里，傅家的声望还算可以，一方面是因为家学厚重，另一方面是因为每代的传人都很努力。

在拜师的正式仪式上，姑爹徐庄很认真地说跟刘老师说："东子这孩子，以后就交给你了。"这句话后来成了刘老师逼我参加比赛的一大理由，他总说，这句话让他压力很大，害他连睡觉都不踏实。

在刘老师的学生里，我可能是最能跟他捣乱的一个。

有一次扭了脚，我赶紧向刘老师请教，谁让他是外科大夫呢。

"刘老师，你看我这个伤怎么办？"

"哦，这个好办，你抹点红花油就好了。"

"为什么要抹红花油呢？"

"脚背那个地方，组织少血管少，所以容易受伤。涂点红花油按摩，可以让它发热，加快血液循环……哎，我说东子，你能不能问我点儿魔术方面的问题……"

老师过生日大家轮流为刘老师敬酒。

第三十五章

●光之碟

2007年，第四届金菊奖大赛要在济南举行。刘树正老师带着师姐沈娟在美国参加比赛，还不忘打国际长途催我报名参加金菊奖。

刘老师在电话里说："你师姐沈娟这回出来，拿了两个金奖。你也得抓紧啊。"

我只知道沈娟参加了IBM魔术比赛。此"IBM"不是卖电脑的，而是在美国定期举办的一个国际大赛。另一个是什么奖，我还真不知道。

刘老师想了半天，冒出一句："就是那个什么……那个……SM冠军！"

唉，刘老师您可真是新潮，人家那是"SAM冠军"，真的不是"SM冠军"……

这几年来，刘老师可没少因为比赛的事催过我，老说什么"等你拿了大奖，我就算'完成任务'了"。我开玩笑说，"大奖我已经拿过了啊，首届金菊的银奖不是大奖吗"，刘老师就会很认真地说："别人拿银奖可以，但是你必须拿金奖。"

对我来说，如果只是一个奖项，其实并没有多大用处。反正我既不用评职称，又不用打着金奖的招牌去招揽生意。最大的用处，就是以后出席活动时把"银奖得主"改成"金奖得主"吧？

爸爸亲手为我制作的光碟宝塔

刘老师鼓动我参加这届金菊奖，其实最大的诱惑并不是金奖，而是两年后即将在北京举行的"世界魔术大会"。

"世界魔术大会"，人称魔术奥林匹克，是最高级别的国际大赛，每3年一届，如同办体育奥运一样，我们国家花了大力气，才得到2009年在北京办世界魔术大会的申办权。这个高级别的赛事限制颇多，比如：各国参加国际魔术大会的节目数量，是按照各自的魔术发展水平严格规定的。比如德国算是魔术发达国家，就能拿到20个名额。中国级别差一点，连10个名额都拿不到。

妈妈带病给我制作道具

魔术大会是首次在国内举行的、中外魔术师同台竞技的大赛。之所以强调"在国内举行"，是因为中国魔术师主场作战，可以省下大笔运输成本、交通费用,当然是千载难逢的好机会。国内魔术界憋足了劲,谁都想上世界魔术大会露个脸。

而2007年的这届金菊奖,因为时间接近世界魔术大会,也被公认为是魔术大会的选拔赛。虽然,官方从来就没有过这样的说法。但不管怎么说,第四届金菊奖参赛阵容之强大,用"空前绝后"来形容毫不过分。对我来说,还有额外的压力。

2000年参加首届金菊奖时,我只是个刚出道的新人,不管得不得奖,都没什么"面子"可言。但现在可不一样了,从年龄来说,我在参赛选手里也算是中等偏上,输给年轻人多不好?更何况,从央视春晚到魔术训练营,再到央视青少频道、各种商演,我在圈里也是个知名人物。顶着这么多光环参赛,要是万一拿不到金奖,岂不是丢人丢大了?

一个魔术的成型,设计和制作道具要两三个月,修改和排练又得两三个月,花上半年时间是很正常的。但我当时手头还有央视青少频道的一个大单,即前文提到过的大型魔幻剧《爱的彩衣》。这台晚会在六·一儿童节当天直播,等我忙完这摊事,留给我备战金菊奖的时间已经只剩下四个月了。

还好啊,已经不是十年前那个我了。虽说道具在比赛前20天才完工,排练只花了十多天,但好在道具设计时比较精确,也不需要做大的修改,虽然没时间实战演习,但也没什么大问题。说来惭愧,虽然有过一段不成功的歌手经历,我的歌手梦还是没有完全死心。这届金菊奖,我的参赛节目是《光之碟》,就是变光碟。

手彩魔术里表演最多的算是纸牌,光碟比纸牌大,形状又是圆的,变起来难度自然要大得多。

《光之碟》的自我欣赏之处还不止于此。我变碟的手法和别人是不一样的,而且有好几个独创的手法。像双手同时变出6张光碟,就是借用了牌技的手法。

而且这不是个单纯的魔术节目,前5分钟是魔术,后面的3分钟还要唱首歌。歌是原创的,我写的词,汪燕飞谱的曲。我还要把汪燕飞变出来悬浮在空中，然后两人合唱。唱完了，我再把汪燕飞变成一把巨型吉他，和节目开场第一招，徒手变出一把吉他相呼应。

总之，《光之碟》这个节目，无论手法还是形式，都让人耳目一新。

唯一郁闷的是，比赛的那段时间里，我一天三餐加起来才只能吃一个面包，只能看着酒店的大餐生气。那届金菊奖是济南市杂技家协会承办的，组织得非常好，由我姑妈的学生，也是我的师姐，担任中杂协副主席的邓宝金张罗接待，算是最高规格了，选手都住在四星级酒店，酒店里198元一位的自助餐也免费提供，但我却不敢享用。原因是我天生容易发胖，嘴上稍有放松，体型就会跟着放松。要放在平时问题不大，但我这《光之碟》的门子都在身上，这要真胖一圈，估计连衣服都穿不上了。可惜了我那些餐券，都便宜了汪燕飞这帮家伙。

还好，比赛的结果，我拿到了金奖第二。和金奖比起来，自助餐神马的，都是浮云……

光之蝶，结尾部分汪燕飞悬浮

在流程的最后变出一个大吉他，这是调试道具时的情景。

获奖之后最应该感谢的是我的父母。

当年"金菊奖"三位金奖获得者。（左起：张宪、曲蕾和我）

●青花瓷

2007年第四届金菊奖落幕,我如愿以偿拿到了金奖,终于彻底摆脱了几年前"虐鹅事件"的阴影。

转眼到了2008年,中国杂协正式宣布,将在河南宝丰举行世界魔术大会的预选赛,这一来,大家才恍然大悟:敢情世界魔术大会果然和去年的金菊奖没有直接关系。刚刚在金菊奖上获奖的魔术师们都觉得冤:

金菊奖代表了中国魔术的最高水平,有木有?

我们得了奖就证明了自己的实力,有木有?

既然如此,为神马还要再参加一次预选赛?

其实中杂协的考虑也不是完全没道理。杂协表示,获得金菊奖确实是很厉害,但要参加世界魔术大赛,得让大家看看你现在的状态嘛。后来,杂协决定，获得金菊奖的魔术师们也都得去宝丰，可以不参赛，但要作为嘉宾表演。

于是，全国魔术界大大小小的腕儿，又全都集中到宝丰这个河南省的小县城。

宝丰地方不大，魔术圈外的人也不一定听说过。但就是这个小县城，号称魔术之乡，各种魔术剧团居然有800个之多。当然数字的统计可能是夸张了一点儿，据说有的所谓魔术团，团长加演员加……其实都是一个人。

但这次预选赛的盛况，估计宝丰以前没有过吧？我反正有个金菊奖的金奖在手，预选赛对我来说也就是走个过场。我带了一个"移形换位"的魔术参加表演，结果有一次还演漏了。本来有个暗门应该是关起来的，结果我和汪燕飞都误以为是对方关门，却在台上突然暴露了机关，好不尴尬。

预选赛的事一笔带过吧。到了2008年底，中国杂协组织了一个讨论会，大家都先把自己的想法汇报上来，再由杂协综合协调。这时候中国参加世界魔术大会的名额已经确定为8个，其中7个舞台魔术1个近景魔术。没想到这次讨论会上，一共来了20多个节目。有趣的是，这些节目都是由"家长"带着过来，有的是演员所在剧团的团长，有的是魔术界的名家，可见各方都对此非常重视。

参加讨论会的，除了基本确定有资格出场的，还有一些没有入围的节目也来凑热闹。理由是这些节目都在预选赛亮过相，评价也都不错，只要有足够的时间，就可以搞得更好。

一位宝丰魔术师口气更大，中国一共只有8个名额，他老兄居然号称舞台、近景都想上。这还没完,听说2009北京世界魔术大会开幕式有表演，这个他也想上。好嘛，还让不让别人过日子了？讨论来讨论去，也没有个最终结论，杂协说，先给大家三个月时间准备，2009年3月再开个会，根据准备情况，最后确定参赛节目。

于是大家分头动手，既然是世界级比赛，又在中国举办，大家的出发点都是从中国风格出发。很多人都往古装上想，我想的却是中式家居。

1995年，爸爸用"壁虎神功"上了春晚，我在这个节目基础上进行了修改，想借用一个中国古代铜镜的式样。刚开始，道具主体用的是2米×2米的大玻璃镜子。这么大面积的镜子，结实程度当然成问题。没过多久，大镜子就先后破了四五块，搞得我很郁闷。后来一想，练功的时候就先别用镜子吧，改成木板先练着，到最后阶段再换成镜子。练着练着，有一天突然灵光一现，觉得用木板效果比玻璃更好。一来不必提心吊胆，二来木板涂白的效果很像是中国瓷器，何不把铜镜直接改成青花瓷？真是一朝破壁，豁然开朗！

排练

后来，所有的创意就都往青花瓷这个想法上靠，再一点点进行完善，后来就成了现在这个瓷盘的样子。

在设计门子的问题上，爸爸和刘老师还曾经争执不下。

刘老师出的主意，是在木板上打个洞，穿过来一条绳子，背后用绞盘控制，绳子露在前面的部分正好又被演员挡住。但这个门子的缺陷是演员的活动余地太小，只能直上直下。后来，还是采用了爸爸的主意。演员悬空后，不仅能在盘子的各个方向走动，还可以进行一些检验，比如用铁圈从吸在盘面上演员头上套过去，还可以用彩绸从背后绕过，表示没有机关，人不是挂在盘子上的。刘老师也说，这个确实更高明。

《青花瓷》一共分三部分，合起来是一个简单的故事——第一部分，一位工匠（我）陶醉于自己新出炉的青花瓷坛，一条粉红色的丝巾飘入瓷坛，变成一位仙子（沈娟）；第二部分，青花瓷坛变成一个精灵（汪燕飞），和工匠抢夺仙子；第三部分，仙子无法在人间久留，最后借助一个巨大的青花瓷盘飘然而去，只留下一段丝巾……

丝巾过身

《青花瓷》的成功之处在于，把中国文化元素成功融合到舞台魔术中。故事虽然简单，但在展现方式和道具改良方面，一共有17种突破。

有些突破对观众来说没有意义，但内行一看就能看出水平。比如第一部分的缸体悬浮变人，是通过一个可以旋转的支架来实现的。以往的技术虽然也可以绕着人转动，但绕过去必须再绕回来；而《青花瓷》里的支架却可以直接旋转360度回到原处，是一个很大的突破。

而第二部分实际上是传统节目《空箱换人》的发展，三人迅速换位，而且不用帐子遮掩，也被认为是最为精彩的过程之一。三个人借助披风和箱子，要在两分钟里进行6次换位，每一次几乎都是在一眨眼工夫就已经完成。如果有人误认为舞台魔术不需要练功，看了这段三人换位，保你会有一个全新认识。

无论从道具创意，还是从演员功力来看，我们对《青花瓷》在世界魔术大会上的前景都信心十足。果然，2009年3月，看到节目的当天，杂协主席就当场拍板：《青花瓷》肯定入围！

北京世界魔术大会正式开幕前，为了稳妥起见，杂协又在保利剧院组织了一次展演，希望给参赛节目一次实战机会。毕竟嘛，在家门口比赛，怎么说也得拿几个奖，要不是不是太寒碜了？

这次展演一共有10个节目参加，除了参赛节目，还有一些表演节目。原来，中国盛产美女魔术师，这在国际魔术界倒并不多见。所以，杂协在确定表演嘉宾时干脆都定成女魔术师，这次展演也让她们来一次实战演习。

这三天展演里，一个此前被认为是我主要竞争对手之一的节目出了状况，让我稍稍松了一口气。这位老兄的节目是《水柜逃生》。别人的逃生，"门子"是水柜上方，这位老兄的特别之处，门子设计在了水柜的下方。我一直认为，魔术的门子固然需要创意，但还要考虑实施难度。像这位老兄的水柜，虽然算是独出心裁，但人为地增加了表演的难度，就不能算是成功。

果然，有一天演出中，因为橡皮塞子没有盖好，水柜里的水就像瀑布一样奔流直下，把我们都吓一大跳。主要是这个水柜也确实太大，装满水之后，份量少说也得有三四吨。

很多人还在后台乘乱偷看人家的门子，"哗，原来是这样的……"

还好，《青花瓷》表演顺利，没出任何差错。世界魔术大会主席艾瑞克提前来到中国，也在保利看了演出。表演结束后，艾瑞克特地上台找我握手，很兴奋地说："你这个节目太棒了！"

最终的比赛结果，《青花瓷》在世界魔术大会上得到第二名，得第一的是一位德国魔术师。平心而论，我觉得德国人那节目比我差远了，根本看不出原创的东西。

但话说回来，只要是比赛，就不可能有绝对的公平。

大箱换人改成青花版了。

即便是世界魔术大会,也难免有论资排辈的情况,这位德国魔术师成名已久,这次又千里迢迢托运来大型道具参赛,也没准事先得到过什么暗示。再说,我的东西再好,对国际魔术界来说,毕竟是个新面孔,而中国又不是国际魔术联盟的一级会员。第一名给了你,让那些老牌魔术强国情何以堪……

稍可安慰的是,就是这个第二名,已是世界魔术联盟成立70年来,亚洲人获得的最好成绩。

就在比赛的前夜,爸爸心情忐忑,回顾大家半年的辛苦,他写了一首诗:

《咏青花》

驻扎燕山石门营,参悟魔道苦练兵,

酷暑难当勤铸剑,踏雪攻关晓月明,

壁虎功积十五载,浮瓶灵感一夜成,

空箱忽忽六换影,华更精瓷韵意新,

儿郎有志中流挺,天骄红妆映花青,

曙光渐显情逾期,不重成败重曾经。

这首打油诗,至今还在他的魔术界朋友间流传。

爸爸亲自装潢道具

谢幕

傅琰东、沈娟、汪燕飞在2009年师姐魔术打回领奖台上。

第三十七章

● 魔幻足球

　　2010年南非世界杯足球赛，对球迷来说自然是一个疯狂的节日——哦，应该是"节月"。但对我来说，这届世界杯却是一个"足球+魔术"的狂欢。和央视《球迷狂欢节》合作的32个"魔幻足球"表演，可以说是时间紧、任务急，也是对我多年功力的一次大挑战。

　　由于魔术近几年来迅速升温，《球迷狂欢节》栏目组设计之初，就决定要增加一个"魔幻足球"的板块，要求是每天一个魔术，内容必须和世界杯有关。起初，栏目组准备找32位魔术师，每人表演一期。但这个想法很快就被否定——这要真是这么多人表演，光是协调工作就得配备好几十人吧……于是方案就改为由一位魔术师表演全部32期。

　　"魔幻足球"的消息一出来，很多魔术师就卯上了劲儿。毕竟，在央视一套连演32期，这个平台实在是太难得了。我接到栏目组电话时已经是5月初，如

等待排练

果接下这活儿，一个月的准备时间实在是太紧张了。而以央视对节目的一贯苛刻，排练的时间又是个大问题。我的第一反应是马上联系我的老搭档、魔幻工作室著名魔术师王志伟，讨论这个单子的可操作性。

还是老王痛快！商量的结果，老王说，咱哪怕是一个月不睡觉，也得把节目做出来！一定要上！

第二天，我来到中央电视台和栏目组正式见面，一进办公室我就傻眼了——三四十人围坐一圈，就等着我这魔术师。光是给我介绍这一屋子人，估计就花了十多分钟。敢情，32期节目的导演都聚齐了，每个人都有一堆问题在等着我。研讨持续了足足三个多小时，导演们提出种种可能性向我咨询。由于他们大都是体育节目的编导，很少接触综艺节目，我还要时不时给他们普及点儿魔术基础知识，以便于今后的合作。这一通对话下来，说得我是口干舌燥，但对"舌战群儒"这个成语的理解可真是深刻了很多。

在领导拍板决定由我来担任"魔幻足球"魔术师的那一刻，我长出了一口气。据说有同行在得知这个消息后很是羡慕地说："这么大一个活儿，又让傅琰东拿走了！"但话虽这么说，接下来的工作其实才是真正的挑战——活儿是揽下来了，这要是做不好，岂不是砸了自己的招牌？

在1个多月里设计32个魔术，还不能有重样的，任务之艰巨可想而知。但这样一个集中展现魔术的舞台，又是一个极其难得的机会。

筹备期间，栏目组每天和我联络，推敲每一集节目的细节。比如在第一集里，要体现南非的标志景观"桌山"；在可能出现丹麦队的节目里，要把魔术和安徒生童话联系起来……

由于时间紧张，节目又数量众多，无论是道具制作、形式包装，都几乎没有任何返工的余地。筹备期，整个团队都忙得焦头烂额：主策划王志伟每天电话推敲节目流程；我和师姐沈娟负责编导一些难度较高的节目，我自己也得参加排练；汪燕飞担任后勤总负责人，从道具制作、零件采购到吃喝拉撒，各种琐事都得包揽起来；团队里负责方案策划的两位大学生侯思扬、郭旭正面临毕业答辩，但工作仍处理得井井有条；我的学生王璐、华姗姗、尹浩这几位小朋友整天摸爬滚打，搞得灰头土脸……

足球也疯狂

5月底，爸爸傅腾龙从上海赶来，带来一批准备重新包装的大道具，包括《水遁》、《时空转换》、《旋转屏风》、《炮打真人》。此外，又从原来的节目里筛选出《浮瓶》、《大箱换人》、《移形换位》等加以改造。要凑够32个节目，只有以上这些还远远不够。爸爸又亲自主持新节目设计和道具监制，设计了将近一半新节目。但在平均每天完成一个大道具的情况下，时间仍然极为紧张。甚至在栏目开播之后，很多节目还是在播出前两天才制作完成。爸爸很感慨地说，搞了将近60年魔术，还是头一次干这么"悬"的事。

终于迎来了世界杯的开赛，直播完南非那一场，效果还不错，于是接下去，阿根廷、法国等都录得很顺利。其实当时，我们只是把小组赛阶段的节目都准备了，后续的节目还没有制作完成，经常是，今天录完，第二天一早开始排练后天的节目，每天只睡4个小时，天天等待着晚上直播能过关。赛场风云难料，一些按照参赛球队进行的准备，如果球队出局就只能作废。传统强队墨西哥队爆冷，小组赛提前出局，我们事先准备的雅玛金字塔道具就没有用上；希腊队的提前出局，又使制作精致的雅典娜神庙道具作废……

另外，由于一些条件的限制，节目达不到我们预想的效果。比如科特迪瓦那一场，原先设计的是一个大型户外的魔术，在世界公园非洲村变大象，展现非洲风情。可是给我们借来的却是一头亚洲象，而且用的还是泰国驯象师，整个节目就没有请到一位非洲人士，当我看着导演忙前忙后满头大汗的样子，到嘴边的话又咽下去了。接下来就是改方案，各种改，大象还不听话，大家都拍到一半了，大象开始在象笼里随意大小便，我算是领教了，足足一分钟的时间，一下把整个象笼淹了，由于魔术拍摄需要一镜到底，所以前功尽弃，大家打扫象笼后从头拍摄。

此外，节目最初，内容并不限定于足球，而是想借助世界杯这个线索展现各国文化。但开播不久，思路就必须调整，"既然是球迷狂欢，须强调足球"。这一来，为了在各国风情中加进去足球的内容，我们又加班加点，挖空心思往足球上靠，比如在互动说话中加强足球的内容，在道具的装潢上增加足球的图案等。没过几天，领导又有批示，希望增加近景魔术，我们需要再行调整，可我毕竟是一名舞台魔术师，并不擅长近景魔术，于是在王志伟的指导下现练……

"魔幻足球"的前几集节目中，由于和导播团队磨合时间不够，有些效果未能完全表现出来，留下些许遗憾。师姐沈娟此时自告奋勇，上转播车指导镜头切换。到了后来，转播车上的导播只要看到沈娟出现，心里就踏实了很多。

度过了最初的磨合期，随着时间推移，"魔幻足球"的收视率越来越好，节目时间也随之调整，移到了球迷观赛的黄金时段（每天22:45分左右）。

总的来说，"魔幻足球"既是魔术和其他文体形式结合的一次有益尝试，对我的整个团队也是一次难得的锻炼。对我本人来说，除了打造了一批新节目、加强了很多近景手法，还有一个重大收获，那就是——我的体重减了二十多斤！

科特迪瓦那场"变大象"

傅琰东《年年有"鱼"》
宣传照

第三十八章

●年年有"鱼"

以前几次上央视春晚,我的角色不是助手就是客串,总之从来没有机会成为主角。但另外一个重要原因在于,在以往很长时间里,魔术对央视春晚来说,只是一碟可有可无的"小菜"。即使上了魔术节目,时间也必须尽量压缩。在导演看来,魔术只需要掐头去尾,把最"神奇"的效果展现出来就够了。但是,如果没有之前的铺垫,观众对这个"神奇"的理解必然要大打折扣。很多时候,魔术师都忙活完下台了,观众还不一定能明白过来其中的精彩之处。

大雪封门的北京门头沟,
我就是在那里准备的春晚节目。

比如2000年春晚里的魔术，简直就连"配菜"都算不上，最多勉强算是凉菜里作为点缀的半片西红柿。

那年春晚前两个月，我在上海家中接到了导演的电话。导演起初的想法，是想在春晚里搞一个小音乐剧，为了烘托开场的气氛，想加入一个变酒的环节，但不是以魔术师的形象出现。尽管这样我也很高兴，毕竟春晚这个大舞台的份量在那儿摆着。再说虽然戏份不多，但是肯定从头到尾都在台上，再怎么说也会有很多镜头照到我吧？

等到了北京参加排练，才发现自己的想象过于乐观。我的戏份，只是开场时的30秒时间，我扮演的厨师表演结束后就要离开舞台。后来，导演觉得气氛还不够热烈，又加进来一段杂技表演，魔术的时间就被砍到了15秒。就为了这15秒，我心里还老是不踏实，总向导演组打听这节目的把握大不大。

最后，这15秒倒是如期上演了，但郁闷的是，我问到的所有人都说，在春晚上根本没有看到我……这就是魔术作为"陪衬"的缺陷——框架是别人搭的，必然是以别人为主，能给你的时间很少。

当时我们的想法还比较简单，认为只有把魔术融入小品中，才可以争取到更长时间的展示。

2004年的雅典奥运会上，中国体育健儿取得了前所未有的好成绩。2005年春晚筹备时，我们改变策略，主动出击，创作了一个名为《魔力奥运》的小品剧本。这个创意倒是得到了导演组的一致肯定，但在排练过程中，因为加入的明星越来越多，我们自己的戏份越来越少。这个节目有十分钟之久，这一次我倒是从头到尾都呆在台上，但同样没有给人留下太深印象，就连原来说好的一句台词也被掐掉。春晚结束后，大家还是说"怎么又没有见到你……"

要说魔术在春晚上走出困境，我认为中国的魔术师都应该感谢刘谦。正是刘谦在两次春晚中的亮相，使电视观众对近景魔术有了深刻了解，也使魔术在春晚的份量发生了变化。确切地说，是让春晚导演对魔术有了新的认识。

2010年，刘谦余波未了。所以这一年我们并没有想冲击春晚，倒是春晚剧组主动和我们取得联系,希望准备一个表现年俗喜庆内容的魔术,作为2011年春晚的备选节目。

10月,我们根据春晚剧组提出的框架,开始创作《年年有"鱼"》。"魔幻天空工作室"的同事们都积极出招,提出"空缸变鱼"、"双缸金鱼互换""吊坠入水变鱼"等种种设想。

没过几天,春晚剧组召开最后一次选题讨论会。"魔幻天空工作室"魔术师王志伟精心准备了电脑效果图外,并当场演示了"手巾入瓶"、"杯底进牌"等手法,让导演组信心大增。讨论会最后确定了两个主题:"章鱼猜测"和"鱼跃龙门"。

此时距离节目审查只剩两个月时间,而节目方案、道具制作都需要大量时间。这还不说,真正的难度是,章鱼这种软体动物此前从来没有进入过魔术表演,几乎所有人都对其一无所知。

"金秋导演(左)和娄乃明导演(中)也为'年年有鱼'的付出大量心血"

导演之所以要用章鱼进行表演,是因为南非世界杯足球赛期间,德国水族馆一只名叫"保罗"的章鱼成功地"预测"了很多场比赛的结果,一时成为人们热议的话题。这个出发点当然无可厚非,如果能借助章鱼"保罗"的名气,在春晚上来一段以预测为特点的魔术,轰动效果一定很大。但这事说来容易做来难，其中的曲折远远出乎所有人的预料。

我们先是找遍了北京的水产市场，没有找到一只活的章鱼。再南下到海南、广东跑了很多家宠物市场，总算买到几只。但水产专家告诉我们一个不幸的消息：在家里养章鱼，很少能活过三天以上的。

章鱼的体形也让我们很头疼。章鱼是软体动物，虽说在水里的时候有模有样，但如果把它拎出水面，就会缩成一团。也就是说，如果操纵章鱼"飞"在空中，你根本不会想到这是章鱼，而会联想到咸菜疙瘩什么的……

20多天过去了，我们在"章鱼猜测"上陷入僵局。正在头疼之际，突然传来了意外的消息，——"在南非世界杯时预测比赛全部正确的章鱼保罗，于当地时间10月26日逝世。据称，德国的水族馆考虑将其火葬……"

我知道，对一个生物的死亡表示喜悦是不恰当的。在此，我要对章鱼保罗表示道歉，因为我们在听到它去世的消息后确实表现得很高兴……

有球迷借保罗之死拿中国足球开涮，编了这样一个小段子：应中国球迷要求，水族馆让这只章鱼预测中国何时进入世界杯。保罗在思考一小时后一头撞死在玻璃上。

后来我才知道，普通章鱼的寿命一般就是三年左右，而章鱼保罗是从2008年欧洲杯足球赛开始"预测帝"生涯，到2010年正好三年。

"章鱼预测"不用变了，但之前花在章鱼身上的时间并没有完全浪费，大家迅速把思路转到"年年有余"上，一个构思特别的中国民间幻术初步形成了框架。

说起来，《年年有"鱼"》真是综合了傅家几代人的心血和智慧。

爷爷傅润华早年投入大量时间精力整理中国魔术杂技史，搜集到很多动物魔术的资料，其中包括"金鱼走路"、"蚂蚁排阵"、"蜜蜂起舞"等不少"门子"。后来，爸爸傅腾龙也发现并整理了古代驯鸟、鱼、昆虫的很多技艺。据说从唐代开始，国内已经有了很多驯兽专家，并且有了"乌龟叠塔"

"蛤蟆教书""鱼跳刀门"这样的记载。

在这些研究的基础上,我们先后设计了十几个节目方案,并从中确定了四套具有中国幻术风采的节目:"隔物铺台布"、"金鱼排阵"、"画中鱼入水化真"和"鱼跳龙门"。

在道具制作的过程中,光是鱼缸就先后换了五次。

为鱼缸变鱼对机位

第一次做出来的鱼缸,有一半是嵌在桌子里的,看上去不够自然;第二次,因为要赶时间,玻璃胶没有完全干透,鱼缸完全散了架;第三次,我们把鱼缸背板改成镜面,因为反射的痕迹明显,在高清电视里肯定会穿帮;第四次本来还算顺利,但鱼缸装满水以后分量太重,超出了舞台的承受能力;直到第五次,春晚副总导演金秋亲自跑到水族市场,定制了一个体积大、分量轻的有机玻璃水箱,这才算是解决了道具的问题。

节目紧锣密鼓地准备着,期间的最大挫折就是"年年有鱼"的首次审查,这次失败经历险些就断送了这个节目。

爸爸在央视演播厅现场，"大水缸变鱼"是他最担心的一个环节。

年年有『鱼』

2010年12月24日是首次审查的日子，那天天没亮，我就来到台里准备道具，汪燕飞带着助手也早早到了鱼市，等鱼市一开门，就要把提前寄养在那里的鱼运到台里来。

审查是从下午开始的，没想到表演完全演砸，平时游得好好的鱼，这一次怎么也不听话……审查结束后，大家心里都在想，这次上春晚的表演算是彻底完了！准备了那么久，却换来这么个结果，每个人心里都憋得难受，收拾东西的时候，大家都沉默着，一句话都不说。

金秋导演一直非常关注这个节目，而我甚至不好意思再给她打电话，只是发了条短信，感谢她一直以来的支持和帮助。

虽然我心里也是一样难受，可是还得给自己的团队鼓劲。我对大家说，要打起精神来，每人放假3天。我还告诉我的学生王璐、尹浩和华姗姗，要好好准备自己的节目，我会全力帮助他们。

天无绝人之路，就在大家都认为《年年有"鱼"》已经彻底和春晚无缘时，当天晚上，导演组告诉我，领导再次给我一个机会，终审的时间就定在2011年1月7日——真是巧合啊，这一天正是我的生日！

机会再次出现了，我会给自己送出一份什么样的生日礼物呢？汪燕飞说："现在的一切都掌握在咱们自己的手中，一是天堂，一是地狱。"我不要下地狱，一定要上天堂！

只有两周的时间了，我们这边，对道具进行了第四次整改。剧组那边，为了使表演形式更生动，对我的形象、台词也下了很多工夫。著名导演娄乃铭老师和主持人董卿反复对我进行指导，一番突击下来，我在舞台上的语言能力有了不小的提高；娄导认为我营造悬念的功夫不够，也就是不会"抖包袱"，她又一个词一个词地给我对词；总导演陈临春对服装提出了建议，最终确定的长袍马褂的装扮，跟《年年有"鱼"》这个节目放在一起，那叫一个绝配！

1月7日那天，我信心满满地出现在中央电视台一号厅，但心里却一点儿都轻松不起来。在家里等着给我庆生的姑父、姑妈、表姐虽然都说"结果无所谓"，但如果再次失败，可想而知他们会多么失望。

排练的地方很冷，手脚经常被冻僵。

结果，这次的表演出奇地顺利！表演结束后，娄导第一个跑过来祝贺我："小傅，超水平发挥！"我远远看到，导演席上的金秋导演也露出两周以来的第一次笑容。

这次的成功，让我直接坐上了春晚直通车，因为魔术的特殊性，需要保密，所以不参加每天的彩排，直接上备播，据说这是魔术节目第一次享受这样的待遇。

即便如此，在最终表演之前，什么事情都可能发生。在这段时间里，我的心一刻都没放下来过。

到了正式彩排的那一天，看着别的节目都参加了彩排，而自己却呆在家中。刚开始感觉还不错，但是到了后来，就难免开始怀疑，是否我的节目已经被拿掉了，当时的心情真的很复杂。

由于这个魔术和水有关，又是用活鱼进行表演，各种不确定因素都有可能出现问题。最重要的是，道具一次上下场都没有试过。一号厅的地面都是由LED灯组成的，而我的水缸里注满了水，如果舞台出现承重问题，如果搬运的过程，缸里的水洒在led上，造成舞台电源短路……甚至重演排练时的惨剧，鱼缸开胶，满缸的水飞流直下……简直不敢想象，真要那样的话，我想可能我得去坐牢了吧。

好不容易等到了备播的那一天，我兴冲冲地做好了上台的准备，但是消息传来，为了保密仍然不上，这下我真的没把握了，春晚的直播不是闹着玩的，随便一个小动作，都有上亿名电视观众盯着。演好了什么事没有，万一演砸了却是天大的祸事。

总导演陈临春左右为难，就连一直挺我们的副总导演金秋也心里没了底。后来，"保留"还是"放弃"的难题摆到了央视台长面前。也许是因为两个和鱼有关的环节实在精彩，领导决定再给我们一次机会。还好，我们把这次机会牢牢抓在了手里。所以，《年年有"鱼"》的第一次正式亮相，也就是春晚的现场直播，这在整个春晚的历史上估计都是小概率事件。

临开场前，总导演陈临春特地坐到爸爸身边叮嘱："傅老师，要有绝对把握啊！"爸爸回答："放心！百分之二百！"其实，那个时候，爸爸自己的心也是悬起来的。

还好，演出非常成功！

彻底放松的大年初一，
我们一早就到西单逛街。

直播前4小时，我们刚进一号厅走完台，
爸爸终于松了口气。

●尾 声

　　这次春晚过后,外界对《年年有"鱼"》的评论多如牛毛,其中好评就不用说了,但关于"虐鱼"的传闻却让我背上了很大的包袱。

　　其实说实话,我本人很喜欢小动物,关于这一点,我家的两只小狗"乖乖"和"嘟嘟"完全可以做证。尤其是嘟嘟,想当年它刚出生时,我可是每天晚上都要起来给它喂三四次奶,持续了足足一个多月。更何况,自从几年前所谓的"虐鹅"事件之后,我对这个话题的认识还是很深刻的,自然不可能再去捅这个马蜂窝。

　　尽管如此,各种传闻还是给我带来很大影响。因为批评的声音很多,我在相当长一段时间都不敢登录微博,甚至连遛狗的次数都少了很多。话说有一次遛狗时,邻居一位阿姨隔着好几十米就冲我大喊:"东子!他们说你给鱼吃了磁铁了……"唉,您咋哪壶不开提哪壶呢?

　　春晚之后最大的感受就是"忙"。最夸张的时候,平均每天要接受8家媒体的采访,当然问题也是大同小异,以至于到后来我简直是对答如流。

一些很大牌的栏目也来找我做专访。像《鲁豫有约》的录制,现场特别轻松;而在录制《非常静距离》时,我和主持人李静几乎都是即兴发挥,效果却非常好;我最担心的是郭德纲主持的《今夜有戏》,我事先很害怕德纲兄的犀利,但在录制现场,反倒是他总在保护我,每当看到我对观众的问题招架不住,他就主动接过话茬替我圆场……要特别一提的是上海电视台的《家庭演播室》。5年前,爸爸曾经作为主角参加过这个节目,我当时自然是作为配角出现。而这一次的主角换成了我,也算是我们这个魔术家庭的完美传承。

此外还有很多的综艺节目和娱乐节目,其中浙江卫视的《圆梦计划》让我印象深刻。在这期节目中,圆梦的主人公是60多岁的王成华老伯。他常年在山中护林,别说看电视,就连电都用不上。参加这期节目,他的梦想就是希望能看到上过春晚的节目。当时,外界关于"虐鱼"的批评仍然很多,但为了给守林老人圆这个梦,我顶着压力又变了一次鱼。我觉得,哪怕再招来更多指责,这次表演也是值得的。

《年年有"鱼"》一举成功,最有成就感的当然还是我的爸爸妈妈。妈妈去买菜,市场里认识她的摊贩都说:"阿姨,恭喜你有个好儿子!"这样一来,妈妈也不好意思再和人砍价,稀里糊涂地买了就走,家里的买菜钱估计多花了不少吧。

春晚之后,有一些经纪公司想和我签约,但我的想法是,要用自己的方式把魔术发扬光大,而不是过一种所谓的"明星生活"。其实在此之前,我已经和志同道合的朋友成立了专业的魔术公司,我希望这次春晚的成功能对公司的发展起到正面作用,而不是产生某些干扰。

对未来而言,过去的成功,只是一个新的起点——以此与读者共勉!

春晚之后第一个栏目上的就是北京卫视的《顶尖秀》

春晚之后首度回沪做《文化主题之夜》

多次与德纲兄合作过，但这次最充分。

天津卫视综艺脱口秀节目《今夜有戏》录制现场。

《鲁豫有约》录制现场。

傅琰东和鲁豫

安徽卫视娱乐访谈节目《非常静距离》录制现场。

和李静姐合作

参加央视《我要上春晚》开播盛典

浙江卫视《圆梦计划》，为守林老人又表演一次《年年有"鱼"》。

做客《陈蓉博客》

参加电影《倩女幽魂》首映与刘亦菲合作。

THE END

重庆出版集团 重庆出版社

《我爸爸的爸爸的爸爸》
随书附赠

傅琰东
小魔术教程

漂浮的纸杯
消失的硬币
剪巾复原
纸巾变小了
扯不断的皮筋
张公结带
茶杯穿过桌面
勺子还是叉子
读心术
鸡蛋走路

目 录

漂浮的纸杯………… 1

消失的硬币………… 3

剪巾复原………… 5

纸巾变小了………… 8

扯不断的皮筋………… 11

张公结带………… 15

茶杯穿过桌面………… 19

勺子还是叉子?…… 23

读心术………… 26

鸡蛋走路………… 29

漂浮的纸杯

图1

　　记得在上小学6年级的时候，那时爸爸第一次出国，去美国，从他走的那一天起，我就天天盼着他回来，看他会给我带什么样的礼物。

　　两周后，爸爸回来了，他不但给我带回了sony20寸彩色电视机（在当时已经算很牛了），还拿出了一个美国的纸杯，把它捧在手掌，慢慢地，它就漂浮了（图1），当时我特别惊讶，后来才知道，那是爸爸访美期间，与一位美国魔术师交流的结果。

我
　爸爸的
　　爸爸的
　　　爸爸

魔术教学

1.事先把纸杯用手指掏一个洞，其大小正好可以放入大拇指的模样。

2.交代展示的时候，用大拇指挡住那个洞。

3.把纸杯洞朝自己，捧在手上

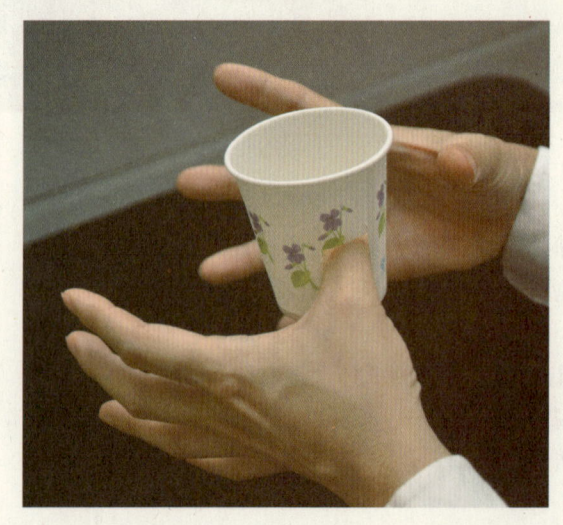

4.悄悄把大拇指插入纸杯上的洞中，慢慢把其余手指打开，在观众的角度看来，纸杯就好像悬浮一样。

消失的硬币

图1

这个魔术,我很小的时候就知道了。那是在1984年,爸爸第一次录中央电视台的少儿节目《天地之间》,当时我也参与了节目录制,和几个年纪相仿的小朋友一起围坐在爸爸身边当小观众。

爸爸拿出一张大白纸,在上面放一枚硬币(图1),然后拿起一个玻璃杯,用一条丝巾把它盖上(图2),接下来爸爸连杯子带丝巾一起放在硬币上(图3),做一个魔术手势,揭开丝巾一看,玻璃杯下的硬币,已经消失不见了(图4),大家都看得目瞪口呆。

图3

图2

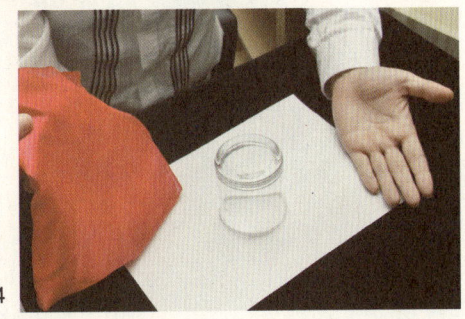

图4

魔术教学

1.准备一张白纸,一条丝巾,一枚硬币,一个玻璃杯。用白纸剪成玻璃杯杯口大小,用胶水把它粘在杯口。

2.表演时,杯子必须放在白纸上,整个表演过程中,不能离开白纸的范围。

3.这个魔术的原理,就在于用杯口的白纸盖住了下面的硬币,观众透过杯壁,看到的白纸和大白纸融为了一体,但是为了不让观众发现杯口的秘密,所以过程中要用丝巾为遮挡,直到玻璃杯完全盖住了硬币后,才能拿走丝巾。

剪巾复原

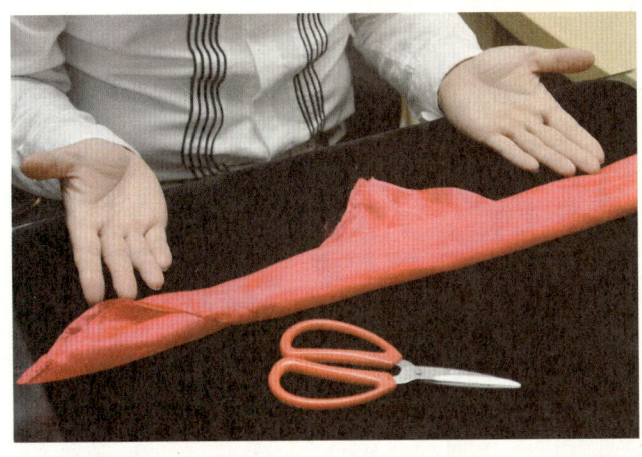

图1

这是我破解的第一个魔术，小时候看表姐徐秋表演这个节目，她拿出一条丝巾，对折并卷起，叠成长条（图1），用一把剪子，拦腰剪成两段（图2）。然后，把两个半截丝巾，重叠在一起，并卷起来（图3），吹口仙气，奇迹出现了，当她拉开卷在一起的丝巾，只见它们又神奇地复原如初了（图4）。

回家后，我把表姐的整个流程默想一遍，找出一条丝巾，经过试验后，终于知道了秘密。

图2 　图3

图4

魔术教学

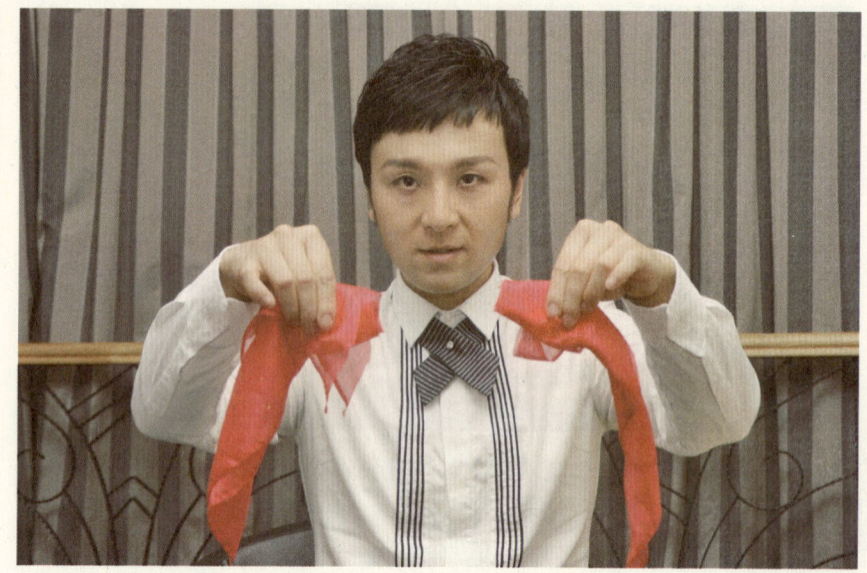

图5

1.这个魔术的关键，在于把丝巾剪成两截之后（图5），把它们对齐放好（图6），然后把丝巾卷起来（图7）。

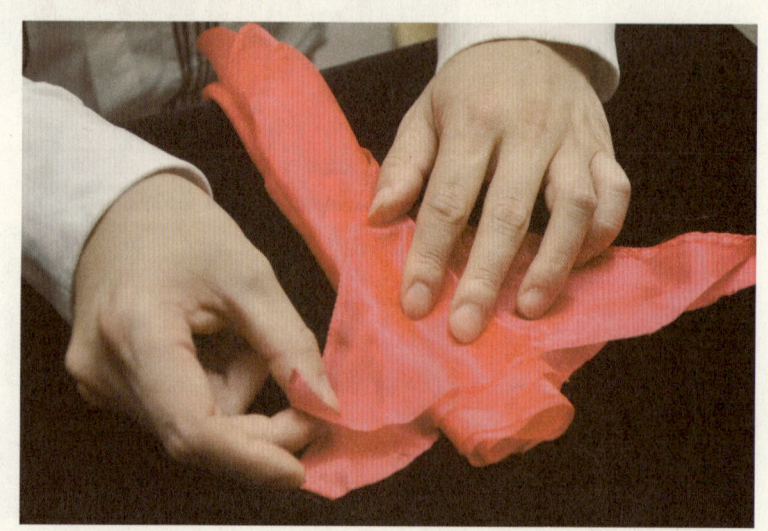

图6

图7

2.把丝巾打开的动作也很重要，用双手分别拿住剪断丝巾的四个小头，往两边拉（图8）。

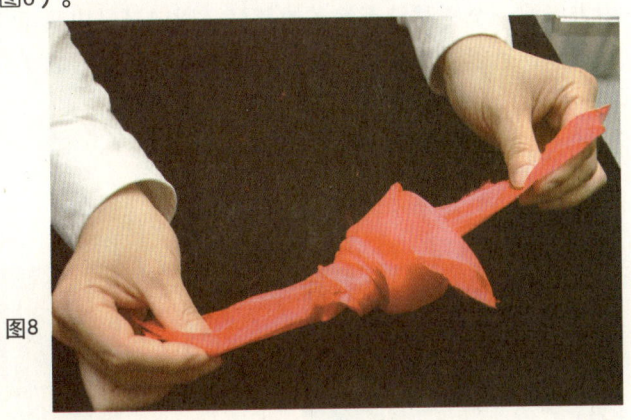

图8

3.注意，一定要把丝巾拉紧，只有在紧绷的状态下，两条丝巾才不会分开，要不然就露馅了。

纸巾变小了

图1

　　高中一年级的那次访日演出，在之后的庆功宴上，气氛特别热烈，日方的经理人，一改平时道貌岸然的形象，唱了一首歌。接下来，要求我们中方表演一个平时没有演过的节目，所以只好由我出马。可那时的我，会的不多，爸爸看见桌上的纸巾，集中生智，临时教了我一招。于是，我抽出一张纸巾，用左手拿住它的一角（图1），

图2　　　　　　　　　　　　　图3

　　右手捋着它的对角往上卷（图2），直到卷成一个小圆球，上面留一条小尾巴，就好像一条小蝌蚪一样（图3）。

图4

然后，把"小蝌蚪"尾巴朝上，握在左手拳心（图4），右手伸入裤子口袋，说："表演这个魔术需要拿一些无色无味的魔术粉。"说完，右手假装往左手上撒东西（图5）。最后，把留在左手拳心外的那一点小尾巴，塞入拳心（图6），

图5

图6

图7

摊开左手，手里的纸团变成很小的一个，把它展开，原来的大纸巾，变成了很小的一张（图7）。演完，现场掌声如雷。

魔术教学

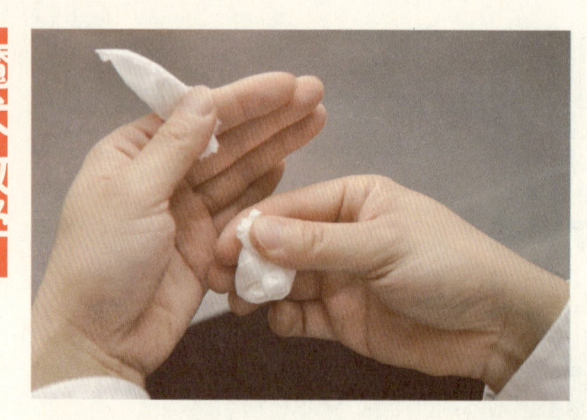

1. 在把纸巾由下往上卷得时候，偷偷地将它撕成两半，让小纸球和尾巴分离。

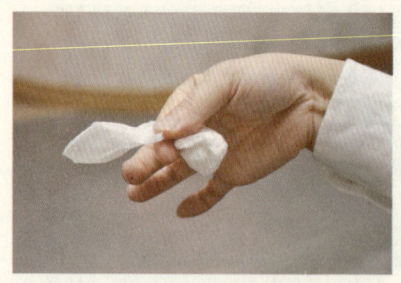

2. 值得注意的是，仍然要把小纸球和尾巴，用右手捏合在一起。

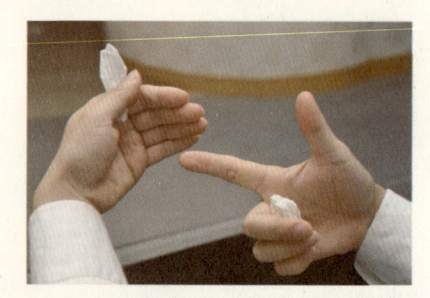

3. 把"小蝌蚪"放入左手的拳心时，放入的只是小尾巴，而小纸球依然留在右手的手心里。

4. 告诉大家，需要一些魔术粉，右手入口袋取粉时，悄悄把手心的小纸球放入口袋。

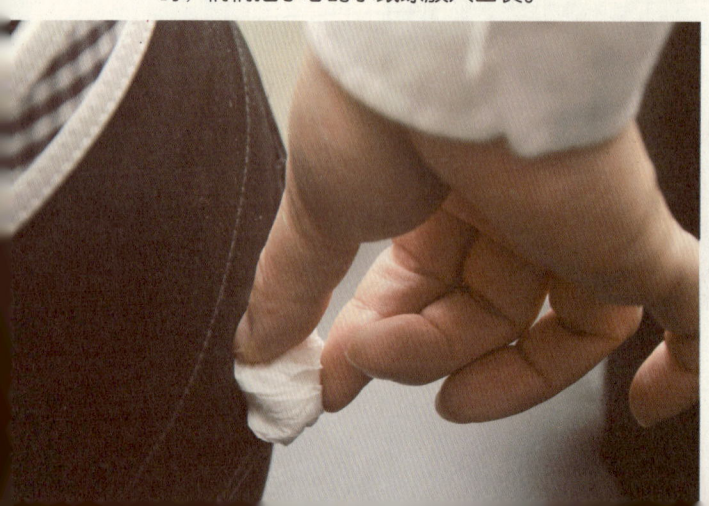

5. 此时左手，只剩下原来纸巾的一角（即"小蝌蚪"的尾巴部分），所以当然就变小了。

扯不断的皮筋

图1

记得80年代的时候美国著名魔术师马克·威尔逊访华，引起了轰动。他表演的小火车分身术和人体三分等节目，为中国魔术师拓宽了视野。

在表演结束后，大家争相与马克交流，由于名额有限，很多人没有得到这个机会。因为爸爸和马克是好朋友，所以我非常幸运地进入了会场，能够亲眼近距离的观看马克的教学。

让我叹为观止的是马克先生作为一个舞台魔术师，尽然能够在任何场合信手拈来，不需要特殊道具就能变魔术。只见他拿起一根橡皮筋圈，从中间把它掰断（图1）。

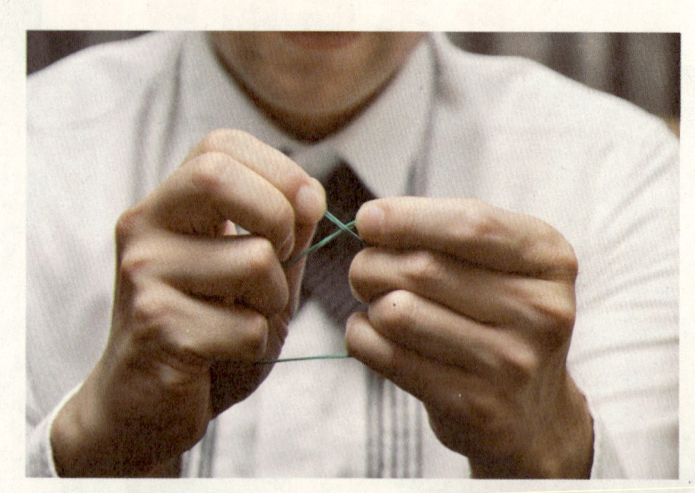

图2

图3

当着我的面把皮筋的两头儿打结（图2）。他把皮筋套在了左手的食指和拇指上，并用右手捏住结点，然后他告诉我这个结由于是新打的，所以它还很不牢固，我必须用手指牢牢的捏住他（图3）。

之后让我吹口气，他再轻轻地松开手指，断裂的皮筋圈神奇的复原了（图4）。他看着我目瞪口呆的样子，拍了拍我的脑袋和蔼地说喜欢我就教给你……

图4

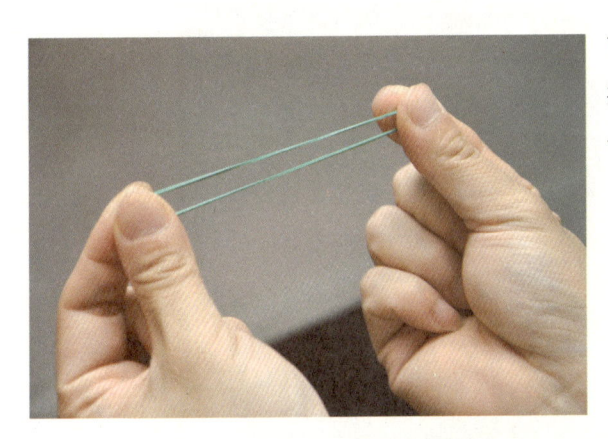

1.在表演之前事先把皮筋圈双股捏在一起。

魔术教学

2.把皮筋的首尾用左手捏在一起,用右手把皮筋绷紧,因为绷得越紧越不容易让人发现这是双股的。

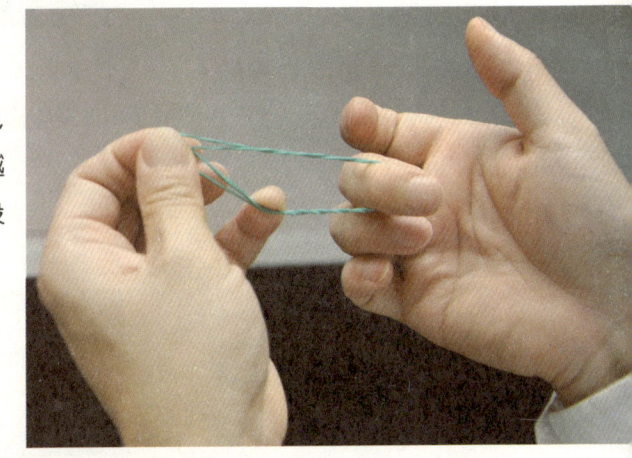

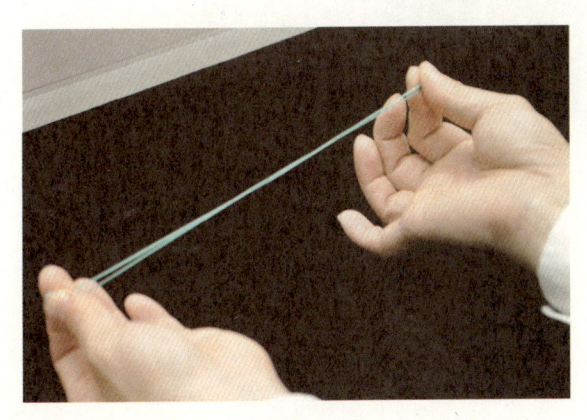

3.表演开始啦,用右手和左手把皮筋圈首尾做假动作拉断,并用力把它拉直。

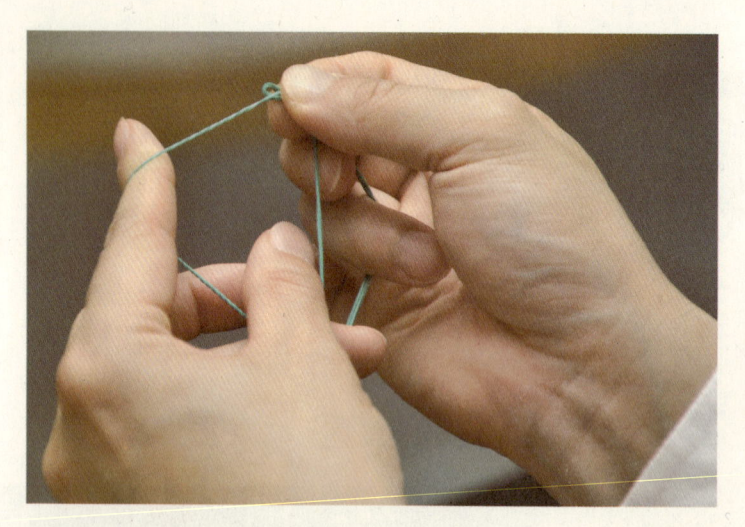

4.然后把皮筋两头打结,其实打结是假动作,主要的目的是用左手挡住观众的视线以便于左手的拇指和食指能够轻易的套入皮筋圈中。

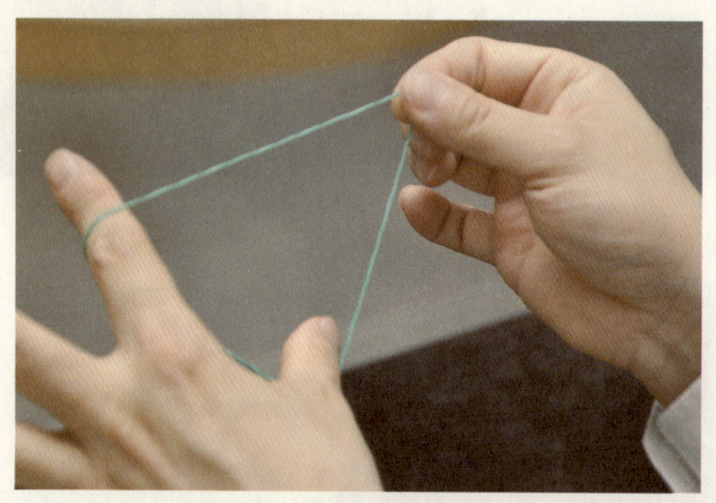

5.同时右手捏住皮筋圈的一边,告诉大家这个地方就是刚才打结的位置,其实此时皮筋早已经恢复原始的状态。

张公结带

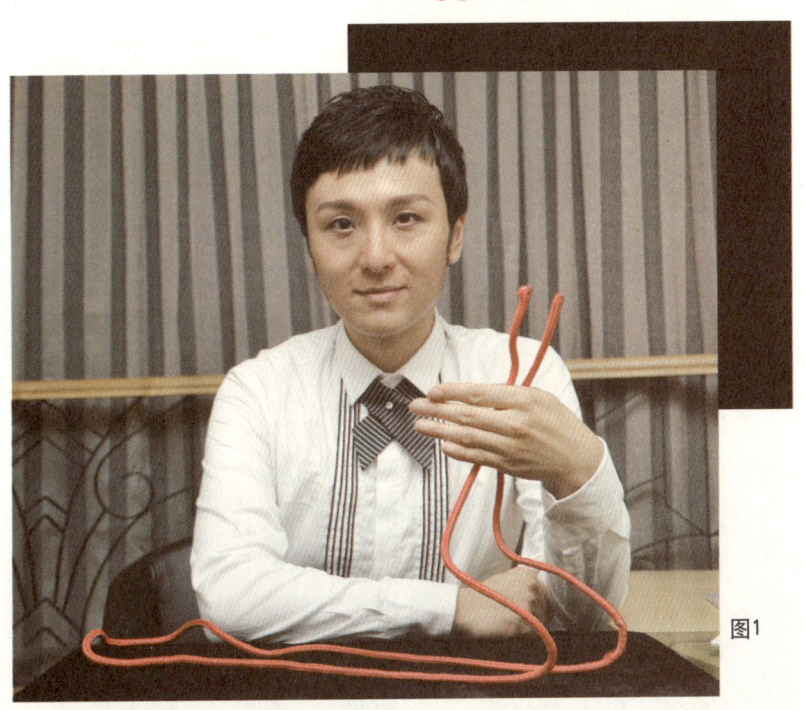

图1

差不多在我六七岁的时候,每天早上醒来就发现爸爸已经不在卧室里了,因为我知道他在书房写东西。写的是《中国杂技史》。爸爸每天都要翻阅大量的资料。

有一次我去书房玩儿,发现资料堆里有一张特别的图片,深深地吸引了我,爸爸告诉我这个图片上描绘的是一个中国古老的戏法,叫做"张公结带",说着爸爸拿出了一条绳子告诉我古人表演一般是用自己的腰带,那我们现在就用绳索代替吧。他把绳子的两头固定在左手(图1)。

图2

右手拿着绳子的中间部分把它放到左手(图2)。

图3

让我用剪刀把左手上绳子中间部分剪断(图3),一刀下去剪成两段(图4)。爸爸用右手拿住了其中一根绳子的首尾(图5)。吹口气,把手里的绳子打开,绳子就复原了(图6)。

图4

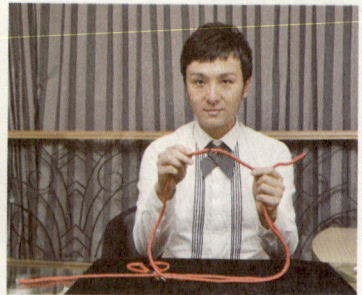

图5

图6

魔术教学

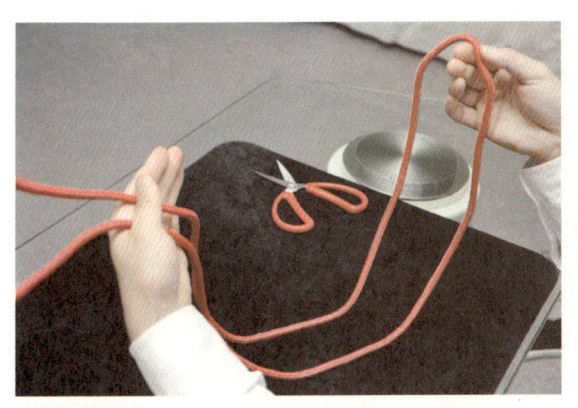

1.用左手固定住绳子的两头,右手拿住绳子的中间部分。

2.右手用食指和拇指把绳子的中间部分固定住。

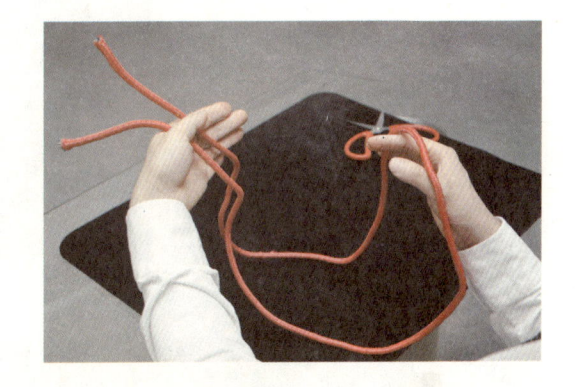

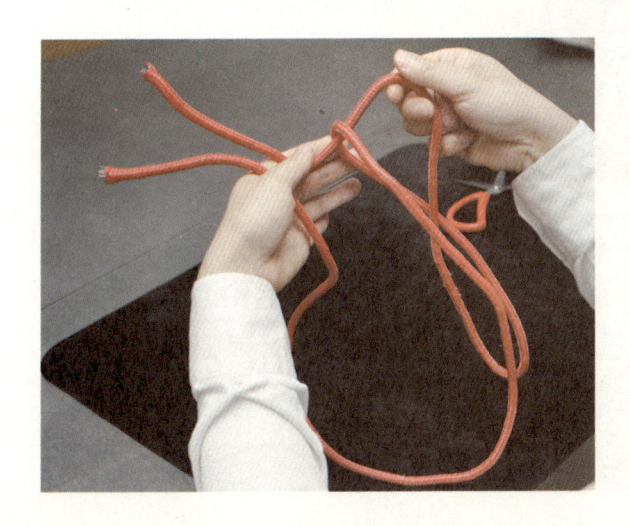

3.右手向上提,经过左手时,右手的食指和拇指迅速捏住左手绳子的一端。

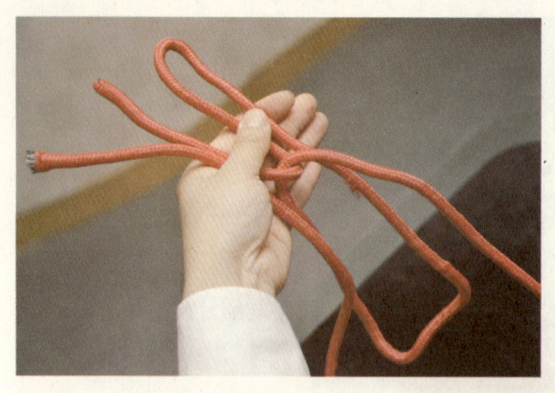

4.把原先绳子中间的部分放松,右手食指和拇指捏住的部分往外拉。

5.把拉出的部分放到左手,攥住。其实,这时观众看到的左手露出部分是两个绳头儿和一个中间,但这并不是绳索的中间,而是绳头儿的一部分。

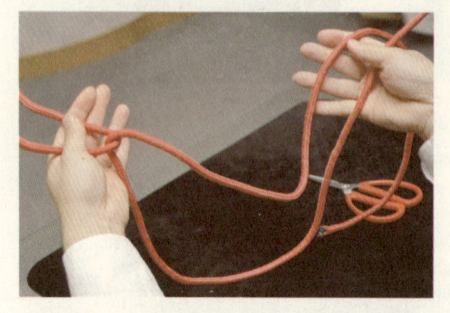

6.把它剪断,其实左手的绳子是一根长绳套连在一根短绳上的状态,但是要用左手把中间的套连处挡住。

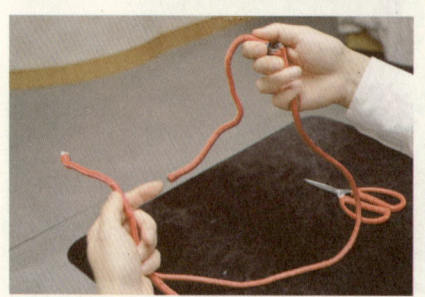

7.最后握住长绳的一端,并把短绳的一端一起捏住,这样看起来绳子就复原了。

茶杯穿过桌面

图1

上初中的时候放暑假到北京玩,那时表姐正在学习中国传统魔术"三星归洞"。天天在家里练,我被迫每天当观众,看得实在太烦了就说:"你能不能用这小茶杯玩儿个别的套路?"表姐二话不说把桌上的东西清理了一下,拿起一个茶杯让我检查是否有问题,我说没有。

她说:"今天给你表演一个穿透术,你看咱们这个桌子桌面都没有问题吧。"我仔细检查一番确实没有问题。表姐向我借一枚硬币,我就把我兜里唯一的一枚硬币拿给了她。

图2

然后表姐说要把这枚硬币从桌子面上穿透过桌面。我当然是不相信的,所以就开始仔细的盯着表姐,只见她把硬币放在桌面上,用一个小茶杯扣住它(图1),然后表姐为了增加难度又在茶杯外套了两三层的卫生纸巾,用手压得刚好裹住了茶杯(图2)。

图3

表姐说目前这个状况是这样的,接着拿起了裹着纸巾的茶杯(图3)。确认硬币还在里面,说:"硬币外面是茶杯,茶杯外面还有纸巾,我要隔着这两层保护把硬币从桌面上穿透下去。"

图4

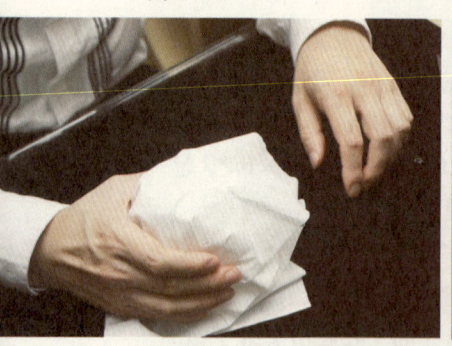

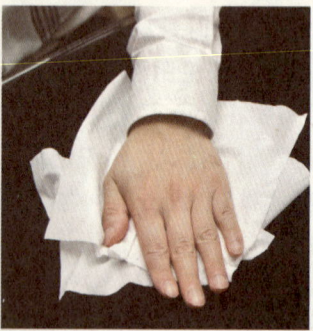

图5

然后又把裹着纸巾的茶杯盖住了硬币(图4),只见表姐高高地抬起右手,快速地拍向了杯子(图5)。"嘭"的一声,纸巾扁了,掀开纸巾,硬币虽然在,但是杯子没了(图6)。接着表姐从桌子下面把刚才那个杯子拿了起来。并给我检查,我当时傻掉了。

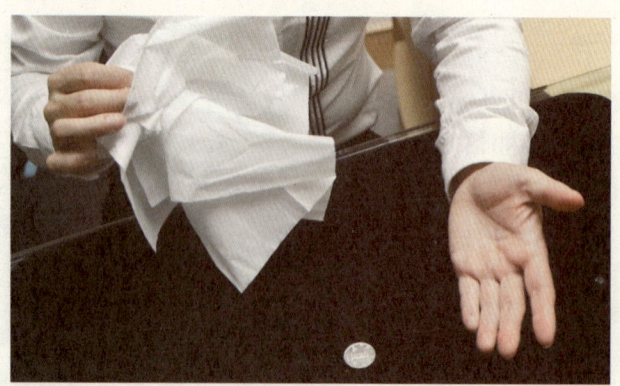

图6

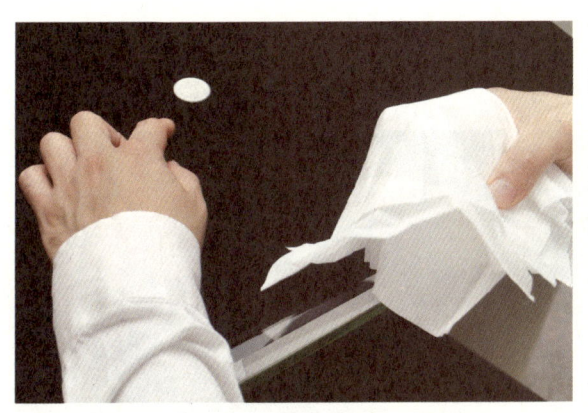

1.这第一步很重要，一定要用语言反复强调和诱导对方你要穿透的是硬币。

魔术教学

2.然后向观众借一枚硬币，并让观众检查桌面，检查完毕后把硬币放在桌面上，注意，放硬币的这个位置尽量靠近你坐着的位置，而且观众的位置一定要保证在他看不到你双腿的地方。

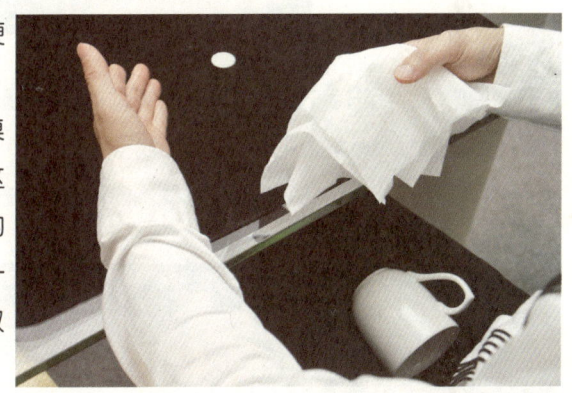

3.用杯子扣住硬币。
4.用纸巾把杯子自顶向下的裹住，纸巾最好多用几层。
5.这时，把裹着纸巾的杯子用右手拿起来，靠近你的胸前，并用左手指向桌面上的硬币，告诉对方硬币还在。
6.接着小心翼翼的让裹在纸巾里的杯子掉到你的双腿上，这时你右手拿着的只不过是裹着杯子后形成的空壳纸巾。

7.用空壳盖住硬币，用右手拍向空壳。

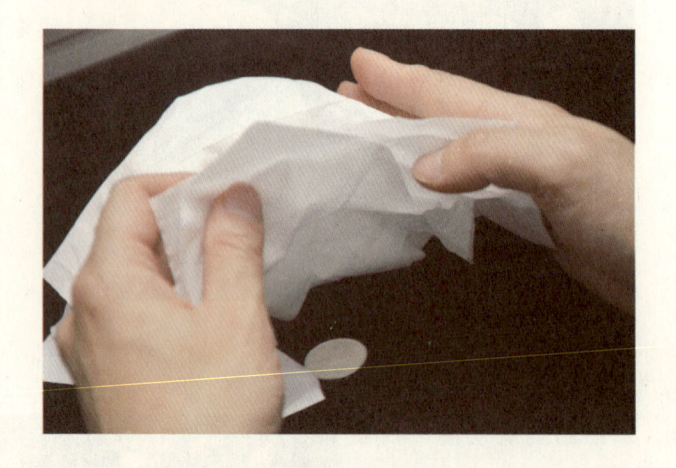

8.空壳拍瘪后，用右手去掀纸巾，左手偷偷拿起双腿上的杯子。
9.拿住杯子后假装从地上把杯子捡了起来。
10.开玩笑的告诉对方，功力用得太大，把杯子拍下去了。

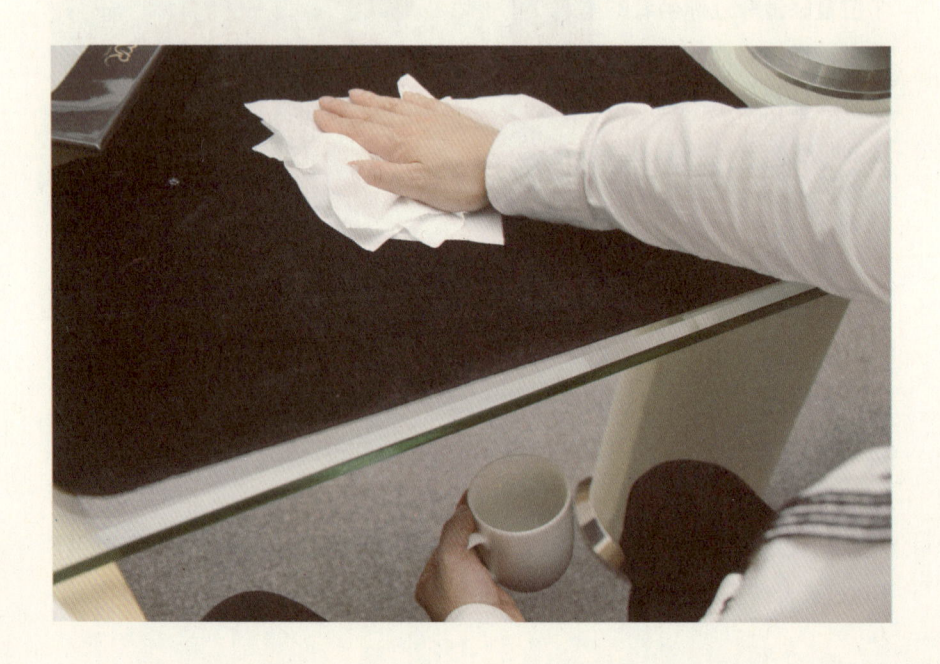

图1

勺子还是叉子？

　　这是一个餐桌魔术，高一军训的时候，同学们都很辛苦。那时候我爸爸已经小有名气了，自然有许多同学知道我是魔术师的孩子。所以在会餐的时候，教官要求我表演一个魔术。

　　当时我身边什么都没有，那就就地取材想起很久以前学过的一招，拿起一条毛巾铺在桌面上，从教官的手里拿来了一把勺子，并把它放在毛巾的正中(图1)。然后把勺子卷在毛巾里直到大家只能看到毛巾卷而看不到勺子为止(图2)。

　　我问教官："你刚才借给我的是什么？"教官说："勺子啊。"我说："是么？幻觉吧！"接着我就打开了毛巾，只见毛巾之间勺子没有，叉子倒是有一个(图3)。教官说："神了。"

　　在接下来的几天军训中，这个教官对我特别好，也没有让我晒太阳。不过他总是在问我那个魔术怎么变的。鉴于魔术师戒条，所以直至军训结束，我都没有告诉他……

图2　　　　　　　　　　　　　　　　图3

魔术教学

1. 找一块大的方形餐巾铺好，表演前需要准备一把叉子放到餐巾下面。

2. 为了能更好地描述这个魔术，餐巾的四个角我们分别做标记，为ABCD四个角。

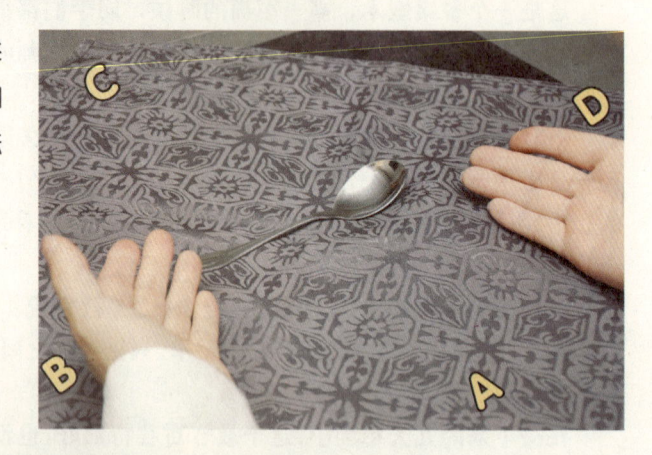

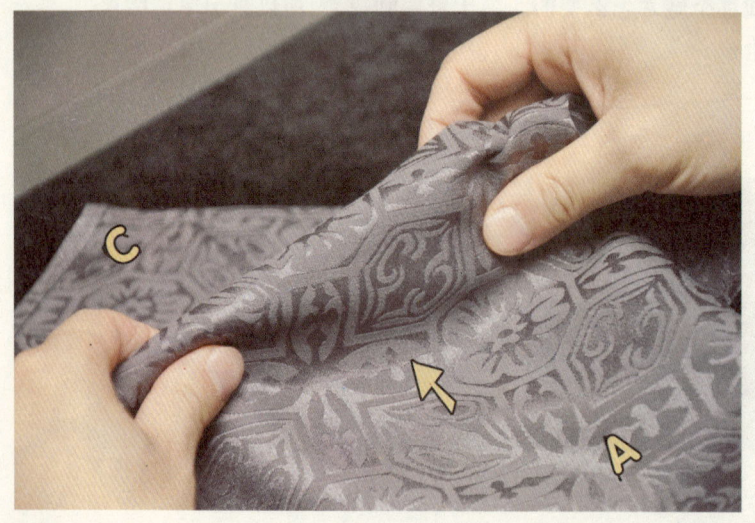

3. 把餐巾A角对着自己，勺子放在餐巾上（勺子对着BD两个角，餐巾下面叉子的方向与勺子相同）。

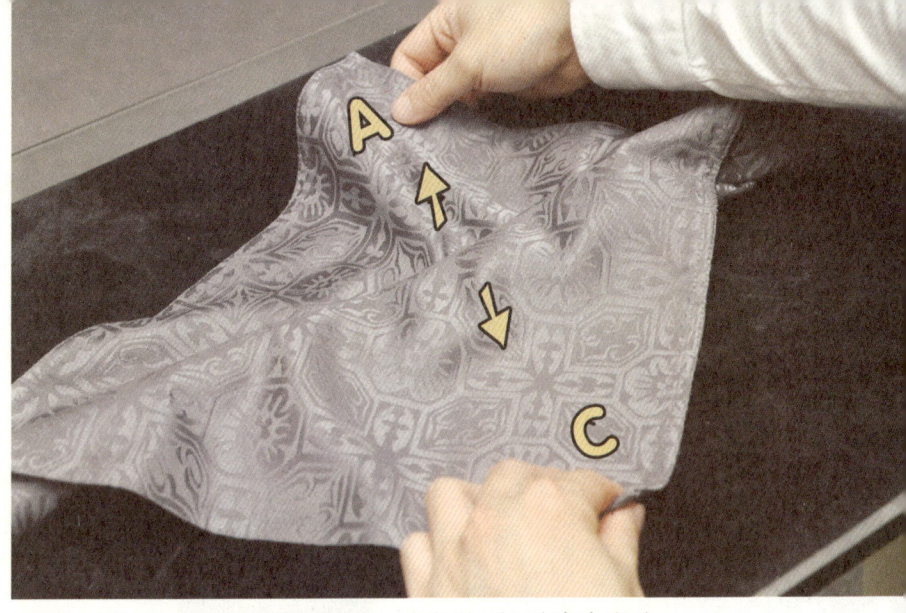

4.卷的时候连勺子和叉子隔着餐巾一起捏住,往C的方向卷动,直到勺子完全没入餐巾卷中。

5.这时千万要注意把餐巾卷翻个面,使C角对着自己。

6.用手分别拉住A角和C角(C角对着自己)。把餐巾拉开,叉子就露出来了,而勺子就隐藏在餐巾的下面了。

读心术

图1

我6岁开始学习舞台牌技，但是我第一次看到近景牌术表演却是在12岁那年。

有一天一位来自香港的魔术师来家中做客，爸爸让我练了一场舞台牌技给他看。那个叔叔告诉我，扑克牌其实还可以这样表演。他让我随便拿两张扑克牌，不要让他看见（图1）。

我就照做的拿起了两张牌，他把牌拿了过去，一手拿一张，双手背了过去（图2）。接着，他问我喜欢哪只手里的牌，我说选左手，他就把左手的牌给我看了一下，然后又背了回去（图3）。

他告诉我这世界上每一个事物都是有一定联系的，他现在就能感应右手的牌，然后竟然说出了右手牌的花色和数字，那时很小的我，被他这个魔术骗的好惨哪……

图2　　　　图3

1.让观众从牌中随便抽出两张牌或者是任意挑两张他自己喜欢的牌。

2.让观众把牌背面向上的交到你的手中。

3.接着把双手背到背后,并询问对方喜欢左手还是右手。

4.当对方选择后,如果对方选择的是左手,那么你就在背后把右手牌反向贴在左手牌的后面,要是选择右手,就把左手牌放在右手牌的后面。

5.把对方选择的手伸出来给对方看这张牌,此时你另一只手一定要一直背在后面。

魔术教学

6. 你看对方的时候，用余光偷偷看一下左手牌后面的那张牌。

7. 把左手收到背后，用右手再把那张背后贴着的牌拿回右手。

8. 告诉对方你已经感应到另一只手的牌了。

9. 说出那张牌的内容，等待对方惊讶的表情吧。

鸡蛋走路

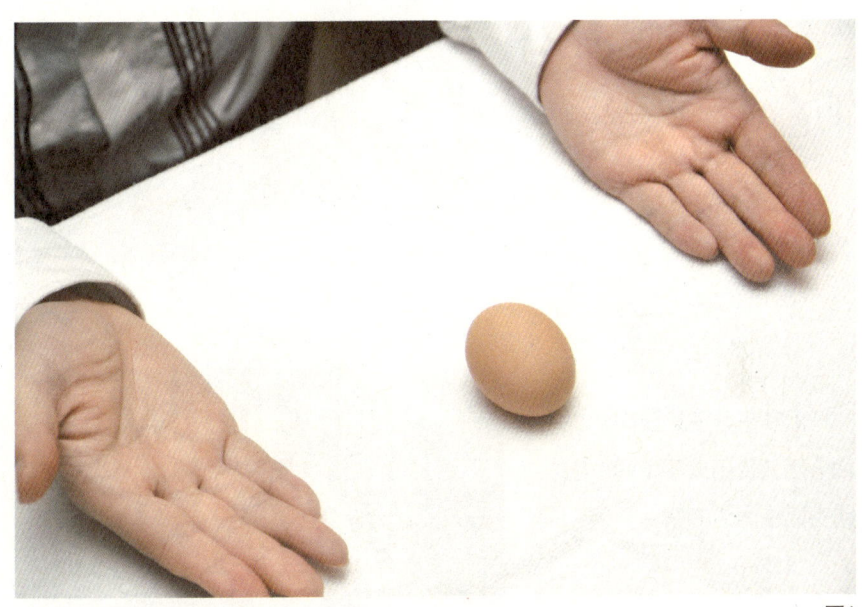

图1

　　小学四年级的时候，上海电视台去我家给爸爸做专访，那个节目叫《魔术世家》，那可能是最早的专访节目了。其中有个桥段特别神奇，我也参与其中，第一次当托。

　　在这里与大家分享一下，那个场景是在我家厨房，妈妈在切菜，爸爸过来给她帮忙打下手。只见爸爸在桌面上铺了一条毛巾，随手拿起一枚鸡蛋放在毛巾上(图1)，然后爸爸对那鸡蛋招招手，鸡蛋就自动的滚到了他的左手边。接下来，爸爸用右手又向鸡蛋招招手，鸡蛋就滚向了他的右手边。接下来爸爸拿起鸡蛋往小碗里一磕，这是一枚真的鸡蛋。这招蒙到了所有摄制组的成员。

　　其实这一切都是我的功劳，因为当时我就在桌子下面。

我爸爸的爸爸的爸爸

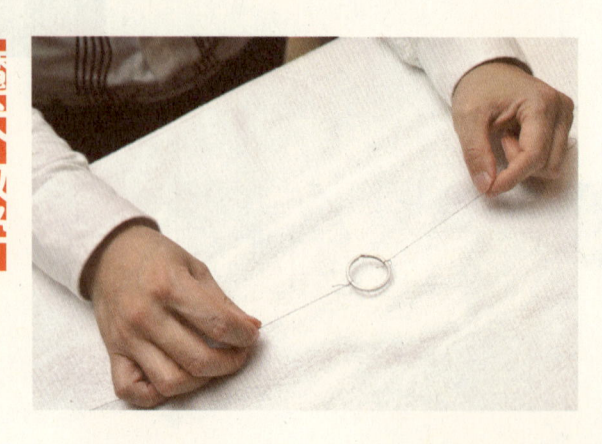

魔术教学

1. 表演这个节目需要有一个朋友当助手在桌子下面操作。

2. 准备一个钥匙环，环的两头分别系上黑色的细线。

3. 把环放在桌子的正中，细线分两头传到桌子下面，由助手抓住两边的线头。

4. 铺上毛巾（毛巾要长，最好长到跟桌子差不多），这样黑线就可以被毛巾完全遮掩住。

5.表演者必须记住钥匙环在桌上的具体位置，表演时要把生鸡蛋隔着毛巾放到钥匙环上,同时使鸡蛋横躺着，以便于一会儿鸡蛋的滚动。

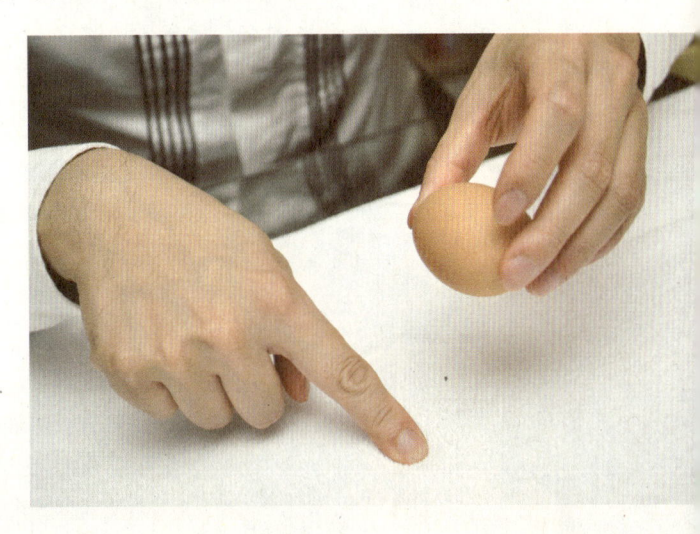

6.接下来的动作就非常简单了，下面的助手拉左边的线鸡蛋就会向左边走，拉右边的线鸡蛋就会向右边走。

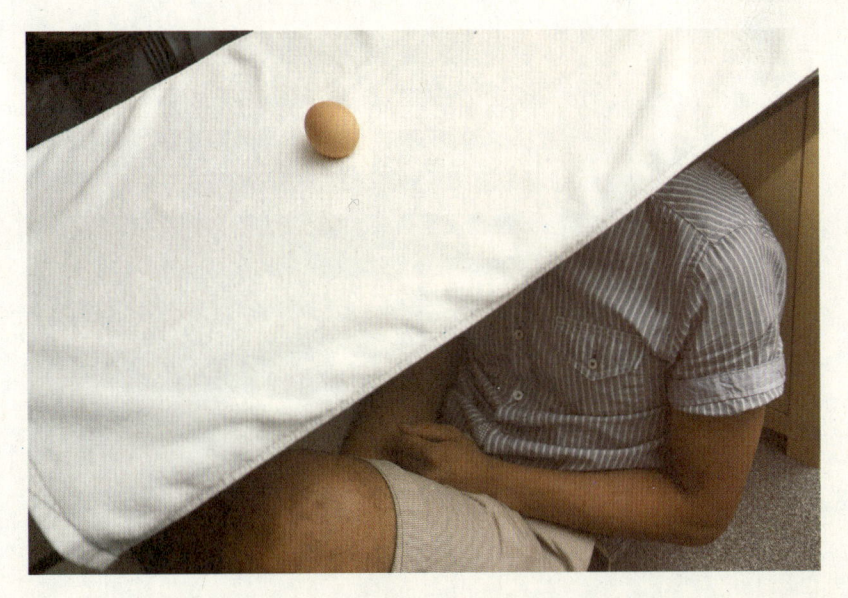

■作者简介：

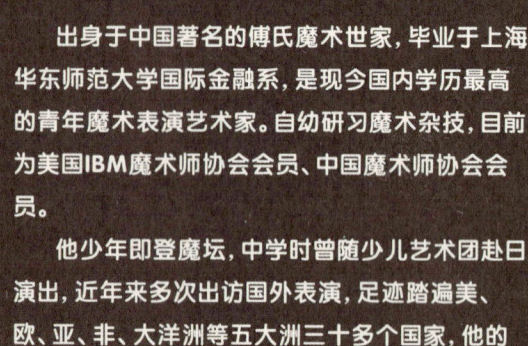

傅琰东

出身于中国著名的傅氏魔术世家，毕业于上海华东师范大学国际金融系，是现今国内学历最高的青年魔术表演艺术家。自幼研习魔术杂技，目前为美国IBM魔术师协会会员、中国魔术师协会会员。

他少年即登魔坛，中学时曾随少儿艺术团赴日演出，近年来多次出访国外表演，足迹踏遍美、欧、亚、非、大洋洲等五大洲三十多个国家，他的魔术《心灵感应》、《流光溢彩幻衣术》、《天鹅之梦》等奇技异能得到国内外观众的一致好评。

傅琰东尤其擅长于大型魔术的表演，参加过多次春节及元宵晚会，是近年来上央视最多的魔术师。

2007年，他荣获中国魔术最高奖，中国文化部"金菊奖"全国魔术大赛金奖。

2009年7月，傅琰东在24届世界魔术大会（FISM），以大型原创魔术《青花瓷》，一举荣获大型幻术组亚军，这是有史以来亚洲人在这个项目上取得的最高奖，也使傅琰东晋升为世界公认的国际级魔术大师。

2011年参加中央电视台春节联欢晚会，表演魔术《年年有"鱼"》获得轰动，被评为"我最喜爱春晚节目"一等奖。